꽃반지

홍인표 소설집

청어

꽃반지

홍인표 소설집

발 행 처 · 도서출판 청어
발 행 인 · 이영철
영   업 · 이동호
기   획 · 이용희
편   집 · 방세화
디 자 인 · 이해니 ┃ 이수빈
제작부장 · 공병한
인   쇄 · 두리터

등   록 · 1999년 5월 3일
(제321-3210000251001999000063호)

1판 1쇄 인쇄 · 2019년 3월 10일
1판 1쇄 발행 · 2019년 3월 20일

주소 · 서울특별시 서초구 효령로55길 45-8
대표전화 · 02-586-0477
팩시밀리 · 02-586-0478

홈페이지 · www.chungeobook.com
E-mail · ppi20@hanmail.net
ISBN · 979-11-5860-630-5(03810)

이 도서의 국립중앙도서관 출판시도서목록(CIP)은 서지정보유통지원시스템 홈페이지
(http://seoji.nl.go.kr)와 국가자료공동목록시스템(http://www.nl.go.kr/kolisnet)
에서 이용하실 수 있습니다.(CIP제어번호: CIP2019006994)

꽃반지

홍인표 소설집

작가의 말

세상이 참으로 많이 변했습니다.

평소에 저자는 평화통일을 생각하며 장편, 중편, 단편 소설을 써서 발표했었습니다. 『기다리는 사람들』(장편소설, 2002년)과 『할아버지』(장편소설, 2011년)를 청어출판사에서 출간했고, 『아버지와 두 아들』(장편소설)은 이북(e-book)으로 발표하였습니다.

전쟁은 인간의 가장 추악하고 잔인하고 사악한 못된 짓거리입니다. 애국이라는 핑계로 적을 만들어 무자비하게 살상을 하기 때문입니다.

어느 전쟁이든 결과는 아무것도 아니었습니다. 몇몇의 영웅심을 만족시키려고 녹록한 수많은 사람들이 죽고 괴롭힘을 당했습니다.

이번 작품집은 남과 북이 전쟁 없는 영원한 평화를 기원하며 써보았던 작품들입니다. 이미 문학잡지에 발표했던 중·단편의 작품을 모아 한 권의 소설책을 만들어 보았습니다. 전쟁이 없이 평화통일을 반대할 대한민국 국민은 아무도 없을 것입니다.

작품을 문학잡지에 발표할 때마다 가슴을 얼마나 조였는지……. 잠을 이루지 못하고 무서워 남몰래 불안, 초조, 공포, 두려움에 떨었고……. 전쟁을 하지 말고 평화롭게 살아가자는 이야기를 하는데……. 무엇 때문에 지금까지도 죄인처럼 두려워서 가슴을 조여야 했는지…….

「꽃밭에서」는 교도소에서 징역살이하는 임종수라는 학생의 이야기입니다.

박관현이라는 학생이 교도소의 처우개선을 위한 단식투쟁을 하다가 사망하게 됩니다. 이 사실이 수감된 운동권의 귀에 들어가게 됩니다. 수형생활을 하는 양심수들이 박관현 사망의 원인 규명과 책임자 처벌을 요구하며 단식투쟁을 하게 됩니다. 그 중 미문화원 방화범으로 4년의 금고형을 받고 원예에 출역하여 징역살이를 하고 있는 임종수라는 학생이 양심수들과 함께 단식투쟁하는 사건을 바탕으로 만들어진 소설입니다. 저자인 교도관과 수형생활을 하는 재소자 사이지만 친구나 형제처럼 허물없이 너나들이하며 지냈기에……

　「오월의 도시」는 5·18광주민중항쟁을 다룬 중편소설입니다. 1980년 5월 특전사부대가 교도소에 들어와 주둔해 있다가 도청으로 시민군을 진압하기 위해 철수할 때까지 보고 들었던 사실을 1982경에 일기 식으로 써 놓았었습니다. 1990년 노태우 정권 시절에 「부활의 도시」라는 제목으로 발표하였습니다. 이 소설이 발표되고 나서 얼마나 당했던지……. 되돌아보면 소름이 끼치고 눈물이 나오려고 합니다. 책이 무서워서 모두 버렸던 적도 있었습니다. 지금까지 내가 살아서 소설을 쓰고 있는 것이 꿈만 같기도 하고……. 하느님인지, 하나님인지, 아니면 조상님인지, 어쩌면 이 모든 분들의 도움 때문인지 알 수는 없지만 참으로 신기하기도 합니다. 그 후유증이 남아있어 현재도 괴롭힘을 당하고 있지만…….

　「오월의 도시」를 다시 손질하면서 오월의 그날이 떠올랐습니다. 혼자서 늘킴으로 서러워했습니다. 정권과 출세가 무엇인지요?

민주화를 위한 많은 사람들의 죽음의 희생으로 독재는 시나브로 사라져가고 있습니다. 이제는 떳떳하게 이야기 할 수가 있게 되어 참으로 다행입니다. 앞으로는 절대로 이런 끔찍한 일이 생겨서는 안 되겠지요?

「꽃반지」, 「야경꾼들」, 「품앗이」는 6·25전쟁 때의 이야기입니다. 다시는 전쟁이 일어나서는 절대로 안 됩니다. 평화통일을 기원하며 썼습니다. 저자의 고향인 전남 장흥군 부산면을 배경으로 하였는데……

정치적 상황이 거짓말처럼 변해가고 있습니다.

남과 북의 정상이 동족의 영원한 평화를 위하여 결단을 내리는 것 같아 참으로 다행입니다. 북·미 사이에도 화해가 조성되고 있기에 같아 조금은 마음이 놓입니다.

다시는 6·25와 같은 어리석은 전쟁을 해서는 절대로 안 될 것입니다.

정치적인 통합보다는 서로 돕고 더불어 살아가는 항구적인 아름다운 평화가 영원하기를 기원해 봅니다. 상대방을 이해하고 서로 돕고 품앗이하며 더불어 살아가다 보면 자연스럽게 하나가 되리라 믿습니다.

2019년 포근한 봄에
홍인표

차례

꽃반지

—

"웃는 네 얼굴이 더 곱다."
영구는 좋아하는 희영이를 뚫어지게 바라보았다.
"내가 예쁘다고?"
희영은 영구가 꽃반지를 손가락에 매어주니 이상한 감정이 들었다.
신랑이 신부에게 끼워준 반지가 생각났다. 수줍어 얼굴이 붉어졌다.

🌼 꽃반지

1

병실 안의 소독 냄새는 독가스였다. 송장이 썩어가면서 흘리는 추깃물에서 뱉어내는 악취가 분명했다. 역겨워 창자가 뒤집혔다. 토악질을 했다. 똥물이 넘어오려고 하는 걸 간신히 참았다.

"이놈의 시체 썩은 냄새가……."

영구는 코를 잡았다. 오늘따라 이상하게도 유난히 역겨워 비위가 상했다. 입 안은 소태를 씹고 있는 것처럼 쓰고 삽삽했다. 언젠가부터 속이 매스껍고 울렁거렸다. 음식만 먹으면 창자가 뒤틀리며 토하려고 했다.

"인간의 주검은 지독한 악취를 풍기며 썩어 사라지지?"

영구는 6·25전쟁 때에 총부리 앞에서 죽은 동네사람의 사체가 부패해가는 것을 보았었다. 그 송장들이 떠올라 눈앞에서 아른거리며 사라지지 않았다. 아무것도 몰랐다. 그저 무서워 두려워했을 뿐이었다.

'먹지 못하면 죽는다고 하던데……'

영구는 병실침상에 누워서 링거 병을 응시했다. 맑은 액체가 한 방울 한 방울 떨어졌다. 가느다란 관을 통해 흘러 내려왔다. 팔목에 꽂혀있는 바늘을 지나 혈관으로 들어가고 있었다. 생기를 북돋아주는 생명의 근본이 되는 원액이 끊임없이 주입 되고 있는 것 같았다. 어쩌면 죽게 되지 않을 것이라는 삶의 욕심이 되살아났다.

'더 살고 싶은데 이렇게 죽게 되는 건가? 아니지. 아니고말고!'

영구는 입 안에 고인 침을 삼켰다.

"언젠가는 죽게 될 텐데……."

영구는 고개를 저어댔다. 혼자서 중얼거리며 자신을 달래지만 속내는 달랐다. 천년을 살았다고 해도 많다고 하지 않을 것이다.

"태어난 모든 생명체는 죽는다. 죽지 않는 생물은 없다. 그래서 나도 죽게 된다."

영구는 언젠가 들었던 말이 떠올랐다. 자신만이 들을 수 있는 작은 목소리로 중얼거리며 죽음을 곱씹어 삼켰다. 죽음에 대한 두려움을 떼어내려고 몸부림쳤다.

'태어남 곧 그것이 죽음을 의미한다고 하는데…….'

영구는 생과 사가 하나라는 말을 생각하며 곱씹었다. 반추하면 할수록 그 의미가 가슴 속에 박히며 괴로웠다. 죽음을 맞이하기는 싫은데 때가 되면 받아들여야만 했다. 준엄한 불변의 진리이기 때문이다.

"젊어서는 천년만년 살 것처럼 떵떵거리며 허세를 부렸는데……."

영구는 자신의 발자취를 돌아보았다. 잠자고 있던 추억들이 하나둘 새록새록 살아나며 괴롭혔다. 눈물이 축축하게 눈가를 적시었다. 손가락으로 닦아냈다.

'생로병사라고 하더니 내 나이도 고희를 넘겼으니…….'

영구는 병에 담긴 링거를 응시하며 한숨을 몰아쉬었다.

'우리의 연수가 칠십이요. 강건하면 팔십이라도 그 연수의 자랑은 수고와 슬픔뿐이요. 신속히 가니 우리가 날아가나이다.'

영구는 성경 시편 90장 10절 한 구절을 떠올리며 곱씹어 댔다. 반추하면서 음미하니 긴장감이 조금은 풀렸다. 죽음에 대학 공포도 시나브로 누그러졌다. 처음에는 죽게 된다는 사실을 받아들일 수가 없었다.

거부하고 반항하며 몸부림쳐댔다. 시간이 갈수록 마음이 변하여 받아들이기로 했다. 자신의 뜻대로 되지 않는다는 걸 알면서도 부정하는 자신이 야속스러웠다.

'언젠가는 죽게 될 텐데……. 얼마나 더 살겠다고……?'

영구는 마른침을 삼켰다. 자신이 살아온 연수를 헤아리며 마음을 가다듬었다. 생각을 바꾸니 현실이 보였다.

'내가 죽고 새로 태어난 생명들이 살아가게 된다면……. 죽음은 아름다운 것일 수도 있어…….'

영구는 자신의 죽음을 상상하며 눈을 감았다. 몇 시간 더 살아보겠다고 발버둥치고 있는 것 같아 자신이 불쌍하게 보였다.

'젊었던 좋은 시절의 세월은 부린 살처럼 지나가버렸지? 찰나처럼 살아온 이승의 여행길.'

영구의 눈앞에서는 지금까지 살아온 지난날들이 영화의 화면처럼 빠르게 스쳐지나갔다.

'나는 무엇을 하면서 살았나?'

"돈을 벌기 위해서?"

"모든 인간들의 삶은 별 것 아니야. 이렇게 살다가 때가 되면 저승으로 가게 되는데……."

영구는 생의 끝자락에서 궤적을 돌아보며 삶을 정리해보았다. 아무리 뒤져보아도 보람 있는 일은 찾을 수가 없었다. 무익한 욕심을 쫓아 헤매다가 저승의 문 앞까지 와서 서성거리고 있었다.

2

"헛되고, 헛되고, 헛되고, 헛되다고 하더니 살아온 궤적 위에는 더럽고 추악한 것들만이 늘어져 놓여 있구나!"

영구는 한숨을 몰아쉬었다. 정신을 가다듬고 다시 찾아보아도 지난날의 일들이 헛된 일 같았다. 모든 것이 허무하게 느껴졌다. 잘살아보겠다고 욕심 부리며 물불을 가리지 않고 애바르게 덤벼들었던 것이 부끄러워졌다.

"이승의 여행길에서 가장 아름다운 장면은?"

영구는 눈을 크게 뜨고 눈동자를 굴리며 과거를 다시 되짚어보았다.

"가린주머니가 되어 악착같이 돈을 벌어 모아 높은 빌딩을 샀을 때가?"

영구는 한데 잠을 하며 양아치 노릇을 했기 때문에 자린고비가 되었다. 아끼고 아끼어 저축하여 가린스럽게 살았다. 짠돌이라는 조롱을 받아도 부끄럽지 않았다. 돈이 될 만한 일에는 발 받히고 있다가 애바르게 덤볐다. 남에게 구걸하며 살았던 과거가 싫었기 때문이었다.

"아니야, 아니지. 아니고말고!"

영구는 고개를 저어댔다. 가멸어져 남부럽지 않게 살아가는 것이 결코 아름다운 장면은 아니었다. 돈 때문에 많은 사람과 경쟁했고 낯을 붉힌 적도 한두 번이 아니었다. 돈 앞에서는 잔인하고 모질어졌다. 목숨을 걸고 살천스럽게 덤비며 욕심을 채웠다.

"그럼 내 삶에서 행복했을 때는 언제?"

영구는 자신에게 묻고 또 물어보고 다시 물으면서 해답을 찾아보았다.

"어린 시절 소녀의 손가락에 꽃반지를 매어주었을 그때에……."

영구는 고개를 끄덕였다. 지나온 발자취를 더듬어 빛바랜 사진들을 한 장 한 장 넘겨갔다. 어린 시절로 되돌아갔다. 지금까지 살아오면서 세상에서 가장 예쁜 소녀를 만났었다. 눈물이 핑 돌았다.

'내 생에서 만났던 가장 예쁘고 소중했던 그 소녀!'

영구는 입에 고인 침을 삼켰다. 머릿속 깊숙한 곳에 간직해 두었던 소녀에 관한 추억들을 꺼내어 늘비하게 펼쳐놓았다. 머릿속에 똬리를 틀고 앉아있다가 가끔 나타나 괴롭혔던 아름다운 소녀의 모습이었다. 가슴 깊숙한 곳에 소중하게 간직해 놓았던 소녀였다.

'북선 댁의 딸 진희영이 또 찾아와 나를 괴롭히고 있구나!'

영구는 소녀의 모습을 지우려고 눈을 감았다. 더욱 또렷하게 나타나 옆에서 지켜보고 있었다.

"왜 눈을 감아? 내가 보기 싫어?"

소녀는 눈짓을 하며 빙긋이 웃고 있었다. 지워버리려고 하면 더욱 선명하게 나타나 괴롭혔다. 삶에서 고통스럽거나 외롭거나 마음이 울적할 때에는 항상 그녀가 눈앞에서 아른거리며 위로해주었다. 마음속 깊은 곳에 자리 잡고 있다가 흔연스럽게 모습을 드러냈다. 가끔 가슴을 후비며 팠다.

'인간은 모두 죽는다. 내가 죽기 전에 소녀를 한 번 만 보았으면…….'

영구는 죽음을 상상할 때마다 소녀가 더욱 그리워졌다.

'죽게 될지라도……. 마지막으로 소녀를 보기 전에는…….'

영구는 지금 당장 죽는 것은 받아들이기가 어려웠다. 억울하고 무섭고 두려웠다. 서러움이 울컥 치밀었다.

'또 통증이…….'

영구는 배를 움켜쥐며 입술을 깨물었다. 잠시 잠자고 있던 아픔이 찾아와 괴롭혔다.

"아이고, 배야!"

영구는 다시 찾아온 통증을 참지 못하고 몸부림쳤다.

"이 고통을……. 죽어버리고 싶은데……."

영구는 몸을 뒹굴었다.

"왜 그래?"

아내는 침대 옆 의자에 앉아 창밖을 내다보다가 고개를 돌렸다.

"아이고, 나 죽어!"

영구는 입술을 깨물며 주먹을 불끈 쥐었다. 숨을 몰아쉬었다. 눈에서는 눈물이 주르르 흘러내렸다.

"간호사선생님을 모시고 올게요."

아내는 남편이 고통 받는 것을 보고 한숨 쉬었다. 날아가는 화살처럼 병실을 나섰다. 자신의 몸이 아픈 것처럼 고통스러웠다.

3

영구는 도수가 높은 진통제를 맞았다. 곧 깊은 잠속으로 빠져들었다. 병실 안은 적막으로 가득했다. 이슥하게 깊어가는 밤중 같았다. 멀리서 자동차의 경적소리가 들려왔다. 고통을 잊은 편안한 수면이었다. 얼마나 잤는지 몰랐다.

주치의가 입원실을 돌아다니며 환자를 살펴보았다. 퇴근하기 전에 돌아보는 회진이었다. 병실로 들어왔다.

"검사결과가 나왔습니까?"

영구의 아내는 의사를 보자 자리에서 벌떡 일어났다.

"예."

"상태가 어떻습니까?"

"가장 나쁜 췌장암이라서⋯⋯."

의사는 말을 못하고 얼버무렸다.

"어렵다는 거지요?"

영구의 아내는 더듬거렸다. 대충 알고 있기는 했지만 혹시나 하는 기대를 버리지 않고 있었다. 의사가 거짓말을 한다고 생각하며 속으로 욕설을 퍼붓고 있었다.

"여러 장기에 전이가 된 말기여서⋯⋯."

의사는 마른침을 삼켰다. 가족에게는 사실대로 알려주는 것이 도리이기에 가감 없이 털어놓았다. 마음의 준비를 하라는 의미도 담겨 있었다.

"수술도 못한다는 겁니까?"

"정밀검사를 하고나서 결정해야 되겠지만⋯⋯."

"정말로 내 남편이 죽는다는 거요? 돈은 얼마든지⋯⋯. 살려주십시오."

영구의 아내는 의사의 말을 믿고 싶지 않았다. 암의 말기라는 단어가 귓속에서 맴노리치며 괴롭혔다. 거짓말이라고 고개를 저으며 부인해보지만 소용이 없었다. 남편이 자신보다 먼저 죽게 될지 모른다는 생각이 들어 눈물이 핑 돌았다.

"돈하고는 상관이 없어서⋯⋯."

의사는 돌아섰다.

"어쩔 수 없는 거지."

영구는 잠든 체하며 듣고 있다가 벌떡 일어났다.

"꼭 그런 건 아니지요."

의사는 깜짝 놀라 돌아보았다. 자는 줄 알았는데 듣고 있었다. 멋쩍어 얼굴이 붉어졌다. 환자가 희망을 버리지 않도록 하기 위하여 힘주어 말했다. 어쩌면 환자가 알게 된 것이 잘 된 일인지도 몰랐다. 사실 그대로 받아들이고 마음의 준비를 한 것이 유익할지도 몰랐다. 의사인 자신도 때가 되면 죽어야 하기 때문이었다.

"모든 생명체는 언젠가 죽게 되니까……."

영구는 죽음을 받아들이고 싶지 않았다. 그러나 어쩔 수 없었다. 죽을 때가 되었다면 받아들일 수밖에 없었다. 울컥 치밀어 오르는 서러움을 꿀꺽 삼켜버렸다. 죽음으로 고민했던 괴로움이 현실로 다가와 옆에서 기다리고 있었다.

4

'잠 못 이룬 밤은 전쟁 중인 한밤중처럼 두렵고 무서워!'

영구는 몸을 뒤척이며 자반뒤집기를 하였다. 통증에 시달리며 몸부림쳐댔다. 어둠이 드리워지면 총부리 앞에서 죽지 않으려고 피난 가는 동네사람들의 모습이 떠올랐다.

'영원히 오래오래 살 수는 없을까? 이렇게 죽고 싶지 않은데…….'

영구는 자신의 죽음을 수 없이 곱씹으며 괴로워했다. 서러워 눈물을 흘렸다.

'생로병사라고 하더니 이렇게 죽어가나 보다.'

영구는 자신의 죽음 다시 반취하며 음미했다. 날 때가 있으면 죽을 때가 있다고 하지만 받아들이고 싶지 않았다. 의사는 살아갈 날이 얼마 남지 않았다고 하지만 죽지 않을 것만 같았다.

'6·25전쟁 때문에 아버지를 잃고 어린 몸으로 어머니와 함께 어렵게 살아오다가……'

영구는 어렵게 살아온 어린 시절의 흔적을 더듬어 찾아보았다. 생각만 해도 서러움이 복받쳐 올랐다.

'어머니도 가뭇없이 사라지고 고아가 되어……'

영구는 하염없이 흐르는 눈물을 손등으로 쓱쓱 문질렀다.

'서울로 와 양아치가 되어 동냥질을 하면서…… 드난살이도 했고…… 가린주머니가 되어 가난을 극복하고 살아갈만하게 되니……'

영구는 가멸게 된 자신을 돌아보았다. 부자가 되면 영생할 줄 알았다. 지금도 그 생각은 접을 수가 없었다. 죽을병이 걸렸다고 하지만 죽지는 않을 것만 같았다. 인명은 하늘에 있다고 하는데 의사는 몇 개월 살 수 없다고 하니…….

'나는 죽게 된다. 6·25전쟁 때에 동내 앞에서 총살당한 동네사람들처럼……'

영구는 죽음이 생각날 때마다 6·25전쟁을 떠올렸다. 한밤중에 생떼 같은 마을사람들이 새끼에 묶인 채 총부리 앞에서 죽어갔다. 실탄에 맞아 피에 범벅이 된 주검들이 눈앞에 나타나 지워지지 않았다.

"전쟁이란 무엇인가?"

영구는 오늘도 죽음을 생각하며 자신에게 묻고 있었다.

"……?"

"누구를 위한 전쟁인가?"

"위대하신 지도자 각하를 위한 전쟁?"

"애국, 애족, 국가에 충성?"

"전쟁하여 얻어진 것은?"

"결국 통일 평화 애국이라는 명목으로 동족인 이웃의 생명을 빼앗는 것 밖에는……."

영구는 미친 사람처럼 중얼거렸다.

"인간의 가장 잔인한 행위가 전쟁이 분명한데……."

어느 누구도 총구 앞에서는 하찮은 버러지였다. 죽이고 살리는 것은 총을 가진 자들의 마음이었다. 힘없는 양민들은 벌레처럼 자닝스럽게 당했다.

'밤에 잡혀간 아버지는……?'

영구는 아버지를 그리워할 적마다 항상 6·25전쟁을 함께 떠올랐다. 또 전쟁을 생각할 때에도 아버지의 모습이 나타났다.

"아버지는 누가 끌고 갔으며 어디로 가서 어떻게 되었을까?"

영구는 자신의 가족사를 생각하며 눈물을 삼켰다. 아버지는 전쟁 때에 누군가가 캄캄한 밤중에 찾아와서 어둠 속으로 끌고 갔다. 그 후 아버지는 집으로 돌아오지 않았다.

"아버지를 찾겠다고 가뭇없이 사라진 어머니는……?"

영구는 늘킴으로 흐느끼며 서러워했다.

"악하고 독하고 모질고 잔인한 전쟁!"

영구는 전쟁을 생각하며 하염없이 흘러내리는 눈물을 닦았다. 분노가 치밀어 가슴이 뭉클해졌다. 몸을 바르르 떨었다.

"전쟁은 인간의 모든 것을 빼앗아간 사악한 괴물이며 잔인한 악마."

"6·25전쟁은 무엇을 위한 전쟁인가? 통일? 애국?"

"누굴 위해 국민을 살상하였는가? 애국심에 불타서? 이념에 충성하기 위해?"

영구는 다시 아버지와 어머니를 생각하며 전쟁을 곱씹었다. 몇 번을 반추하며 음미하여도 해답을 얻지 못했다. 분노가 치밀어 흥분이 가시지 않았다.

"인간의 이승 여행길이 몇 시간이나 된다고."

영구는 아픔을 참으려고 입술을 깨물었다. 자신의 죽음에 대한 화풀이를 6·25전쟁에게 하고 있는지도 몰랐다.

"내가 보고 싶은 소녀의 가족도 6·25전쟁의 피해자였지!"

영구는 소녀를 생각하며 서러움을 손등으로 닦았다.

5

"희영아, 나 죽어!"

영구는 벌떡 일어나며 신음하듯 중얼거렸다. 잠시 잠잠하던 통증이 갑자기 찾아왔다. 참아야 했는데 자신도 모르게 뱉어내고 말았다.

"어서 죽어야 하는데!"

영구는 뒹굴며 몸부림치며 중얼거렸다. 깊은 한밤중인데도 잠을 이루지 못했다. 자반뒤집기를 하며 괴로워했다. 어떻게 해서든 죽은 것처럼 잠들고 싶은데 눈은 감겨지지 않았다. 아내는 남편의 병간호로 지쳐 깊은 잠속으로 빠져 곤하게 자고 있었다.

'희영이 보고 싶다.'

영구가 그리워하는 소녀의 이름이 희영이었다. 그녀의 모습을 그리며 아픔을 달래었다. 통증의 고통 속에서도 소녀의 모습이 떠올랐다. 눈앞에서 아른거리며 괴롭혔다.

'죽기 전에 만날 수 있을까?'

영구는 눈을 감았다. 가슴이 답답하여 터질 것만 같았다.

"죽기 전에 마지막 소원인데……."

영구는 유리창을 물끄러미 바라보았다. 아픔은 시나브로 잦아들었다. 제풀에 지쳤는지 눈이 스르르 감겼다. 앉은 채로 조리치다가 고주박 잠을 잤다.

꿈을 꾸었다.

고향 뒷동산의 묘가 있는 벌 안의 도래솔 밑에서 희영을 만났다. 예쁜 소녀의 모습 그대로였다.

"네가 만들어 끼워준 꽃반지야."

희영은 손을 내밀어 손가락에 끼어있는 꽃반지를 자랑했다.

"꽃반지를 아직도 끼고 있네."

영구는 다가가 희영의 손을 잡으려고 했다.

"쌍가락지로 하나 더 만들어 끼워줄 수 있어?"

희영은 생글거리며 손을 피했다.

"물론이지."

영구는 두리번거렸다. 자운영 꽃을 찾아보았다. 없었다.

언제 왔는지 초췌한 모습으로 북선 댁이 나타났다. 딸의 옆에 있는 다복솔 속에서 비석처럼 서서 지켜보고 있었다.

"북선 댁, 당신은?"

영구는 다복솔 속에 있는 북선 댁을 물끄러미 바라보았다. 북선 댁은 희영의 엄마였다. 동네사람들은 북한에서 피난 왔다고 하여 북선 댁이라고 불렀다.

"……."

북선 댁은 묵묵히 희영에게 다가갔다. 딸의 손을 잡고 산등성이를 향해 올라갔다.

"희영아, 진희영. 꽃반지를 만들어 줄 테니 기다려!"

영구는 따라가며 목이 터져라 불렀다. 산등성의 된비알을 오르다가 주르르 미끄러졌다. 깜짝 놀라 눈을 떴다. 어떻게 잠들었는지 몰랐다. 밖의 넓은 도로에서는 자동차들이 경적을 울리며 달리고 있었다.

"꿈에도 희영이가……."

영구는 꿈에서 보았던 소녀를 생각하며 정신을 가다듬었다. 아내는 여전히 몸을 뒤척이며 단잠을 자고 있었다.

6

병실 안은 적막으로 단단히 굳어 있는 것 같았다. 아내의 잠자는 숨소리가 조금은 거칠게 들렸다. 숨 쉬는 소리가 건강을 과시하겠다는 듯이 힘찼다. 잠 못 이루는 남편을 비웃고 있는 것 같았다. 시샘이 났다.

'이상하단 말이야?'

영구는 고개를 갸웃거리며 잠을 청하려고 누웠다.

'북선 댁과 희영이 무엇 때문에 꿈속에서 찾아 왔지?'

영구는 생생하게 떠오르는 꿈을 되새김질하며 음미했다. 곱씹을수록 감칠맛이 났다. 그 의미를 상상하며 씹어댔다.

"희영은 자신이 어머니 북선 댁처럼 간호사가 되어 독일로 갔다고 하던데……."

영구는 꿈속에서 보았던 희영의 모습을 다시 그려보았다.

"6·25전쟁이 끝나고 내가 병들었을 때에 복선 댁이 나를 살려 주었는데……."

영구는 입에 고인 침을 삼켰다.

"간호사였던 희영이 찾아와서 간호를 해준다면……."

영구는 엉뚱한 상상에 빠지며 빙긋이 웃었다. 그녀의 어머니인 북선 댁이 간호하여 열병을 낫게 해준 것이 생각났다.

'어찌 되었던 죽기 전에 한 번 만났으면 더 바랄 것이 없을 텐데…….'

영구는 꿈을 반추하며 잘근잘근 씹어댔다. 곱씹을수록 소녀가 더욱 그리워졌다. 보고 싶어 눈물이 핑 돌았다.

'이제는 그때 그 시절로 되돌아갈 수는 없겠지?'

영구의 상상은 어린 시절로 돌아갔다. 어느새 소녀를 처음 만났던 그때가 성큼 다가와 영화의 화면처럼 선명하게 보였다.

7

그러니까, 소녀를 처음 만났던 그때는 무서운 6·25전쟁이 끝나갈 무렵이었다. 휴전협정이 맺어진 그해의 이월이었을 것이다.

영구는 그저께도 어저께도 어머니를 따라 아버지를 찾으러 다녔다. 어린 몸으로 얼마나 헤맸는지 몰랐다. 몸이 지쳐 아침에는 일어나지 못하고 늦잠을 잤다.

"영구야, 일어나라. 아빠 찾으러 가자!"

어머니는 먼동이 트자마자 주먹밥을 싸들고 마당에서 소리쳤다.

"엄마, 오늘도 아빠를 찾으려 가는 거야?"

영구는 억지로 일어났다. 방문을 열고 나가며 하품을 했다. 눈을 비비며 엄마 뒤를 따라갔다. 발이 아파 절뚝거렸다. 몸이 피곤하여 가기 싫었다. 못 가겠다고 생떼를 쓰려다가 참았다. 어리지만 어머니의 아픈 마음을 알아차렸다. 아버지가 보고 싶어 기다리고 있을 수도 없었다.

"네 아버지의 죽은 시체라도 찾아야지!"

어머니는 잰걸음으로 고샅을 빠져나갔다. 빈재를 넘어가기 위해 뒷동산의 자드락길로 접어들었다. 다복솔이 있는 오솔길을 따라 걸었다. 신작로로 가지 않고 지름길을 택했다. 논둑으로 들어섰다.

"오늘도 유치로 가게?"

"보림사를 뒤져보고 암청이 골짜기까지 가서라도 찾아 봐야지."

어머니는 뒤도 돌아보지 않고 빈재의 비탈을 넘어갔다.

"아버지가 살아서 돌아오게 될 줄 알아?"

영구는 아버지가 절대로 죽어서는 안 된다는 다짐을 하고 있었다. 어머니의 뒤를 뛰듯이 따라가며 숨을 몰아쉬었다. 오금이 절리고 발바닥이 아파도 태연하게 행동했다.

"네 아버지가 살아서 돌아온다면 더 바랄 것이 없지!"

어머니는 눈물을 삼켰다.

"나도 아버지가 보고 싶은데……"

영구는 눈물을 닦았다. 아버지를 생각하니 더욱 그리워졌다.

"너도 보고 싶겠지. 아버지인데……"

어머니는 눈물을 삼켰다.

"살아계셔야 하는데……."

"당연하지."

"어른들은 왜 전쟁을 하면서 사람을 죽여?"

"글쎄 말이다."

"오늘은 아버지를 찾을 수 있을까?"

영구는 며칠째 어머니와 함께 밤중에 붙잡혀 끌려간 아버지를 찾아
다녔다.

"죽었다면 시체라도 내 눈으로 보아야……."

어머니는 울음보를 터뜨리며 흐느꼈다. 아버지의 주검이라도 찾아야
한다며 서러워했다. 사람들을 총살했다는 후미진 곳을 알아내어 뒤지
고 뒤졌다. 무작정 도린곁의 깊은 산골짜기를 헤맸다. 어느 날은 수문포
의 해변을 돌아다니기도 했다.

8

그러던 어느 날이었다.

영구는 오늘도 꼭두새벽에 어머니를 따라 나섰다. 어머니와 함께 빈
재를 넘어갔다. 유치면 구석구석을 뒤지며 돌아다녔다. 누군가에 의해
깜깜한 밤중에 끌려간 아버지를 찾고 또 찾으며 이곳저곳을 헤매었다.
장흥군의 여기저기를 뒤져보아도 아버지의 흔적은 어디에도 없었다.

"아버지를 누가 끌고 갔어?"

영구는 어린애가 아니었다. 마을사람들의 이야기를 귀담아 들었기에
전쟁은 사람을 죽이는 무서운 괴물이라는 사실을 알고 있었다.

"글쎄 말이다. 좌익도 우익도 아니었는데……."

"아버지는 남에게 해코지를 한 적이 없지?"

"남 못할 일을 하며 살 위인이 못 되지!"

어머니는 힘주어 말했다.

"살아계시겠지요?"

"생떼같은 죄 없는 사람을 잡아가 죽였는지 살렸는지……. 아무것도 모르는 허섭스레기 같은 무지렁이의 양민들이 무슨 짓을 했다고?"

어머니는 미친 사람처럼 중얼거렸다. 제정신이 아니었다. 정신병자가 되어 깊은 산골짜기를 헤매었다.

오늘도 하루해가 저물어 해거름이 되었다. 서쪽 산 고스락 위에는 붉게 물든 저녁노을이 짙어져갔다. 태양은 산 능선의 해넘이로 모습을 감추었다. 땅거미가 드리워져 짙어졌다. 캄캄한 어둠은 무서운 공포를 불러들였다. 누군가 산등성 바위 뒤에서 총부리를 겨누고 있는 것 같았다. 잰걸음으로 빈재의 비탈을 내려왔다. 온몸은 땀으로 범벅이 되었다. 양지편의 동구 밖에 다다랐다. 마을 입구에서 인기척이 들렸다. 누군가가 대화를 하고 있었다. 어둠을 뚫고 남자의 말소리도 새어나와 귓속으로 파고들었다.

"영구아빠요?"

어머니는 반가워 소리쳤다.

"어디 있다가 이제야 왔소?"

어머니는 흐느끼고 있었다. 부린 살처럼 날아갔다.

"……."

어둠 속이 조용해졌다.

"영구아빠!"

어머니는 발을 멈추었다. 장승처럼 서서 불러보았다. 남편의 목소리가 분명했다. 어둠 속에서는 뜬것처럼 아무런 반응이 없었다.

'분명히 영구아빠의 목소리였는데……'

어머니는 눈알을 크게 뜨고 어웅한 어둠 속을 응시했다. 사람의 모습이 희미하게 나타나자 주춤거렸다. 눈을 씻고 다시 살펴보니 남편이 아니었다.

'혹시 빨치산이나 경찰들……?'

어머니는 무서워 몸을 바르르 떨었다. 등골이 오싹해졌다. 총부리를 겨누고 있는 것 같았다.

"당신들은 누구요?"

어머니는 남편이 아니라는 사실을 알고 투정을 부리듯 물었다. 한편으로는 두려워 온몸에서 식은땀이 흘러내렸다. 총을 가지고 다니는 공산당, 인민군, 경찰, 국군, 모두가 싫었다. 누구도 믿을 수 없었다. 불쌍한 서민들은 그들의 학살 대상이었다. 자기들의 요구에 응하지 않으면 적이라고 하여 무조건 총살시켰다.

9

"우리는 피난민 가족입니다."

북선 댁은 깜짝 놀랐다. 자식들의 앞을 막고 나섰다. 더듬거리며 어눌하게 말했다. 전쟁 중이라 무서웠다. 자신은 피난을 내려온 피난민이라는 생각이 들어 다리가 후들후들 떨렸다. 여자라고 하여 믿을 수가 있는 것은 아니었다. 여성공산당원들도 있기 때문이었다. 잘못하면 가족이 몰살당했다. 어둠속을 돌아다니는 사람들은 모두가 무서운 잔인한 괴물로 여겨졌다. 밤길에는 동물보다는 같은 인간이 더 무섭다는 말이 떠올랐다.

"피난민 가족?"

어머니는 실망하여 힘없이 중얼거렸다.

"예."

"어디서 왔어요?"

어머니는 피난민을 경계하고 있었다. 그들도 살기위해 남을 해코지했다. 며칠씩 굶고 도망 다니기에 배가 고팠다. 인간은 먹지 않으면 죽었다. 허기를 달래려고 밤이면 강도가 되어 도적질했다. 먹을거리가 있으면 닥치는 대로 빼앗아갔다.

"북쪽에서……."

북선 댁은 어둠 속에서 나타나는 모습을 뚫어지게 응시했다. 어린애가 뒤에서 따라오고 있는 것이 희끄무레하게 보였다. 애의 엄마라는 생각이 들어 조금은 안심이 되었다.

"우리는 나쁜 사람이 아닙니다."

북선 댁의 남편은 뒤에 서서 애들을 감싸며 끼어들었다.

"북쪽, 어디서 왔습니까?"

어머니는 의심을 접지 않았다. 믿을 수 있는 사람이 한 사람도 없기 때문이었다.

"가족을 살리기 위하여 이북 평안도에서……."

북선 댁이 어눌하게 대답했다. 어떻게 왔는지 몰랐다. 죽지 않으려고 정신없이 숨어 다녔다. 살아남겠다고 걷고 걸어 오다보니 여기까지 왔다. 어디로 얼마나 더 헤매어야 할지 기약할 수 없었다. 가족의 목숨만

건져보겠다고 뜬구름처럼 떠돌아다니고 있었다.

"북쪽에서 여기까지요?"

어머니는 그때서야 고개를 갸웃거렸다. 죽지 않고 살아있는 것만으로도 예삿일이 아니었다.

"예. 어린 것들이 무슨 죄가 있습니까? 어린 자식들을 살려야 하겠기에……."

북선 댁은 울먹였다.

"옳으신 말씀입니다. 어린 아이들이 무슨 죄가 있습니까? 잘났다는 어른들의 죄인데……."

어머니는 다가가며 애들을 살펴보았다.

"그러게 말입니다."

북선 댁은 눈물을 훔쳤다.

"잠자리 때문에 우리 동네로 가는 거요?"

어머니는 어린애들을 보자 도와주고 싶다는 생각이 들어 발등걸이했다.

"어린 것들을 한데에서는 재울 수 없고……. 남의 집 헛간에서라도……."

북선 댁은 어느새 친인척이 된 것처럼 바싹 다가갔다. 살아남기 위해서는 체면 같은 것은 허울이었다.

"네 식구요?"

어머니는 가족을 둘러보았다.

"예. 남편과 어린 남매 둘."

북선 댁은 애들을 돌아보았다. 불쌍했다. 또 눈물이 주르르 흘렀다. 어린 것들에게 무슨 죄가 있는가.

"어린애들을 한데에서 재우면 안 되지요. 날씨도 차가워 서리가 내리는데…… 병이라도 나면……."

어머니는 애들을 바라보며 혀를 찼다.

"이놈의 전쟁이……."

북선 댁은 하늘을 쳐다보았다. 서러워 눈물을 가득 담은 별들이 총총 박혀있었다. 수런거리며 흐느끼고 있었다.

"내 집에서 하룻밤을 묵어 가시요."

어머니는 앞장섰다.

"우릴 재워주시려고……."

북선 댁은 기다렸다는 듯이 반겼다. 불안감은 여전했다. 전쟁 중이라 누구도 믿을 수 없었다. 잘못하면 밤중에 가족이 몰살당할지도 몰랐다.

"작은방이 비어 있으니 거기서 자시요."

어머니는 같은 전쟁의 피해자라는 생각이 들어 흔쾌히 하락했다. 전쟁은 사람을 죽이지만 인간의 도리를 저버려서는 안 되었다.

"고맙습니다. 이 은혜를……."

북선 댁은 허리를 굽히며 감사함을 표했다. 한데 잠을 면하게 된 것만으로도 참으로 다행이었다.

"고맙긴요. 하룻밤인데……."

어머니는 퉁명스럽게 말하며 사립문을 들어섰다.

"하룻밤이라도……."

북선 댁은 마당으로 들어가며 두리번거렸다.

"이 방이 비어 있으니 여기서……."

어머니는 방문을 열어주었다.

"이 방에서요?"

북선 댁은 헛간이라도 반가웠을 것이다. 아늑한 역려보다 훨씬 좋은 포근한 보금자리였다. 차가운 밤바람 속에서 지새웠던 날이 부지기수였다.

"여러 날 굶었지요?"

어머니는 북선 댁이 방으로 들어가는 것을 보고 돌아섰다.

"……."

북선 댁은 대답을 못하고 눈물을 흘렸다. 밥을 생각하니 창자가 뒤틀렸다.

"굶으면 애들이 죽어요."

어머니는 혀를 차며 부엌으로 갔다. 여러 날을 굶었을 것이라는 생각이 들어 두 솎음 삶은 꽁보리밥을 바가지에 담아 가지고 왔다.

"나누어 잡수시오."

어머니는 아끼지 않고 건네주었다.

"댁도 굶고 있을 텐데……."

북선 댁은 받지 못하고 머뭇거렸다.

"어서요."

어머니는 바가지를 방에 놓고 돌아섰다.

"애들이 추우면 고뿔이 걸리겠지?"

어머니는 작은방 아궁이에 군불을 지폈다.

'왜 전쟁이 일어났을까?'

'한반도가 갈라져서 통일 때문에?'

'혁명? 이념 때문에?'

'국민은 살겠다고 정처 없이 피난을 다니고 있는데. 북쪽에서 남쪽 끝까지 찾아 왔는데…….'

'힘없는 허섭스레기 같은 국민이지만 똑같은 인간이기에 단 하나밖에 없는 목숨만은 건져야 한다고 몸부림을 치고 있는데……'

어머니는 피난민을 동정했다. 곰살가운 인정을 베풀며 감쌌다. 그들도 함께 더불어 살아야 할 동족이었다. 불쌍해서 동정한 것이 아니라 도와주어야 할 의무가 있다고 생각했다.

'힘 있고 잘났고 똑똑하고 많이 알고 영웅이시고 위대하신 지도자 분들은 출세하려고 전쟁을 일으키지만 힘없고 무식하고 허섭스레기 같은 국민들은 총부리 앞에서 죽어야만 하니……'

어머니는 아궁이 속 구들장 밑으로 빨려 들어가는 불꽃을 바라보며 한숨을 쉬었다.

10

사람을 죽이는 전쟁은 잔인하고 모질고 악독한 짓거리라는 것이 분명해졌다. 평화가 좋다는 것을 부인할 사람은 아무도 없었다. 전쟁이 끝난 뒤에는 승리자나 패배자나 남은 건 아무것도 없었다. 결과는 처참한 희생뿐이었다.

1953년 여름에 휴전하자는 협정이 맺어졌다. 싸우지 말고 휴식을 취하며 숨고르기를 하자는 의미는 아닐 것이다. 그렇다고 완전하게 전쟁을 끝내는 평화협정도 아니었다.

6·25전쟁으로 삼백 하고 몇 십만의 사상자를 냈다. 대단한 전투가 중지되었다. 아주 위대한 업적을 남긴 동족간의 피비린내 난 혈투였다. 통일과 이념의 대결이라는 그럴듯한 이유에서였다.

전쟁의 후유증은 대단했다. 동네사람들이 좌익 우익 편이 갈려 적이 되었다. 이웃사촌이 아니라 원수로 변했다. 사람들은 어느 누구도 믿지 못하고 서로를 경계했다. 불안, 초조, 공포, 두려움 속에서 가슴 조이며 살았다.

전쟁의 위대한 과업은 또 있었다. 전 국민들을 각설이로 만들었다. 많은 사람들이 먹을거리가 없어서 비렁뱅이로 변했다. 동양아치들이 떼로 몰려다니며 품바타령을 하며 걸식했다. 거지들은 가끔 도적질을 하면서 근근이 연명해갔다. 국민의 삶은 피폐하여 하루하루가 걱정이었다. 제대로 먹지 못하니 건강이 나빠졌다. 사람들의 면역력이 약해져서 열병이라는 돌림병이 돌아다녔다.

11

"엄마, 머리 아파 죽겠네."

영구는 종일 고샅에서 애들과 함께 놀았다. 해 설핏해져서 마당으로 들어서며 악을 썼다.

"어디가 아프다고?"

어머니는 부엌에서 저녁밥 짓다가 헐레벌떡 뛰어나왔다.

"머리가……."

영구는 엄마를 보자 울음을 터뜨렸다. 투정부리며 생떼거리를 했다.

"머리가 펄펄 끓네!"

어머니는 손으로 영구의 이마를 어루만졌다. 혀를 차며 두리번거렸다. 얼굴이 달아올라 화끈거렸다.

"죽겠다니까."

영구는 손등으로 눈물을 닦았다.

"방으로 들어가자."

어머니는 아들을 품에 감싸며 방으로 들어갔다. 따뜻한 아랫목에 눕혔다. 시렁에서 누더기이불을 내려 덮어주었다.

"북선 댁이 병을 치료하는 간호사라고 했지."

어머니는 미친 사람처럼 중얼거렸다. 자식이 아프다고 하니 눈앞이 캄캄해졌다. 어떻게 해야 좋을지 몰라 허둥댔다. 지옥에 떨어진 것처럼 정신이 몽롱해졌다.

12

"북선 댁, 북선 댁!"

어머니는 방문을 나서며 소리쳤다. 쏜살처럼 옆방 향했다.

"어머니 안 계세요."

희영은 방문을 열고 나왔다.

"어디 가셨냐?"

"아까 아랫마을에서 누가 와서 데려 갔어요."

"무슨 일로?"

"애를 낳는데 나오지 않는다고 하여 급하다고 해서……."

"아버지는?"

"외지로 일하러 가서 며칠째 오지 않았어요."

"어디로 갔는데?"

"몰라요."

"오빠는?"

어머니는 누군가가 도와주어야 한다는 생각에 지푸라기라도 찾고 있었다.

"학교에서 노는지 아직 안 왔어요."

"북선 댁이 빨리 와야 하는데……."

어머니는 허둥대며 갈팡질팡했다.

"곧 오시겠지요."

희영은 눈을 크게 뜨고 눈동자를 굴렸다.

"엄마가 오시면 우리 영구가 아프다고 해라."

어머니는 돌아섰다. 아무것도 몰랐다. 펄쩍펄쩍 뛰며 쩔쩔 매었다. 남편은 전쟁으로 잃고 자식은 병들어 죽게 생겼다. 눈앞이 캄캄하여 아무것도 보이지 않았다.

"많이 아파요?"

희영은 오전에 뒤란에서 영구와 함께 소꿉장난하며 즐겁게 놀았었다. 그런데 아프다고 하니 믿을 수가 없었다.

"모르겠다."

어머니는 먼산바라기하며 숨을 몰아쉬었다. 황토색의 저녁놀이 짙어져갔다. 수리봉의 고스락 위에는 핏덩이 같은 태양이 얹혀 내려다보았다. 해넘이를 찾아 기어들어가며 황톳빛을 토해냈다. 해가 저물어 차가워진 바람이 위쪽 골짜기를 빠져나왔다. 양지편마을 덮으며 집 안으로 찾아들었다. 싸늘하게 온몸을 휘감으며 지나쳐갔다. 뒷동산에서 날아온 멧새들이 하룻밤의 보금자리를 찾아 동네 앞의 대밭으로 들어가며 푸덕거렸다.

"우리 영구가 많이 아파요?"

북선 댁은 한밤중에 돌아왔다. 방문을 열고 방으로 들어가면서 다급하게 큰소리로 물었다. 영구가 아프다는 말을 듣고 되짚어 쏜살처럼 날아왔다. 요사이 열병이 돌림병으로 돌아다니기 때문에 결코 좋은 일이 아니었다. 이 마을 저 동네에서 여러 사람이 죽어 나갔다.

"온몸이 불덩이라……."

어머니는 누워있는 영구의 옆에서 지켜보다가 벌떡 일어났다. 자리를 비켜주었다.

"열이 심하네!"

북선 댁은 영구의 머리맡에 앉았다. 이마에 얹어 놓은 물수건을 떼어냈다. 이마와 볼을 어루만졌다. 청진기를 귀에 꽂았다. 저고리의 단추를 풀었다. 가슴 여기저기에 대며 진찰했다. 온도계를 겨드랑이에 끼어놓고 체온을 쟀다. 체온계를 들여다보며 깜짝 놀랐다. 열이 너무 높았다.

"어디가 아파?"

희영은 엄마를 따라와 옆에서 서서 지켜보았다. 괴로워하는 영구를 물끄러미 바라보며 걱정했다. 눈물이 나오려고 하는 걸 참았다.

"모르겠어."

영구는 희영의 시선을 피하려고 고개를 돌렸다. 희영의 눈가에 젖어 있는 눈물을 보았기 때문이었다.

"아프지 말아야 하는데……."

희영은 흐르는 눈물을 손등으로 쓱 닦았다.

"저만치 가 있어라."

북선 댁은 딸을 쳐다보며 떠밀었다.

"낮에는 아무렇지도 않아 함께 소꿉놀이를 하며 재미있게 놀았는데……."

희영은 혼잣말로 중얼거리며 윗목으로 물러섰다. 영구를 내려다보며 눈물을 닦았다. 자신의 몸이 아픈 것처럼 괴로웠다. 자신도 모르게 슬퍼지는 걸 주체하지 못하고 있었다.

14

"지금 돌아다니고 있는 열병 같은데……?"

북선 댁은 고개를 돌려 어머니를 바라보았다.

"돌림병이라고요?"

어머니의 눈에서는 또 눈물이 주르르 흘러내렸다. 전쟁이 끝난 후 염병이 돌아다녀 이 마을 저 동네에서 많은 사람이 죽었다는 소문을 들었다. 그 병이 아들에게 찾아왔다.

"심하지 않으니 걱정 마십시오."

북선 댁은 영절스럽게 말했다. 심하지 않다는 말은 거짓말이었다. 열이 심하여 생사를 장담할 수 없었다. 그렇다고 위태롭다고 말할 수도 없었다. 죽고 사는 것은 인간의 뜻대로 되는 것이 아니라 하느님만이 알 수 있기 때문이었다.

"엄마, 나 죽어!"

영구는 뒹굴며 소리쳤다.

"걱정하지 마라. 곧 나을 것이다."

북선 댁은 영구의 이마를 쓰다듬었다. 죽지 않는다는 희망을 주고 싶었다.

"우선 급한 대로 주사라도 놓아서……."

북선 댁은 벌떡 일어났다. 부엌으로 나갔다. 가마솥에 물을 붓고 아궁이에 불을 지폈다. 부뚜막에 얹혀있는 솥에서 물이 펄펄 끓었다. 주사기를 넣어 삶아 소독했다. 소독한 주사기를 가지고 방으로 들어갔다. 작은 약병에 증류수를 넣고 흔들어 뽑았다.

"영구를 살리려고 이 주사약을 아껴 놓았나보다."

북선 댁은 주사기를 추켜들고 공기를 빼냈다.

"주사 안 맞을 거야!"

영구는 몸을 뒤틀며 생떼를 썼다. 많이 아플 것 같았다.

"가만히 있어라."

어머니가 달려들어 영구의 몸을 붙잡아 눌렀다.

"좋은 주사약이니까 금방 나을 거야."

북선 댁은 영구의 엉덩이에 주사를 놓으려고 바지를 내렸다. 손바닥으로 때리며 주사바늘을 꽂았다.

"엄마, 주사 맞기 싫다니까!"

영구는 주사를 맞으며 악을 썼다. 서럽게 울어댔다.

"열이 내려갈 겁니다. 내일 아침에 올게요."

북선 댁은 영구의 이마를 어루만지며 자리에서 일어났다. 더 해줄 것이 없었다. 다행히 해열제가 있어서 놓아준 것뿐이었다.

"고맙습니다. 꼭 살려주세요. 열병이 돌아 많이 죽는다고 하던데."

어머니는 애걸했다. 염병으로 많은 사람이 죽었다는 소문이 귓속을 후벼 파며 괴롭혔다.

"걱정 마세요. 별탈이 생기겠습니까. 곧 낫게 될 겁니다."

북선 댁은 위로했다. 자신의 가족을 살려준 은혜를 갚기 위해서라도 꼭 살려내야 했다.

"하나밖에 없는 내 새끼!"

어머니는 방문을 나서는 북선 댁을 바라보았다. 눈물방울이 주르르 흘러내렸다.

"아프면 안 돼. 빨리 나아서 숨바꼭질하자."

희영은 어머니의 뒤를 따라가며 돌아보았다. 눈가에 젖어있는 눈물을 닦았다.

"알았어."

영구는 눈물 닦고 방문을 나가는 희영을 바라보았다. 예쁘고 사랑스러웠다.

15

영구는 열병으로 며칠 동안 생사를 넘나들었다.

어머니는 꼭두새벽에 일어나 장독대 한쪽에 정안수를 떠놓고 자식을 살려달라고 기도했다.

북선 댁은 자신의 애들을 돌보듯이 지극정성으로 간호했다.

"오늘은 미음이라도 먹었어요?"

북선 댁은 오늘도 저녁이 되어 주사를 놓아주며 물었다. 매일 읍내에 나가서 구해왔다.

"죽을 조금은 먹었어요."

어머니는 한숨을 몰아쉬었다.

"참으로 다행입니다. 어려운 고비는 넘긴 듯합니다."

북선 댁은 영구의 이마를 어루만지며 빙긋이 웃었다. 무슨 일이 있어도 살려야 한다며 안간힘을 써 간호했다. 사랑과 살가운 돌봄 때문인지 시나브로 건강을 되찾아 가는 것 같았다.

"북선 댁이 아니었더라면 자식까지……."

어머니는 눈물바람을 했다.

"내 새끼나 마찬가지인데……."

북선 댁의 빙긋이 웃었다. 이제는 마음이 놓여 다행히었다. 자신의 보살핌이 없었다면 어떻게 되었을지 모를 일이었다. 영구가 생기를 되찾아가니 보람을 느꼈다.

"어떻게 고마움을 갚아야 할지……."

"고맙기는요? 곧 일어나게 될 겁니다. 어른 아이 할 것 없이 돌림병으로 많이 죽었는데……."

북선 댁은 당당하게 말했다. 차도를 보니 하루가 다르게 회복되어갔다. 전쟁 직후였기에 굶주림으로 몸이 허약해졌다. 면력이 약하여 질병에 취약했다. 치료할 약도 없었다. 돌림병으로 많은 사람들이 죽어가는 것을 지켜보았었다.

"북선 댁의 은혜를……."

어머니는 말을 못하고 울먹였다.

"그런 말씀 마세요. 영구 어머님이 아니었더라면 우리 가족은……."

북선 댁은 어머니의 손을 잡고 놓아주지 않았다.

"해 드린 것도 없는데……."

어머니는 서러움을 삼켰다.

"오늘 밤에는 잠을 잘 자게 될 겁니다."

북선 댁은 방문을 열고 밖으로 나갔다. 마당 가운데에 서서 하늘을 쳐다보았다. 별들이 실탄을 맞은 자국처럼 반짝거리고 있었다.

16

영구는 희영이와 함께 초등학교에 입학했다. 한 집에 살고 있기에 항상 쌍둥이처럼 붙어 다녔다. 숙제나 놀이를 할 때에도 함께 했다. 애들이 희영을 북에서 왔다고 놀려대면 영구가 나서서 싸웠다. 오빠처럼 보호하고 보살폈다. 둘이 합세하여 덤벼들었다. 영락없는 남매처럼 생활했다.

봄볕 좋은 어느 봄날이었다.

수업이 끝나고 교실청소를 마쳤다. 종례를 하고 학교가 파했다. 교실에서 몰려 나간 애들이 운동장을 나가면서 소리쳤다. 하기 싫은 하루의 공부를 끝내고 나니 홀가분해졌는지 소란을 피우며 집으로 향했다.

봄기운은 부산들 들녘에 가득 담겨있었다. 여기저기에서는 종달새들이 하늘로 솟아오르며 봄노래를 불렀다. 봄 잔치가 벌어져 신명나게 즐겼다. 아지랑이가 모락모락 피어오르며 춤을 추었다. 파란보리는 어느새 껑충 자라 이삭의 얼굴을 내밀었다. 제암산의 민틋한 산봉우리 위에는 흰 구름이 얹혀있었다. 뒤에서 내려다보는 수리봉의 멧부리가 쪽빛 하늘로 솟아오를 기세였다. 산에는 초록빛의 진솔옷으로 갈아입었다. 벚나뭇가지에 흐드러지게 피었던 벚꽃은 순식간에 떨어져버렸다. 푸른 이파리 돋아나는가 싶더니 버찌가 매달려 있었다.

"점심 먹고 뒷동산에 갈까?"

영구는 교문을 나서면서 뒤에 따라오는 희영을 돌아보았다.

"산딸기 따먹게?"

희영은 영구 옆으로 바투 했다. 산딸기는 배고픔을 달래는 곁두리이었다.

"산딸기는 아직은 빠를 거야."

영구는 고개를 저어댔다.

"보리누름이 지나야……."

희영은 고개를 끄덕였다.

"풋보리바심이라도 해야……."

"배고픈 보릿고개 넘기려면……."

희영은 홀쭉한 배를 움켜쥐었다.

"토실토실 살이 오른 탐스러운 찔레순도 맛있어."

영구는 찔레나무의 가시에 찔리면서 부드럽고 탐스러운 애채를 꺾어다가 껍질을 벗겨 먹었다. 허기를 달래려고 새참으로 먹어야 되었다.

"조금 있으면 산자락의 밭둑에 있는 뽕나무의 오디는 달콤한 사탕인데……."

희영은 군침을 삼켰다.

"버찌도 곧 익겠는데!"

영구와 희영은 교문으로 나가는 통로에 서서 벚나무를 쳐다보았다.

"엊그제 벚꽃이 활짝 피었는데……."

"뒷동산에는 가을이 되면 정금 머루 다래도 익는다."

영구는 먹을거리를 상상하니 더욱 배가 고팠다.

"가을이 되면 뒷동산이 좋기는 하는데……."

희영은 고개를 저어댔다.

"산이라 무섭기는 해. 전쟁 때에 양지편 사람들이 많이 죽었지!"

영구는 몸을 바르르 떨었다. 밤에 붙잡혀 간 아버지가 생각나 눈물이 핑 돌았다. 어쩌면 뒷동산의 골짜기에서 총살당했을지도 모른다는 생각이 들었다. 아직까지 죽었다는 흔적을 찾지 못했다. 지금도 날마다 애타게 기다리고 있었다.

17

"오늘도 뒷동산에서 놀자고."

희영은 생글거리며 좋아했다. 뒷동산이 그들의 놀이터였다. 봄이면 어머니를 따라다니며 취나물, 칡순, 쑥 같은 산나물을 뜯었다. 약초, 도라지, 더덕 등도 캤다. 가을이면 머루, 다래, 정금, 도토리 등을 땄다. 식량이 없었기에 먹을거리를 산에서 구했다. 요사이는 면사무소에서 배급이 나와 식량사정이 조금 나아졌다. 전쟁이 끝난 직후에는 굶기는 밥 먹듯이 했다.

"뒷동산이 아니면 놀데가 없지."

영구는 희영이와 함께 사거리를 지나쳐 신작로를 걸었다. 반산의 비탈을 오르며 집으로 향했다. 하늘에서는 토실토실 살이 오른 햇빛이 흐벅지게 쏟아져 내려왔다. 따뜻해진 봄볕이 휑뎅그렁한 보끼미의 들판에도 가득 담겨있었다. 신작로 옆 논다랑이에는 자운영이 탐스럽게 자랐다. 꽃이 흐드러지게 피어있었다.

"자운영 꽃 봐라!"

희영은 자신도 모르게 자운영 꽃에 이끌려 논으로 내려갔다.

"정말 예쁘다."

영구는 환하게 웃으며 따라갔다.

"뜯어다가 데쳐서 나물로 묻혀먹으면……."

희여은 군침을 삼켰다. 언젠가 어머니가 나물로 캐와 데쳐서 된장에 무쳐 만나게 먹었었다. 얼마나 먹었는지 속이 다려 토할 뻔했었다. 배가 고파서 너무 많이 먹었기 때문이었다.

"너무 쇠어져서 나물로는 먹을 수가 없어. 그보다 더 좋은 게 있지."

"무언데?"

"꽃반지."

영구는 생글거렸다. 꽃반지를 만들어 희영의 손가락에 매어주고 싶었다.

"만들 줄 알아?"

"내가 만들어 네 손가락에 끼워줄게."

영구는 논둑에 쪼그리고 앉았다. 자운영 꽃을 두 개 뜯었다. 하나을 꽃봉오리가 있는 바로 밑의 꽃대를 약간 쪼갰다. 다른 꽃대를 끼워 잡아당겼다. 두 꽃봉오리가 만나 하나가 되었다. 아름다운 꽃반지가 만들어졌다.

"꽃반지를 끼워준다고?"

희영은 지켜보고 있다가 손을 펴 내밀었다.

"이렇게 묶으면……."

영구는 희영의 손가락에 꽃반지를 매어주었다.

"정말 예쁜 꽃반지네."

희영의 얼굴에는 웃음꽃이 활짝 피었다.

"웃는 네 얼굴이 더 곱다."

영구는 좋아하는 희영이를 뚫어지게 바라보았다.

"내가 예쁘다고?"

희영은 영구가 꽃반지를 손가락에 매어주니 이상한 감정이 들었다. 신랑이 신부에게 끼워준 반지가 생각났다. 수줍어 얼굴이 붉어졌다.

"그래, 백설 공주처럼."

영구는 기분이 좋았다. 파란 하늘을 훨훨 날아다니는 것 같았다. 뒷동산 산마루에는 흰 뭉게구름이 피어올랐다. 앞산 산등성이에서는 송홧가루가 날렸다. 개천에서는 종달새가 펄쩍펄쩍 뛰어 오르며 노래했다. 빈재들에서는 아지랑이가 너울너울 춤을 추었다. 수리봉 위에서는 태양이 내려다보며 빙긋이 웃고 있었다.

"꿩 꿩!"

장끼는 남산의 산자락에서 치솟아 뒷동산으로 날아갔다.

영구와 희영은 집으로 가지 않았다. 자운영이 있는 논가에서 놀았다. 해동갑하여 마을로 들어갔다.

다음날, 그 다음날에도 하굣길에는 자운영이 있는 들판을 쏘다녔다. 꽃반지, 꽃팔찌, 꽃목걸이를 만들었다. 즐겁게 놀다가 해거름이 되어 집으로 갔다.

이듬해, 그 다음해 봄에도 신작로 옆의 논에는 자운영 꽃이 흐드러지게 피어있었다.

18

전쟁의 후유증이 시나브로 찾아들었다. 겉으로는 전쟁의 상처가 아물어가는 것처럼 보였다. 사람들의 마음속은 달랐다. 여전히 죽음의 공포에서 벗어나질 못했다. 상처를 남긴 크나큰 흉터는 머릿속에 그대로 남아있었다. 죽음에 대한 불안, 초조, 공포, 두려움이 날카로운 창으로 변해 심장을 찔러대며 괴롭혔다.

이념의 대립은 보이지 않는 갈등으로 남아 더욱 치열하게 앙갚음을 했다. 간첩, 빨갱이라는 무서운 단어들이 돌아다니며 은근히 적대하며 보복했다. 더불어 살아가야 할 이웃을 의심하고 적으로 여겼다. 어느 누구도 믿을 수가 없었다. 전쟁은 잠시 중지하는 휴전일 뿐 완전하게 끝난 것도 아니었다. 동족인 남과 북은 완전히 철천지원수가 되어 적국으로 변했다. 대립과 갈등은 더욱 심해졌다. 전쟁의 책임을 상대편에 넘기며 미워하고 저주했다. 다시 전쟁을 할 것 같은 불안과 공포는 계속 되었다. 언제 전쟁이 벌어져 동족을 살상하는 못된 짓거리를 하게 될지 알 수 없었다.

정치적인 상황은 한반도의 분단 현실을 이용하여 공포 분위기를 조성했다. 남과 북의 독재자들은 서로가 책임을 상대방에게 떠넘기며 자신들의 기득권을 유지하는 데 이용하는 도구로 만들었다. 국민은 여전히 두려움 속에서 불안에 떨어야 되었다. 빨갱이로 몰려 붙잡혀 가게 될지 모른다는 공포에 밤잠을 이루지 못했다. 반공이라는 이념논리에 휩싸인 대한민국은 평화와는 전혀 다른 대립과 갈등 속으로 빨려 들어갔다. 지도자의 입맛에 맞게 해석하여 합리화 시키면서 영구적인 장기집권에 이용하였다. 힘없는 국민들은 괴롭힘을 당하면서도 무서워 허수아

비 노릇을 하였다. 주권은 국민에게 있다는 권리를 포기하고 마치 당연한 것처럼 받아들였다. 정권이 무언지? 출세가 무언지? 인간의 욕심이 무언지?

19

북선 댁의 형편은 날이 갈수록 좋아졌다. 부산면의 면소재지인 사거리에 오두막 한 채를 마련했다. 어렵게 돈을 모아 자신의 가족이 살아갈 아늑한 둥지를 찾았다.

북선 댁은 자신의 집으로 이사를 가게 되었다.

"신세를 많이 졌습니다."

북선 댁은 눈물을 글썽거렸다. 영원히 헤어지는 것처럼 안타까웠다. 한 집에 함께 살면서 살가운 정이 가슴 속에 가득 담겨있었다.

"신세라니요."

어머니는 북선 댁의 도움을 많이 받았기에 떠나보내기 싫었다. 그렇다고 붙잡을 수도 없었다.

"정말 고마웠어요."

북선 댁은 어머니의 손을 붙잡고 놓지를 않았다.

"고맙긴요. 정말로 이사를 가네요."

어머니는 입술을 빨았다.

"이 은혜를 어떻게 갚아야 할지……."

북선 댁은 참지 못하고 눈물바람을 하였다.

"오히려 제가 고마웠습니다. 영구가 병났을 때에 치료해서 살려주셨으니……."

어머니도 북선 댁의 손을 붙잡고 놓지 않았다. 눈물이 나오려고 하는 것을 참았다.

"멀리 간 것도 아니고 면소재지에서 살 테니 자주 뵙겠지요. 장에 가거나 지나칠 때에는 들려주세요."

"그래야지요."

어머니는 울컥 치솟는 이별의 서러움을 삼켰다. 가족처럼 정들어 보내고 싶지 않았지만 어쩔 수 없었다.

"멀리 간 것도 아닌데……. 엎드리면 코가 닿을 곳이니 가끔 찾아올게요."

북선 댁은 돌아서며 볼에 얹혀있는 눈물방울을 닦았다.

"비좁은 방에서 고생 많았어요."

어머니는 결국 눈물을 보이고 말았다. 볼에 흐르는 눈물방울을 손바닥으로 쓱 문질렀다.

"영구야, 건강하게 자라서 어머님께 효도해야 해."

북선 댁은 부드러운 시선으로 영구를 쓰다듬었다.

"그럴게요."

영구는 고개를 끄덕였다. 마음이 곱고 고마운 북선 댁이었다.

20

희영은 면소재인 사거리로 이사를 갔다. 바로 학교 앞에 있는 마을이었다. 여전히 학교에서 매일 만났다. 이사를 가 떨어져 살지만 한 교실에서 함께 공부하며 생활했다. 가족처럼 살았던 지난날을 생각하며 더욱 사이좋게 지냈다.

초등학교를 졸업했다.

영구와 희영은 장흥읍내에 있는 장흥중학교에 진학했다. 남녀공학이기에 함께 다닐 수 있었다. 시오리의 등하교 길을 항상 나란히 붙어 걸어 다녔다. 다른 학생들은 영구와 희영은 서로 좋아하는 사이라고 놀려댔다. 두 사람은 남들의 관심에는 상관하지 않았다. 변함없는 애정으로 곰살갑게 상대했다. 그래서 학교에 다니는 것이 한없이 즐겁고 행복했다.

어느 날 오후였다. 수업을 마치고 학교가 파했다.

영구는 청소당번이었다. 청소를 마치고 늦게야 교실에서 나왔다. 운동장을 지나쳤다. 조금은 차가워진 바람이 몸을 감싸고 지나갔다. 핏덩이처럼 붉은 해가 서산의 해넘이를 찾아 뉘엿뉘엿 저가고 있었다.

'서둘렀는데도 오늘은 너무 늦었네.'

영구는 부린 화살처럼 몸을 날렸다. 신작로에서는 마라톤선수처럼 냅다 달렸다.

'집에 가면 한밤중이 될 텐데……'

영구는 어둠이 드리워지는 들녘을 둘러보았다. 자두 다리를 지나쳐 건넜다. 행원들녘에는 노랗게 익은 벼이삭들이 불어오는 하늬바람에 물결처럼 넘실거렸다. 붉게 저가는 노을빛으로 덧칠한 들판은 아름다운 수채화였다. 어느새 어둠이 드리워지며 짙어져갔다.

'6·25전쟁 때에 사람을 많이 죽인 솔밭거리를 지나려면 무서운데……. 죽은 혼령들이 귀신이 되어 나타난다고 했는데……'

영구는 부산다리를 건너면서 주춤거렸다.

"다리 아래쪽에 있는 도깨비보!"

영구는 발을 멈추었다. 끄느름한 날씨거나 해가 저물어서 부산다리
를 지나갈 때에는 항상 도깨비가 생각났다. 온몸이 오싹해지며 진땀을
흘렸다. 바싹 긴장하며 조심조심 발을 옮겼다.

"돌돌돌……."

봇둑에 쌓아놓은 돌의 틈새로 빠져나가는 물소리가 유난히도 크게
들렸다. 여울물이 흐르는듯했다.

'하룻밤에 도깨비가 보를 만들었다고 하여 도깨비보라고 했다지?'

영구는 보에 대한 전설을 곱씹어 음미했다. 생각할수록 오금이 결렸
다. 해가 지니 도깨비들이 나와 수런거리고 있는 것 같았다.

'도깨비에게 붙잡히지 않도록 어서 피하자!'

영구는 무서워 냅다 뛰었다. 다리를 건넜다. 내동마을로 들어가는 동
구 밖을 지나쳤다. 과수원을 휘감아 돌아갔다.

"저기가 솔밭거리인데……!"

영구는 발을 멈추었다. 몸이 굳어져 가로수로 변했다. 발을 옮기려고
하여도 땅에 붙은 발바닥이 떨어지지 않았다. 부산들 가운데에 있는
솔밭거리를 물끄러미 바라보았다. 6·25전쟁 때에 총에 맞아 죽은 시체
들이 나타나 갈 길을 막고 있었다.

'소나무 사이에 쌓인 송장들!'

영구는 어머니와 함께 꼭두새벽에 솔밭거리에 왔었다. 어머니는 시체
를 뒤적거리며 아버지를 찾았었다. 없었다. 그 주검들의 원혼이 되어 도
래솔 주변을 맴돌고 있는 것 같았다.

21

"빨리 솔밭거리를 지나가자!"

영구는 자신을 달래며 무거운 발을 옮겼다. 머뭇거리고 있을 수만은 없었다. 여기를 지나쳐야만 집으로 갈 수 있었다. 다리가 떨리고 온몸에서 식은땀이 흘러내렸다.

"무슨 소리지?"

영구는 바싹 긴장하며 발을 멈추었다. 이상한 소리가 찾아와 귓속으로 파고들었다.

'정말로 귀신?'

영구는 귀를 쫑긋 세웠다.

"짜그락 짜그락……."

신작로에 깔려있는 자갈을 밟는 소리가 어둠사이로 들려왔다.

"인기척이면 혹시 희영의 발자국소리……?"

영구는 희영이라는 사실을 알아차리고 안도의 한숨을 쉬었다.

'희영이도 청소당번이었나?'

영구는 어둠 속을 달렸다. 헐떡거리며 뛰어갔다. 희영이를 만나니 힘이 솟았다. 무서움과 두려움과 공포가 사라졌다. 가슴이 뛰며 희망이 생겼다.

"희영아!"

영구는 큰소리로 불렀다. 희영이 무서워하지 않도록 자신의 존재를 알렸다.

"나는 귀신이 따라오는 줄 알았는데……. 영구구나!"

희영은 발을 멈추고 돌아섰다. 떨리는 가슴을 쓸어내렸다.

"늦었네?"

영구는 숨을 몰아쉬며 다가갔다.

"당번이라 청소를 하느라고……."

희영은 어둠을 뚫고 나타나는 영구를 뜯어보며 안도의 한숨을 쉬었다. 자신을 도와줄 백마 탄 기사님이 다가오고 있었다.

"나도 당번이어서……."

영구는 희영을 만나니 귀신에 대한 두려움이 사라졌다. 마냥 좋아서 생글거리며 다가갔다.

22

소년과 소녀는 말없이 한참을 걸었다. 할 말이 없었다. 둥구쟁이 옆을 지나가고 있었다.

"나 이사 간다."

희영은 어눌하게 말했다.

"또 이사를 간다고?"

영구는 희영이 거짓말을 하고 있는 것 같았다.

"응!"

"어디로 가는데?"

"서울이라고 하던가?"

"멀리 가네?"

"영원히 헤어져야 할 것 같아서……."

"다시 만나겠지?"

"만날 수 있을까?"

"물론이지. 우리는 꼭 다시 만나야 돼."

영구는 힘주어 말했다.

"그랬으면 좋을 텐데……."

"아니야 만날 수 있을 거야!"

영구의 눈가에는 어느새 축축하게 젖어 있었다.

"어쨌든 나는 며칠 후 이사를 가야 하니까."

희영은 손가락으로 볼에 얽혀있는 눈물방울을 닦았다.

23

그 뒤 먼 훗날이었다.

서울에서 살고 있는 초등학교 동창들이 모임을 가졌다.

영구는 동창들이 그리워 모임에 참석했다. 어쩌면 희영을 만나게 될지 모른다는 기대 때문이었는지도 몰랐다.

'영원히 헤어지게 될지도 모른다고 했었는데…….'

영구는 동창회에 참석한 친구들을 둘러보며 희영을 찾았다. 몇 번을 다시 보아도 희영의 모습은 보이지 않았다.

"영구야, 너 희영을 좋아했지?"

회장이 다가오며 빙긋이 웃었다.

"그걸 어떻게 알아?"

"항상 붙어 다녔잖아?"

"북에서 피난 와 우리 집에 살았기에……."

"희영의 소식 들었어?"

회장은 영구를 뚫어지게 바라보았다.

"아니."

영구는 고개를 저어댔다. 희영을 만나지 못하여 소식을 듣고 싶어서 동창회에 참석했었다.

"희영은 간호사가 되어 독일에 갔다고 하더라."

"희영이 독일에 갔다고?"

"오빠 따라."

"오빠를 따라서……."

"오빠가 독일 광부로 가니까 희영은 간호사로……."

"희영의 오빠 준섭이 광부가 되어 독일로 갔다고?"

영구는 깜짝 놀랐다. 희영의 말처럼 영원히 만날 수 없게 되어버렸다.

"희영의 오빠는 독일에 가서 광부로 돈을 벌고……. 또 고향인 북한을 가고 싶어서……."

회장은 자세하게 알려주었다.

"그랬었구나."

영구는 고개를 끄덕거렸다.

"희영이 독일로 가면서 영구 너를 만나보았으면 좋겠다고 했다던데……?"

"희영이가 그런 말을 했어?"

"희영은 널 좋아했나보지?"

"……."

영구는 희영이 보고 싶어 말을 못했다.

"희영이 결혼 했다는 말 들었어?"

"결혼 했겠지?"

"독일에서 오빠와 함께 광부로 일하는 착실한 좋은 남자를 만나 행복하게 살고 있다던데?"

"참으로 다행이다. 나도 결혼해서 자식이 있는데……."

영구의 입술에는 알 수 없는 미소가 스쳐지나갔다. 늘낌으로 흐느끼고 있었다.

24

영구는 희영을 생각하며 잠을 이루지 못했다. 그리워하니 정말 보고 싶었다. 금방이라도 병실 문을 열고 들어 올 것만 같았다.

'희영은 간호사가 되어 돈을 벌겠다고 독일로 갔다고?'

영구는 친구들에게 들었던 말을 다시 곱씹으며 음미했다. 죽음이 다가와서 그런지 더욱 보고 싶었다. 눈앞에서 아른거리며 지워지지 않았다.

'나도 고등학교를 졸업하고 독일로 나가 광부가 되려고 했는데…….'

영구는 희영에 대한 자신의 발자취를 돌아보며 그리움을 달래었다. 아직까지 잊지 못하고 애타게 기다리고 있는지 알 수 없었다.

'그 시절에는 독일에 가서 광부로 일하면 부자가 된다고 했었지?'

영구는 고등학교에 다니던 때로 돌아갔다. 독일로 가 광부가 되어 돈을 많이 벌어보겠다는 꿈에 부풀어 잠 못 이루었다. 가난에서 벗어나야 한다는 상상의 날개를 활짝 펴며 희망의 나라를 그리워했었다.

'어머니 때문에 고등학교도 포기해야 했었고…….'

영구는 한숨을 몰아쉬었다.

'어머니가 아버지를 못 잊어 정신이상으로 집을 나가버려서…….'

영구는 어머니 때문에 독일로 가 광부가 되겠다는 꿈을 접어야 했었다.

'어머니는 어떻게 되었을까? 보고 싶구나.'

영구는 어머니의 모습을 그려보았다. 어머니의 품속에 안겨 소리치며 울고 싶었다.

'불쌍한 우리 엄마. 저승으로 가서 아버지와 함께 계시겠지?'

영구는 다시 복받치는 서러움을 억제하며 눈물을 삼켰다.

25

어머니는 아버지의 죽음을 인정하지 않았다. 주검을 보지 못했기에 살아있다고 여겼다. 해거름이 되며 동구 밖에서 서성거리며 아버지를 애타게 기다렸다. 한밤중에도 아버지가 왔다고 하며 마당으로 나갔다. 명절이 되면 동네 앞 고샅에 서서 신작로를 물끄러미 바라보았다. 남몰래 넋을 놓고 서럽게 울기도 했다. 어머니의 슬픈 사연은 아무도 알지 못했다. 전쟁이 남긴 상처는 가슴속에 남아 평생을 괴롭혔다.

어느 해 섣달 그믐날이었다.

어머니는 종일 동구 밖에서 아버지를 기다렸다. 해가 지고 어두워져서 집으로 돌아왔다. 명절이 되면 밤이 이슥하게 깊어 가도록 잠을 이루지 못했다. 긴긴밤을 꼬박 지새우기도 하였다.

"영구야, 네 아버지가 왔나보다."

어머니는 잠자고 있는 아들을 흔들어 깨웠다.

"아버지가요?"

영구는 벌떡 일어났다.

"아버지가 마당에서 널 부르고 있잖아?"

"아버지가 오셨어요?"

영구는 귀를 기울였다.

"널 부르는 소리 안 들려?"

"안 들린대……."

"나가 보자. 분명히 네 아버지가 와서 너를 불렀는데……."

"아버지가 살아서 돌아 오셨어요?"

영구는 어머니와 함께 방문을 열고 마당으로 나갔다. 마당에는 함박눈이 내려 수북이 쌓여있었다.

"여보!"

어머니는 토방에 서서 큰소리로 불렀다.

"어머니가 잘못 들었네요."

영구는 마당 가운데에 서서 두리번거렸다.

"아니야, 분명히 네 아버지가 왔어."

"눈 위에 발자국도 없는데……."

"내일이 설날이라 틀림없이 오실 것이다. 마중 나가자!"

어머니는 사립문을 열고 나갔다.

"바람 소리가……."

영구는 어머니의 뒤를 따라갔다.

"꼬끼오— 꼬끼오—"

첫닭의 홰치는 소리가 아스라하게 들려왔다. 멀리서 개 짖는 소리도 어둠을 뚫고 찾아왔다. 날이 밝으려면 한참을 기다려야 할 것 같았다.

26

'내가 고등학교 2학년 때에 어머니께서 집을 나갔었지?'

영구는 누워서 잠을 청하다가 벌떡 일어나 앉았다. 어머니가 머릿속으로 찾아왔다. 옆에서 지켜보고 있는 것 같았다.

"어머니는 아버지를 그리워하다 정신을 놓아버렸고……."

영구는 어머니가 집을 나가서 돌아오지 않았던 때를 그려보았다.

그때는 중학교를 졸업하고 고등학교에 다니고 있었다. 2학년 때였을 것이다.

어느 봄날, 햇볕 좋은 토요일 오후였다. 수업을 마치고 일찍 집에 돌아왔다.

"어머니!"

영구는 사립문을 들어가며 큰 소리로 불렀다. 집 안이 너무 조용하여 산사 같았다. 마당에는 흐벅진 봄볕이 가득 담겨있었다. 부드러운 명지바람이 찾아와 어루만졌다. 암탉은 햇빛 속에서 병아리들과 함께 놀고 있었다.

"어머니!"

영구는 뒤란으로 돌아가며 불렀다. 집 안을 돌아다니며 찾아보았다. 없었다.

"마실 나갔을까?"

영구는 방으로 들어가며 돌아보았다. 어머니는 장에 가거나 외출할 때가 종종 있었기에 해거름이 되면 돌아오리라 여겼다. 밤이 되고, 다음날, 그 다음날에도 오지 않았다. 동네사람들에게 물어보았다. 보았다는 사람이 없었다.

"혹시 외갓집에……."

영구는 용두마을의 외갓집을 찾아갔다. 어머니는 무슨 일이 생기면 외가로 가서 외삼촌과 상의하기 때문이었다.

"엄마 찾으려 왔냐?"

외삼촌은 영구가 대문을 들어서자 퉁명스럽게 물었다.

"예. 어머니가 며칠째 집에 오지 않아서……."

영구는 눈물을 글썽이며 말했다.

"네 엄마 서울에 갔을지도 모른다."

외삼촌이 영구에게 말했다.

"엄마가 서울이요?"

영구는 깜짝 놀랐다.

"서울에 가면 네 아버지를 찾게 될지 모른다는 말을 했던 적이 있으니까……."

외삼촌은 혀를 찼다.

"서울에 가서 아버지를 찾아요?"

"혹시 모른다고 하면서……."

"그랬어요."

영구는 고개를 숙이고 외갓집에서 나왔다.

어머니는 그날 밤도 그 다음날도 돌아오지 않았다. 가출한 것이 분명했다.

'어머니를 찾기 위해서 서울로 가자!'

영구는 어머니가 그리워졌다.

"학교는……?"

영구는 자신에게 물었다.

"인간의 삶에서 학벌이 중요한가?"

"무식한 사람도 인간의 도리를 다하며 잘 살아가는데……."

"어머니가 아버지를 만나 함께 살고 있다면……."

"부모님과 함께 행복하게 살 수만 있다면……."

"서울에 가면 가멸게 되어 잘살 수 있다고 하니까 차라리 잘 된 거지!"

영구는 미친 사람처럼 중얼거리며 자신에게 물어보며 대답했다. 희망의 나라를 찾아가는 것처럼 가슴이 부풀어 올랐다. 날개를 활짝 펴고 창공을 훨훨 날아다니는 기분이었다. 엄마를 찾아 서울로 가기로 마음을 굳혔다.

27

영구는 학교에 다니는 것을 포기했다. 외갓집을 찾아갔다.

"외삼촌!"

"무슨 일이냐?"

"어머니를 찾아 서울에 가야 되겠어요."

"어머니를 찾아 서울에 간다고?"

"서울 갈 여비가 없어서……."

"그까짓 여비야……."

"어머니가 보고 싶고……."

영구는 눈물을 닦았다.

"학교는?"

"어머니를 찾으면 함께 와서……."

"알았다. 자식이 어미를 찾는다고 하는데……."

외삼촌은 선뜻 돈을 꺼내어 손에 쥐어주었다.

"감사합니다."

"꼭 찾아서 함께 와야 한다!"

외삼촌은 당부했다.

영구는 외삼촌에게 노잣돈을 마련하여 어머니를 찾아 나섰다. 다음 날 첫차를 타고 영산포로 갔다. 영산포역에서 기차를 타고 서울로 왔다.

28

'어머니를 찾아 함께 행복하게 살려고 서울에 왔었는데…….'

영구는 어머니를 생각하며 몸을 뒤척였다. 서울에 와보니 어머니를 찾는 것은 꿈일 뿐이었다. 꿈에서 깨어나니 모두가 헛것이었다. 뜬구름 을 잡겠다는 허무한 일이 되어버렸다.

'어머니는 아버지를 만나서 함께 살고 있을 것이라는 환상이…….'

영구는 통증에 자반뒤집기를 하였다. 아무것도 이루지 못한 허전함 을 달래려고 싶었다.

'나도 한때는 부모님과 함께 행복하게 살고 싶어서…….'

영구는 집을 나설 때의 부푼 꿈을 생각하니 가슴이 뭉클해졌다. 눈 물이 핑 돌았다.

서울역에 내렸다. 갈 곳이 없었다. 무작정 헤매었다. 며칠을 공원의 의자에서 잠을 잤다. 동냥아치가 되었다. 동냥질을 했다. 살아남기 위해서는 거지가 되어 구걸하는 노릇을 하는 수밖에 없었다. 여러 날을 굶었다. 서울의 생활은 결코 녹록하지 않았다. 살기위한 투쟁이었다. 며칠을 굶었는지 몰랐다. 배가 고팠다. 무작정 중화요리를 하는 음식점에 들어갔다.

"짜장면 한 그릇 주세요."

영구는 구석에 자리 잡고 앉았다.

"비렁뱅이 같은데 돈 있냐?"

"돈 없어요."

"돈이 없으면서……?"

"여기서 일하면 안 될까요?"

"심부름 하려고?"

"무슨 일이든지 시키는 대로 잘 할게요."

"월급 같은 것은 없다."

"잠을 재워주고 먹여주면……."

영구는 어떻게 해서든 살아야 되었다.

"잠이야 가게 구석에서 자면……."

"저를 써 주시는 겁니까?"

영구는 반가워 어찌할 바를 몰랐다. 양아치를 면하고 한데 잠을 하지 않는 것만으로도 참으로 다행스러운 일이었다. 각설이들 틈에 끼어 떼거리로 몰려다니며 부잣집 대문 앞에서 품바타령을 하지 않아도 되었다. 이제는 각설이타령을 배울 필요도 없었다.

영구는 음식점에서 심부름하며 생활하게 되었다. 어머니를 찾겠다는 생각은 접어야 되었다. 먹고 살아가는 일이 더 바빴다. 음식점에서 쉬는 날이면 지게를 지고 짐을 날랐다.

서울 생활에 익숙해졌다. 음식점에서 나왔다. 손수레를 끌고 다니며 행상을 했다. 이문이 남은 것이며 무엇이든지 닥치는 대로 팔았다. 과일을 받아 팔기도 했다. 자본이 생겼다. 고기를 파는 음식점을 차렸다. 돈이 벌렸다. 가게를 확장하면서 종업원을 두게 되었다. 종업원으로 일하던 아가씨와 결혼했다. 전쟁고아인 아내는 불쌍한 여자였다. 마음씨가 곱고 착하였다. 어려움이 닥쳐도 항상 웃는 낯으로 살았다. 운이 좋아서 그랬는지 장사가 잘되었다. 이문이 남은 수입을 부동산에 투자했다. 부자가 되어 빌딩을 샀다.

29

　'나는 6·25전쟁 때문에 아버지와 어머니를 잃은 전쟁고아야.'

　영구는 또 살아온 발자취를 돌아보며 되새김질했다.

　'지금까지 부모님은 찾지 못하고…….'

　영구는 입술을 깨물며 서러움을 곱씹어 삼켰다.

　'아버지는 무엇 때문에 밤중에 끌려갔을까?'

　'죽었을까 살아있었을까?'

　'어머니는 아버지를 찾으려고 서울에 왔을까?'

　'혹시 만나서……?'

　영구는 자신에게 물으면서 상상의 날개를 활짝 펴보았다.

　"이것은 전쟁이 만들어놓은 아픈 상처의 비극!"

　영구는 흐르는 눈물을 손등으로 닦았다.

　'어머니는 아버지를 만나서 함께 살았을 거야.'

영구는 자신이 좋을 대로 해석했다. 입에 고인 침을 삼키며 아버지와 어머니의 모습을 그려보았다.

'지금도 부모님은 살아계실까?'

"내 나이가 고희를 넘겨 병들었으니……."

영구는 자신을 돌아보며 부모님의 나이를 헤아려 보았다. 자신이 나이가 들어 병들었으니 부모님은 구순을 넘겨 저승에 가셨을 것이라는 상상을 해보았다.

'휴전한 덕택으로 나는 내 명대로 살았을까?'

영구는 죽음을 앞둔 시한부의 삶을 살고 있었다. 자신이 살아있다는 사실이 새삼스럽게 실감이 났다.

"남과 북은 아직도 서로를 못 잡아먹어 으르렁대며 싸우고 있으니……. 얼마나 더 많은 국민을 죽이려고……."

영구는 한숨을 몰아쉬었다.

"아이고, 나 죽네!"

영구는 갑자기 치밀어 오르는 통증을 참지 못하고 소리쳤다. 배를 움켜쥐며 뒹굴었다. 금방이라도 숨이 넘어갈 것만 같았다. 창에는 여명이 찾아와 찰싹 붙어 있었다.

30

병원의 생활은 영락없는 지옥이었다. 나락에 떨어져 허우적거리는 하루하루였다. 죽지 못해 근근이 버티고 있었다.

'희영이 독일에서 간호사로 환자를 돌보았다고 했었지?'

영구는 희영을 그리워하며 삶의 희망의 끈을 붙잡고 있었다. 허우적
거리고 있는 늪 속에 빠져 나오려고 몸부림쳤다.

'간호사였던 희영이 독일에서 돌아와 만날 수 있다면…….'

영구는 죽음이 두려워 지푸라기라도 잡고 싶은 심정이었다.

'어머니인 북선 댁처럼 내 곁에서 병간호해줄 수는 없을까?'

'북선 댁이 나의 열병을 낫게 해주었듯이 희영이도 간호사이니 나의
췌장암이라는 병을 치료해 줄 수도 있을 텐데…….'

영구는 이상한 상상을 해보았다. 자신도 모르게 고개를 끄덕이고 있
었다. 희영이 옆에 있으면 무슨 일이 있었냐는 듯이 벌떡 일어날 것만
같았다. 엉뚱한 환상에 젖어들었다. 그래서 더욱더 보고 싶었다. 희영을
보기만 하여도 병이 나을 것 같았다.

'아내에게 부탁해서 동창들에게 내 말을 하면 희영에게 전해줄 수 있
겠지?'

영구는 아내의 입장을 생각하지 않았다. 곧 죽게 될 사람이니 체면을
따질 필요가 없다고 여겼다.

'죽음을 앞둔 생의 마지막 소원이니까?'

영구는 군침을 삼켰다.

'사형집행중인 사형수의 소원도 들어준다고 하던데……?'

영구는 군침을 삼켰다.

"아내는 착하고 마음씨가 고우니……."

영구는 옆에 앉아서 뜨개질을 하는 아내를 물끄러미 바라보았다.

31

"여보, 고집부리지 말고 자식들 원이라도 없게 수술을 합시다."

아내는 며칠 전부터 수술이라도 해보자고 설득했다.

"무슨 수술!"

영구는 외면했다. 수술문제로 가족들과 투쟁 중이었다. 억지를 쓰고 있는지도 몰랐다. 6·25전쟁 때에 억울하게 목숨을 빼앗겼던 생떼같은 젊은 사람들을 생각했다. 칠순을 넘겼으니 제명대로 산 것이 분명했다. 인간은 죽는다는 진리를 인정하고 받아들여야 되었다. 그래서 주어지는 대로 살다가 저승으로 가겠다고 하였다.

"살만큼 살았으니 이대로 죽겠다는 거요?"

아내는 받아들일 수가 없었다. 어렵게 살아오다 재산을 모아 겨우 살만하게 되니 남편을 여의게 되었다. 억울하고 분했다.

"칠십을 넘긴 내가 얼마나 더 살겠다고. 5년. 10년?"

"하루를 더 살더라도 최선을 다해야 하나님이 도와주죠."

"겨우 겨우 연명을 한다고 합시다. 그 삶이 오직하겠소?"

"어떻게 해서든 살아있는 게……"

"그건 당신 생각이고."

영구는 여전히 고개를 저었다.

"아내나 자식들의 심정도 이해주어야 되는 것 아니요."

아내는 애걸하였다.

"그렇다면 나의 마지막 소원을 들어줄 수 있겠소?"

영구는 슬그머니 감추고 있던 속내를 드러냈다.

"무슨 소원인데요?"

"간호사가 되어 돈 벌려고 독일로 갔던 동창생 희영을 보았으면 해서?"

"6·25전쟁 때에 피난 와 한 지붕 밑에서 살았다는 북선 댁 딸?"

아내는 남편에게 귀가 아프도록 들었었다. 틈만 나면 자랑했다. 독일에서 살고 있는 것이 분명해서 귀담아두지 않았다.

"쌍둥이처럼 함께 자라서……."

"소꿉장난하면서 꽃반지를 만들어주었다는 소녀라면서?"

아내는 시샘이 나 투정을 부렸다.

"왜, 안 되겠소. 독일에서 간호사를 했으니 좋은 약을 구할 수도……."

"안 될 것은 없지요. 다 늙었는데 무슨 질투……."

아내는 흔연스럽게 말했다. 자신의 속내를 들여다보며 빙긋이 웃었다. 자기도 어린 시절에 좋아했던 소년이 있었다.

"어떻게 될지 모르니까 수술하기 전에……."

영구는 목이 막혀 말 끝을 맺지 못했다. 죽음을 생각하니 두렵고 무서웠다.

"머리가 하얗게 센 늙은이가 무슨 사랑 놀음. 만나게 해주면 수술을 하는 거죠?"

아내는 다짐을 받았다. 어떻게 될지 모르니 들어주어야 될 것 같았다. 마지막이 될지도 모르니 원한이 되지 않도록 소원풀이를 해주고 싶었다.

"알았어요. 동창회회장인 순섭에게 부탁하면……."

영구는 반가워 얼른 말했다.

"아내도 그렇게 사랑하고 있겠지?"

아내는 날카로운 질투의 한 마디로 대갚음했다. 당하기 싫어 분풀이를 하고 있는지도 몰랐다. 농담으로 생각했는데 남편이 정말로 가슴속에 간직해놓고 혼자서 그리워했던 것 같았다.

32

홀로 앉아있는 병실 안은 호젓했다. 영구는 병실 출입문을 응시하며 누군가를 기다리고 있었다. 희영이 찾아올지 모른다는 희망이 생겨서 그런지 생기가 돋아났다. 소녀적의 모습을 그려보며 빙긋이 웃었다.

그때였다. 병실 문이 열렸다.

네다섯 명의 친구들이 우르르 몰려 들어왔다.

"힘드냐?"

영준은 음료수 몇 병을 들고 들어오며 미소 지었다.

"죽기가 쉽지는 않다."

영구는 누워서 링거를 맞고 있었다.

"우리 나이에 저승길은 아직 빠르다. 백세 시대인데……."

"죽고 사는 건……."

영구는 친구들이 문병을 왔기에 일어나려고 뭉그적거렸다.

"그냥 누워있어라!"

다른 친구는 다가가 일어나지 못하도록 말렸다.

"죽기는 왜 죽느냐. 아직도 소년이면서."

순섭은 퉁명스럽게 말했다.

"내가 소년?"

영구는 빙긋이 웃으며 일어나 앉았다.

"어렸을 때에 좋아했던 희영이가 보고 싶다면서?"

영준은 퉁명스럽게 쏘아 붙었다.

"죽음을 앞에 두니 노망났나……."

영구는 어눌하게 얼버무렸다.

"희영이 내일이나 모래쯤 너를 찾아온다고 하더라."

"벌써 연락이 되었어?"

"누구의 부탁이라고……."

"희영이가 독일에서 나왔다고 하던?"

"어제 왔다고 하던데……."

순섭은 영구를 뚫어지게 바라보았다.

"고맙다. 마지막 소원 풀어주어서……."

"고맙긴……."

순섭은 고개를 돌리며 눈물을 훔쳤다. 친구가 죽게 되었다고 하니 자신의 일 같았다.

"친구들이 모처럼 찾아왔는데……."

영구는 친구들의 슬픈 표정을 읽었다. 어떻게 해야 좋을지 몰라 허둥대었다.

33

"희영이 날 찾아온다고?"

영구는 병실에 혼자 있었다. 아내는 집안일을 챙겨야 하기 낮에는 병실에 없었다. 죽을병에 걸렸어도 아직은 몸을 가눌 수 있기에 혼자서 생활했다.

"희영이 그립다. 애가 타는구나!"

영구는 창밖을 바라보며 두런거렸다. 희영의 모습을 다시 그려보았다.

'친구들이 오늘쯤 찾아올 거라고 했는데……'

영구는 새벽부터 기다리고 있었다. 어린애처럼 들뜬 가슴을 주체하기가 어려웠다. 소식을 듣고 나니 더욱 애가 탔다.

'희영이도 나처럼 늙었겠지? 늙어서는 안 되는데……'

영구는 창가에 서서 밖을 바라보았다. 상상의 날개를 활짝 펴고 훨훨 날아다녔다.

'꽃반지를 손가락에 끼고 있는 예쁜 소녀의 모습 그대로여야 하는데……?'

영구는 가슴 속에 고이 간직해 두었던 빛바랜 사진첩을 꺼내었다. 뒤적거리며 꽃반지를 낀 소녀의 모습 찾아냈다. 찬찬히 응시하며 뚫어지게 바라보았다. 생각하면 생각할수록 그립고 눈물짓게 하였다.

'오늘은 꼭 찾아올 거야.'

영구는 힐끗 돌아보았다. 벽에 걸린 시계를 쳐다보았다. 어느새 하루의 반나절이 지나고 오후 두 시 반을 가리키고 있었다.

'희영은 나처럼 늙어서는 안 되는데……'

영구는 다리가 후들거리며 아팠다. 몸을 가누기가 어려웠다. 침대로가 걸터앉았다.

'희영은 나처럼 병들어서는 안 돼. 항상 건강해야 돼!'

영구는 입술을 지그시 깨물었다. 희영이 금방이라도 나타날 것만 같아 가슴이 두근거렸다. 지금까지 살아오면서 한 순간도 잊을 수 없었던 아름다운 소녀였다.

"마음씨가 고우니 곱게 늙었을 거야."

영구는 입에 고인 침을 삼켰다.

'정말로 보고 싶다!'

영구는 자신도 모르게 한숨을 몰아쉬었다. 마음이 설레며 초조하고 불안해졌다. 가슴이 조여들며 심장 뛰는 소리가 들렸다.

34

그때였다.

병실 출입문이 슬그머니 열렸다.

머리가 하얗게 샌 한 할머니가 들어왔다.

"희영이구나!"

영구는 벌떡 일어났다. 첫눈에 희영을 알아보았다. 반가운 내색을 못하고 빙긋이 웃었다. 눈물이 나오려고 하는 것을 참았다. 복받치는 슬픔을 꿀꺽 삼켰다. 예감이 맞아떨어졌다.

"영구, 맞네?"

희영은 장승처럼 서서 물끄러미 바라보았다. 설마 했었다.

"예쁜 소녀가 백발이 된 할머니가 되어……."

영구는 말을 못하고 얼버무렸다. 축축하게 젖은 눈가를 손가락으로 얼른 닦았다.

"……."

희영은 어떻게 해야 좋을지 몰라 망설였다. 소녀처럼 가슴이 두근거렸다. 넋을 놓고 물끄러미 바라보았다. 얼굴이 화끈거렸다.

"진희영!"

영구는 눈물을 끌꺽 삼켰다. 끓어 안고 싶은 충동을 간신히 억제했다. 반갑다는 표현을 해야 하는데 어떻게 해야 할 줄 몰라 망설였다.

35

두 사람은 반가움 때문인지 슬픔 때문인지 모르지만 한참동안 말을 못했다. 서로를 물끄러미 바라보고 있었다. 얼싸안고 하염없이 울고 싶은 심정이었다.

"암이라고?"

희영은 한참만에 입을 열었다. 입술이 바르르 떨렸다.

"말기라고 하네."

영구는 힘없이 침대에 걸터앉았다. 남의 말을 하듯 태연하게 행동했다.

"요사이는 약이 좋으니까."

희영은 다가갔다. 이미 알고 왔기에 침착했다.

"모든 인간은 죽게 되지만……. 나마는 영생할 것으로 알고 살아왔는데……?"

영구는 영절스럽게 말하며 씩 웃었다. 서러움, 공포, 고통, 두려움, 괴로움을 감추었다. 힘든 속내를 드러낸다고 해서 달라질 것도 없었다.

"의사선생님이 시키는 대로만 해."

희영은 볼을 타고 내려오는 눈물을 닦았다. 자신도 모르게 서러워하고 있었다.

"그래도 언젠가는 죽게 되겠지?"

"죽을 때까지 최선을 다하는 거야."

희영은 실망하는 것 같이 싫었다.

"희영이 넌 독일에서 간호사를 했다면서?"

"그랬지."

"사람 죽는 것 많이 봤겠네?"

"우리 나이에 죽기는 억울해."

"죽을병에 걸렸는데도?"

"암 말기라도 극복하고 제 명까지 사는 사람들을 많이 보았어."

희영은 힘주어 말했다. 실망과 포기가 곧 죽음이었다. 죽을 때는 죽게 될지라도 희망과 꿈을 가지고 살아야 되었다.

"그 사람 명이 기니까……."

"살려고 노력을 해야 주어지는 거지. 저절로 찾아오지는 않아."

희영은 영구에게 힘을 주고 싶었다.

"그럴까?"

"당연하지!"

"……."

영구는 태어나서 죽는 그날까지가 개개인의 운명이라고 주장하려다가 참았다. 아무런 의미가 없는 말장난에 불과했다.

"바보같이. 왜 그렇게 약해졌어?"

희영은 눈을 흘겼다. 눈물을 참지 못하고 고개를 돌렸다. 눈물을 닦으며 서러움 삼켰다.

두 사람은 입술을 깨물며 상대방을 물끄러미 바라보았다. 할 말을 잊어버렸다. 눈가가 축축하게 젖어들었다.

36

"왜 그렇게 서있어? 거기 앉아라!"

영구는 장승처럼 서있는 희영을 바라보며 의자를 가리켰다.

"바빠서 곧 가봐야 하는데……."

희영은 옆에 있는 의자에 앉았다.

"갈 때는 갈지라도……."

"사람 사는 게 다 그렇잖아. 내가 살고 있는 독일로 가야 하니까……."

희영은 넋두리를 하듯이 중얼거렸다.

"그래, 인간의 삶 그것은 별 것 아니야."

"그래도 소중한 거지."

희영은 고개를 저어댔다.

"너의 엄마 북선 댁처럼 내 옆에서 간호해 달라고 붙잡지는 않을 테니까."

영구는 투정을 부리고 있었다. 부끄러워 고개를 숙였다. 자주 다니며 지켜보아달라는 말이었다.

"내 형편이……."

희영은 영구를 응시했다.

"……."

영구는 입을 다물었다.

희영은 서러움이 복받쳐 입술을 깨물었다. 휑뎅그렁한 병실 안은 무서운 저승사자가 찾아와 지켜보는 것 같았다. 깊은 산속 같은 적막이 찾아와 단단히 응고 되었다.

37

"부모님은?"

영구는 침묵이 싫어 입을 열었다. 무슨 말이든 해야 긴장이 풀릴 것 같았다.

"저세상으로 간 지 여러 해 되었네."

"북선 댁이 보고 싶은데."

"우리 엄마가?"

희영은 고개를 돌리고 손수건으로 축축하게 젖어 있는 눈가를 닦았다.

"응."

"우리 엄마 아빠 좋은 사람이었지?"

"그걸 말이라고 해!"

"피난살이 하느라 고생 많이 했지."

"그래도 너의 식구들은 함께 살아서……."

"전쟁 때에 끌려간 아버지 못 찾았어?"

"물론, 네가 이사 간 후 어머니는 아버지를 찾겠다고 집을 나갔는데……."

"그랬어?"

"나도 어머니를 찾겠다고 서울로 왔는데……."

"그랬었구나."

"그렇게 어머니와도 헤어지고……."

영구는 목이 막혀 말을 하지 못했다.

"그럼 고아처럼 혼자 살았겠네?"

"그렇게 된 셈이지. 그놈의 사악한 전쟁이……."

"전쟁은 잔인한 악마, 사악한 괴물, 무서운 흡혈귀!"

희영은 피난살이할 때의 일들을 곱씹어 음미하며 중얼거렸다. 서러움
이 복받쳐 고개를 돌렸다. 손수건으로 눈물을 훔쳤다.

38

"오빠는 잘 있지?"

영구는 슬픔으로 가득한 희영의 모습이 싫었다. 꽃반지를 끼고 행복
해하던 소녀를 그려보았다.

"응, 건강해."

"함께 왔어?"

"오빠는 한국에 못 와."

"무슨 소리야?"

"우린 북한에서 태어났잖아."

희영은 어눌하게 말했다.

"고향이 평안도라고 했지."

"오빠는 평안도 고향엘 다녀왔어."

"그래서……?"

영구는 갑자기 목이 막혔다. 숨이 막힌 것처럼 가슴이 답답해졌다.

"남한은 전쟁 때에 우리가 피난 와서 살았던 고향이 분명한데…….
오빠는 죽마고우 친구들을 몹시 그리워하며 만나고 싶어 하는데……."

"고향에 다녀온 게 무슨 죄야? 적국인 북한이라고? 오면 되지. 그게
무어가 어려워?"

영구는 올 수 없다는 사실을 알면서 어깃장을 놓았다.

"독일간첩단사건 몰라? 한국에 오면 간첩이 되어 징역살이하라고? 통
일이 되면 몰라도."

"유신정권이 만든 독일간첩단사건?"

영구는 신문을 보아서 자세히 알고 있었다.

"고향인 북한에 다녀온 독일 광부들을 간첩이라고 하여……."

희영은 얼버무리며 몸서리쳤다.

"넌 괜찮아?"

"나는 북한 고향엘 가지 않았으니까."

"오빠가 북한엘 다녀왔잖아?"

"그래서 가시방석이야. 독일로 빨리 가고 싶어."

희영은 몸을 바르르 떨었다. 남한을 다녀가는 것이 항상 불안하고 무
서웠다. 뒤에서 낚아채갈 것만 같았다.

"그것이 분단의 서러움이야. 독일은 오래전에 통일을 했는데."

"대한민국 국민들만 당하는 억울하고 원통한 슬픔이고 고통이지."

희영은 입술을 지그시 깨물었다. 몸부림치고 있었다.

"분단을 교묘하게 이용하는 못된 독재자들의 장기집권을 위한 사악

하고 자인한 짓거리들!"

영구는 흥분을 참지 못하고 뱉어냈다.

"함부로 그런 말을 하면 안 되지. 잡혀가면……."

희영은 출입문을 응시했다.

병실 안에는 갑자기 무서운 공포가 찾아와 짓눌러댔다.

"그래서 빨리 떠나야 되겠구나?"

"그래야 될 것 같아."

희영은 고개를 끄덕였다.

39

"생각지도 않았는데 독일에서 빨리 왔네?"

영구는 흥분하지 않으려고 대화 내용을 바꾸었다. 분단의 현실을 생각하면 분노가 치밀었다. 흥분한 감정을 억제하지 못했다.

"사실은 며칠 전에 들어왔어. 아흔이 넘은 시아버지가 위독해서……. 시댁인 경상도에 있었어. 여기에 오면 항상 친구들과 연락해서 만났었지."

"그런데 나만 몰랐네?"

"나는 네 소식 다 듣고 있었어."

"나에게 연락하지."

"만나서 무엇하게?"

"무엇하긴?"

"……."

희영은 하염없이 흘러내리는 눈물을 보이기 싫었다. 고개를 돌렸다.

"언제 독일로 갈 거야?"

영구는 더 이상 따지지 않았다. 만나지 않으려고 했던 이유를 알 것 같았다. 자신이 암으로 곧 죽게 될 것이라는 소식을 듣고 부리나케 온 것이 분명했다.

"시아버지가 우선하니까 내일이나 모래쯤."

"그렇게 빨리?"

"형편이 그래. 무서워서 대한민국에 머물기도 싫고."

"아무리 그렇다고……."

영구는 만나자마자 헤어진다는 것이 섭섭하고 아쉬웠다.

"파뿌리를 머리에 이고 자주 만나서 무엇하게?"

"그렇기는 하지만. 얼마 남지 않은 것 같으니까!"

영구는 또 눈물이 나오려고 하는 걸 참았다.

"아무튼 빨리 건강을 되찾아라. 오래 살면……."

희영은 힘주어 말했다. 자신도 모르게 말 끝이 흐려졌다.

40

"참, 내가 만들어 손가락에 매어주었던 꽃반지 생각나?"

영구는 추억을 들추어내지 않기로 마음먹었다. 희영를 보니 흥분되어 자신도 모르게 뱉어버렸다.

"나, 서울에서 볼일이 있어. 바쁘니까 가봐야겠어."

희영은 대답을 하지 못했다. 병실에서 빨리 나가고 싶었다. 서러움이 복받쳐 감당하기가 힘들었다. 봉투를 침대 위에 놓고 돌아섰다.

"벌써?"

영구는 다가가 붙잡고 싶었다.

"간다. 그대로 누워있어."

희영은 벌떡 일어났다. 도망치듯이 나가려고 했다.

"또 오는 거지?"

"네가 살아있어야!"

희영은 고개를 끄덕이며 병실을 나섰다.

"독일에 가면 오빠에게 안부 전해주고……."

영구는 희영을 따라갔다.

"오빠도 네가 보고 싶다고 했는데……."

희영은 뒤를 돌아보며 총총 걸어갔다.

영구는 넋을 잃고 멍하니 서있었다. 잘 가라는 말을 못하고 흐느끼었다.

41

"말로는 평화 평화하면서……, 평화가 무엇인지도 모르는 무지막지한 독재자들!"

영구는 넋두리를 하며 한숨을 몰아쉬었다.

"통일이 노리개인가? 가지고 놀게!"

"누구의 입맛에 맞추려고? 음식을 만들 때마다 간하듯 하는 거야?"

"다시 전쟁이 터지면 한반도가 어떻게 될까?"

영구는 도망가는 희영의 뒷모습을 응시했다. 한반도의 분단과 전쟁을 되새김질하였다. 정신병자처럼 중얼거리며 부모님을 생각했다. 결기를 참지 못했다. 주먹을 불끈 쥐며 이를 갈았다. 엉엉 울고 싶었다. 눈앞에는 전쟁으로 폐허가 된 도시가 나타났다. 파괴된 건물들, 나뒹구는 시체들, 부서진 건물 잔해에 묻힌 사람들, 부상자의 아우성 소리, 송장들의 썩은 냄새, 남의 물건을 강탈하는 떼강도들, 척이 졌던 앙갚음하려고 서로를 죽이려고 날뛰는 정신병자들, 떼거리로 몰려다니며 장타령, 품바타령, 각설이타령을 해대는 비렁뱅이나 동양아치들, 잠잘 곳이 없어 다리 밑에 움막을 치는 거지 떼들, 전염병에 죽어가는 사람들…….

"남과 북이 전쟁을 하게 되면 대한민국은 하루아침에 수백만 명이 죽고 멸망하여 국민은 떼거지가 되어 구걸하는 거야!"

영구는 마음속으로 외쳤다. 6·25전쟁을 생각했다. 볼에는 눈물방울이 흘러내리고 있었다.

(펜문학 2014년 7, 8월호에 발표)

꽃밭에서

—

담 위에 있던 참새 몇 마리가 꽃밭으로 내려앉았다. 땅바닥을 쪼아대며 먹을거리를 찾고 있었다. 국화꽃 속으로 들어갔다. 쪽빛 바다 같은 하늘에서 내려오는 햇빛은 바늘이 찔러대는 것처럼 유난히도 따가웠다.

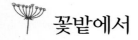

꽃밭에서

1

　삼복더위는 몽니장이처럼 몽니를 부리며 화풀이 해댔다. 이성을 잃고 드세게 성깔을 부렸다. 그것도 잠깐이었다. 어느새 생량머리가 되었다. 불같은 땡볕 속에는 몸을 씻은 삽상한 건들바람이 뜬것처럼 찾아와 숨어있었다. 초가을의 깨끔한 하늘에서는 바늘처럼 날카로운 햇빛이 힘차게 쏟아져 내려와 찔러댔다. 높은 담을 넘어온 매미의 노랫소리가 더욱 시원하게 들렸다. 꽃밭에는 계절의 변화를 알아차린 샛노란 국화꽃이 흐드러지게 피어 있었다. 마지막 기승을 부리는 낮의 이글거리는 햇볕 속에서 탐스러운 자태를 자랑했다.

　'저 국화꽃이 피기까지는……'

　현 담당은 발을 멈추고 꽃밭을 바라보았다. 겨울에는 온상 속에서 자랐다. 꽃밭에 적당한 양의 퇴비와 밑거름을 뿌렸다. 손질하여 잘 다듬고 나서 국화모종을 정성껏 옮겨 심었다. 날마다 들여다보며 가꾸었다. 병든 잎을 따내고 움 막기를 하여 국화모형을 만들었다. 여름의 장마와 땡볕의 무더위 속에서 자랐다. 비가 많이 오면 배수를 철저히 했다. 가물면 물을 뿌려주었다. 조금이라도 소홀히 하면 병들어 죽거나 말라버렸다. 한시도 한눈팔면 안 되었다. 온갖 정성을 다한 보람은 아름다운 꽃송이였다. 꽃잎은 눈부신 햇빛 속에서 함치르르했다.

　"원예 몇 명입니까?"

　현 담당은 국화꽃밭을 바라보며 소리쳤다. 잘 자라 탐스럽게 피고 있는 꽃송이들이 햇빛을 받아 윤기가 자르르 흘렀다.

"원예 십삼 명입니다."

원예본부담당은 반가워 얼른 대답했다. 그늘진 나무 밑의 의자에 앉아 있다가 벌떡 일어났다. 어젯밤 야근했기에 몸은 데쳐진 푸성귀처럼 축 처져버렸다. 교대 받고 퇴근해야 하기에 서둘렀다. 몇 분이라도 더 빨리 교도소를 나가고 싶었다.

"원예에 있는 임정수라는 학생은 아직도 밥을 먹지 않는다면서요?"

현 담당은 오늘하루 땜통으로 원예담당이 되어 근무해야 되었다. 재소자들의 특이사항을 알기 위해 묻고 있었다. 재소자들의 개개인의 신상을 알아야 대처할 수 있기 때문이었다. 단식하는 아주 특별한 일이기에 소홀이 할 수가 없었다.

"십이 일째 아무것도 먹지 않았습니다."

본부담당은 온실을 바라보았다. 온실 안에 단식한 학생이 누워있기 때문이었다. 유리에서 반사되는 햇빛이 눈동자를 찔러댔다.

"여러 날 되었는데……. 함께 단식했던 다른 운동권의 재소자들은 다 밥을 먹고 있는데……."

현 담당은 투덜거렸다. 골치 아픈 일이기에 가슴이 답답했다.

'어떻게 밥을 먹일까?'

현 담당은 꽃밭 주변을 살펴보았다. 벌들이 찾아와 노란 꽃잎 속으로 파고들었다. 잠자리도 날아다녔다. 나비도 보았다.

"곧 먹게 될 겁니다."

원예본부담당은 학생이 들으라고 큰소리로 말했다. 자신이 맡은 재소자이기에 속이 상했다. 어쨌든 오늘은 보지 않게 되었다. 무거운 짐을 부려버린 듯이 홀가분한 마음이었다. 도망치듯 잰걸음으로 철문을 빠져

나갔다.

'먹어야 사는데…….'

현 담당은 꽃밭의 주변을 맴돌았다. 인계를 받았기에 오늘은 자신의
책임이었다.

'꽃들은 예쁘고 좋은데……. 이놈의 세상은…….'

현 담당은 혀를 찼다. 한 마디로 정치판이 개판이었다.

"오늘도 무사히!"

담당은 낮의 근무를 걱정했다. 하루를 보내야 할 근무처가 꽃으로 가
득한 원예였다. 원예에서는 온실을 관리하고 꽃밭에서 꽃을 기르며 교
도소 안의 화단에 화초를 심어 가꾸었다. 원예는 재소자들이 꽃밭에서
꽃을 기르며 징역살이를 하였다. 징역형을 사는 기결수들이 가장 선호
하는 강제노역장이기도 하였다.

"야 이 썩을 년아!"

"워-매, 남편 죽인 잡년이!"

"사람 잡네. 미친년이!"

담 너머 여사가 갑자기 소란스러워졌다. 운동을 나온 여자재소자들
이 싸우고 있는 중이었다. 드잡이가 벌어진 모양이었다. 시퍼렇게 날이
선 사나운 음성이 칼싸움 하는 것처럼 휘저어댔다. 모질고 잔인한 쌍소
리가 높은 담을 넘어왔다. 한참동안 험악하고 살벌한 전쟁이 계속 되었
다. 여자들도 싸움에는 결코 만만치 않았다.

"밥 주고 옷 주고 잠 재워주니까 잘들 놀아난다. 할 짓거리가 없어서
징역살이 하면서 매일 싸움질이냐!"

보안과의 직원들이 몰려갔는지 구둣발소리가 요란스러웠다. 남자의
쇠메 같은 목소리가 내려쳤다.

"나 죽네. 교정교화를 시키는 교도관들이 재소자를 잡네!"

여자의 비명이 담을 넘어왔다. 이내 조용해졌다. 여사는 깊게 잠든 한밤중 같았다. 참새 소리도 들리지 않았다. 담 위에는 비둘기 두 마리가 앉아서 엿보고 있었다.

2

"임정수, 푹푹 삶고 있는 날씨에 단식하느라 수고 많네."

현 담당은 온실로 들어가면서 비아냥거렸다. 약을 올리려고 의식적으로 한 말이었다. 온실 안은 펄펄 끓고 있는 가마솥 안 같았다. 뜨거운 수증기 같은 무더운 공기가 달려들어 온몸을 감쌌다. 숨이 막힐 것만 같았다.

"잘살아보자 하는 투쟁인데……. 또 죽으면 안 되지……."

현 담당은 나무그늘이 드리워져 있는 구석진 곳을 살폈다. 의자 몇 개를 나란히 붙여놓고 그 위에 한 대학생이 누워있었다. 무슨 말을 해도 먹혀들지 않을 것이라는 사실을 알고 있으면서도 잔소리를 하고 있었다.

"이젠 그만하면 된 것 같은데? 밥을 먹을 때도 되었어."

담당은 언제 그랬느냐는 듯이 부드러운 목소리로 다정스럽게 말하며 다가갔다. 가까이 가서 장승처럼 섰다. 물끄러미 내려다보며 안색을 살폈다. 며칠 사이에 희나리처럼 말라 뼈만 앙상하게 남아있었다. 숨을 쉬지 않으면 영락없는 송장이었다. 해골이 떠올라 온몸이 오싹해졌다. 밥을 먹지 않으면 죽게 된다는 사실이 머릿속에 남아 괴롭혔다.

"현 담당님이 어쩐 일이십니까?"

정수는 누워 있다가 비틀거리며 어렵게 일어났다. 현기증이 일어나 어지러웠다.

"정수 자네와 친하다는 것을 알고 나를 배치했겠지. 설득시켜 밥을 먹이라고. 본부담당이 야근해서 오늘은 내가 땜통담당이야."

담당은 정수가 미결사에 미결수로 수용되어 있을 때부터 알고 있었다. 출정 배치를 받아 검찰청 유치장에서 근무하던 어느 월요일이었다. 검사는 해거름 녘 피의자를 불렀다. 그때 한 대학생을 시승하여 검사실로 데려갔다. 밤이 이슥할 때까지 조사를 받았었다. 그때에 미문화원의 방화범이라는 사실을 알게 되었다. 그 뒤부터 미결사의 정수가 수용되어 있는 사동에 근무하게 되면 꼭 감방을 찾아가 만났다. 감방 앞 통로에 서서 학생을 불러 세웠다. 탈 없이 잘 지내는지 살펴보았다. 야간에 근무를 하게 되면 취침나팔이 불 때까지 철창살을 사이에 두고 많은 대화를 나누었다. 가정, 정치, 경제, 사회, 역사, 세계사, 이념, 남북분단, 6·25전쟁, 평화통일에 관한 것과 이런저런 잡다한 이야기를 하였다. 특히 유신과 신군부의 독재에 관한 것은 항상 즐겨 찾는 주요 메뉴였다. 오고가는 정속에 자연스럽게 가까워졌다. 자주 만나다보니 친해지면서 상대방을 이해할 수 있게 되었다. 시간이 갈수록 더욱 허물없이 되었다. 무람없이 지내다보니 재소자라는 생각이 들지 않았다. 친구나 동생 같았다. 자신도 모르게 도움을 주고 싶었다.

재판을 받고 금고형이 확정되었을 때였다. 형기를 마칠 때까지 감방에서 지내지 말고 원예로 출역할 일할 것을 강력히 권했다. 금고형을 받아도 재소자가 원하면 출역이 가능했기 때문이었다.

정수는 형이 확정되어 기결수가 되었다. 원예로 출역하여 꽃을 기르는 일을 하겠다고 하였다. 그래서 기결수의 분류를 맡은 담당을 찾아갔다. 원예로 출역시켜줄 것을 부탁했었다. 그래서인지 몰라도 원예로 출역되었다. 아무 탈 없이 징역살이를 잘 하고 있었다. 이제 형기도 얼마 남지 않았다. 그런데 동료의 운동권인 선배가 신군부 정권 퇴진과 재소자 처우개선을 요구하며 단식하다가 죽어버렸다.

"때가 되면……!"

정수는 담당을 바라보지 못하고 고개 숙였다. 너나들이하며 지내는 담당을 보니 괜히 서러워졌다. 눈물이 나오려고 했다.

"때가 되면 이라니……. 언제?"

담당은 댓바람에 다짐을 받아내려고 했다.

"아직은……."

정수는 눈을 내리깔며 얼버무렸다.

"새로 소장이 취임하여 처우를 개선해 주겠다고 약속해서 다른 운동권의 동료들은 다 단식을 풀고 밥을 먹고 있어. 자넨 외톨박이야!"

"박관형을 죽여 놓고 책임진 사람이 없지 않습니까? 재소자 부식을 갈취하는 등 여러 가지 문제를 일으킨 소장은 승진하여 다른 교도소로 옮겨갔고……."

정수는 입술을 지그시 깨물었다.

"경질되었으니 받아들이고 단식을 풀어. 몽니 부리지 말고."

담당은 정수의 말을 부인하지 않았다. 사실이기 때문이었다. 경질일 뿐 소장은 영전하여 더 좋은 자리로 옮겨갔다. 이것은 처벌이 아니라 잘했다고 포상을 받은 셈이었다.

"몽니를 부린 것이 아니라……. 나는……."

정수는 눈을 감으며 고개를 저었다. 어떻게 해야 될지 결정할 수가 없었다. 언젠가는 단식을 풀어야 되었다. 이렇게 죽을 수는 없었다. 선뜻 나서지 못하고 있을 뿐이었다. 비겁한 행동도 싫었다. 적당한 선에서 단식을 끝낼 생각이었다.

"오늘이 며칠인지나 아는가?"

"담당님도, 내가 그것도 모를 줄 아십니까?"

"며칠인데?"

"1982년 9월 15일 아닙니까?"

"아직 정신은 놓지 않았구먼. 알았어. 죽든지 살든지 알아서 해. 내 말을 들을 것도 아니고……."

담당은 오기를 부렸다. 온실 안을 서성거리며 꽃과 나무를 살펴보았다.

'내가 어떻게 밥을 먹여. 문제는 높은 양반들이 일으켜놓고!'

현 담당은 속으로 투덜거렸다. 어쨌든 자신은 교정직 공무원인 교도관이었다. 단식을 끝내게 하라는 지시를 받았기에 어떻게 해서든 밥을 먹게 만들어야 되었다. 그런데 괜히 자신의 행위가 마땅찮았다. 그래서 자신에게 화를 내고 있었다.

"나도 단식을 풀고 싶지요."

"풀면 되지."

"책임자를 처벌해야……."

"광주교도소를 떠났지 않는가?"

"재소자를 죽여 놓고 영전했다면서요?"

"자네도 알겠네. 감방이 6사 하층의 7방이니까. 특사에 있던 운동권 재소자들이 단식을 풀고 6사 상 11방과 12방으로 옮겨 간 것을?"

담당은 동문서답했다.

"알지요. 어젯밤에도 통방을 했으니까."

정수는 하루의 징역살이를 끝내고 입방하면 먼저 상층에 있는 운동권의 선배님들과 통방했다. 이런저런 이야기를 나누며 고달픔과 서러움을 달래었다. 아침에 기상나팔이 불어 잠에서 깨어나자마자 아침인사도 했다. 어젯밤에는 한 선배님에게 단식을 풀라는 간절한 권유받았었다.

"자네를 이해하지 못한 것은 아니지. 우리가 더불어 잘살아보자고 하는 짓거리이라는 것을……."

담당은 혼자말로 중얼거렸다. 저만치 가면서 온실에 있는 꽃과 선인장을 살펴보았다.

"국가충성, 개과천선, 자력갱생, 사회봉사……!"

재소자들이 운동장에서 순화교육을 받으며 외쳐댔다. 힘찬 구호소리가 높은 담에 울려 귓속으로 파고들었다. 어떻게든 살아보겠다고 몸부림치는 것 같았다. 죽을 수 없으니까. 죽기도 싫으니까.

순화교육은 재소자들을 교정·교화시키는 군대식의 정신교육이었다. 무자비한 육체적인 고통을 가해 개과천선하라는 훈련이었다. 귀신 잡는 해병대의 신병교육을 그대로 적용하여 심신을 단련시키겠다는 의도에서였다. 이것은 공포와 잔인방법으로 탄압하는 억압이었다.

'순화교육을 받아야 할 사람은 독재자들인데…….'

현 담당은 속으로 비웃고 있었다.

현 담당은 온실 안을 찬찬히 뜯어 살펴보았다. 무슨 말을 하여 설득시킬 것인가를 생각하는 중이었다. 대학생이기에 이론이나 논리적인 말로는 공감을 주기 어려웠다. 삶의 철학도 뚜렷하기에 감언이설로는 먹혀들지 않았다.

"한반도를 모형으로 만든 국화꽃이 아름답네."

현 담당은 정수에게 다가가며 빙긋이 웃었다. 가장 눈에 들어온 것이 큰 화분에 담겨진 한반도 모양의 국화꽃이었다. 한반도를 가득 메운 국화의 꽃송이들이 하나둘 피어나고 있었다. 함치르르하여 유난히도 곱고 아름다웠다.

"며칠 전부터 꽃이 피기 시작했습니다."

정수는 빙긋이 웃었다. 영선공장에 부탁하여 철사로 한반도 모형을 만들어 왔었다. 범칙을 하였기에 속옷을 여러 벌 주고 교환했다. 그 형태대로 국화꽃을 길렀다.

"누가 만들어 기르며 가꾸고 있어?"

담당은 정수를 뚫어지게 바라보았다. 국화꽃을 한반도의 모형으로 만들 재소자는 운동권의 학생인 정수밖에 없을 것이라는 생각이 들어 묻고 있었다.

"제가 지난겨울부터 온상 속에서 한반도 모형에 맞추어 길렀습니다."

정수의 입술에 미소가 번져갔다.

"정성 많이 들였겠네?"

현 담당의 얼굴도 조금은 밝아졌다. 대화할 말거리를 찾았기 때문이었다. 무엇 때문에 한반도 모양의 국화꽃을 만들었다는 것을 알고 있기 때문이었다. 통일을 바라는 간절한 기원이 담겨져 있을 것 같았다.

"낙엽으로 퇴비를 만들어 밑거름으로 사용하고 복합비료도 구해 적당히 뿌려주면서 온갖 재주와 솜씨와 정성을 다 쏟아 부었습니다. 국화꽃을 처음 기르고 있기에 없는 기술은 꿔다 썼습니다. 죽을힘을 다했습니다."

정수의 얼굴이 환하게 밝아졌다. 평화통일이 저절로 찾아온 것이 아니었다. 정성을 쏟아 붓고 지혜와 힘을 모두 모아 공을 들여야 얻어질 수 있었다.

"국화꽃 속에는 남북을 가르는 휴전선이 없던데?"

현 담당은 넌지시 분단에 대한 이야기를 꺼냈다.

"평화통일을 기원하며 만든 작품이기에……."

"정성, 공력 많이 쏟아 부었겠네?"

"대한민국의 평화적인 통일을 염원하면서 기도하는 마음으로 국화꽃을 가꾸었기에……."

정수는 쑥스러웠던지 빙긋이 웃었다. 말을 하고 나니 대단한 애국자 같았다.

"전쟁을 원하는 사람은 아무도 없을 거야. 모든 국민이 항상 평화적인 통일을 기원하니까. 꼭 그렇게 되겠지."

"반드시 그렇게 되어야 합니다."

"참, 자네가 평화통일을 말하니까 원예에 있던 한 재소자가 생각나는데……?"

"누구를 말하는 겁니까?"

"시도 때도 없이 '통일, 통일, 평화통일' 하며 외치던 미친 친구 있잖아?"

담당은 그런 광경을 여러 번 목격했었다. 꽃밭에서 김매기를 하다가 벌떡 일어나서 '통일, 통일, 평화통일' 하며 허공을 향해 소리쳤다. 혼자서 중얼거리며 비시시 웃기도 했다. 병사의 감방에 수용되어 있었을 때에도 평화통일을 외쳐대는 것을 여러 번 보았었다. 낮이나 밤이나 가리지 않고 시도 때도 없이 악을 썼다. 시끄럽다고 못하도록 말리면 빵끼통으로 들어가서 더욱 큰소리 분풀이 하듯이 발광했다.

"그 형님이요? 육이오 때에 가족을 모두 잃고 고아로 자랐답니다. 오일팔민중항쟁 때에 군인들에게 두들겨 맞아 정신병자가 되었고요."

정수는 눈물이 나오려고 하여 말 끝을 흐렸다. 대한민국의 분단현실을 가장 처절하게 대변하는 사람이었다.

"그랬었구나."

담당은 고개를 끄덕거렸다.

"평화통일이 무어라고 미쳐서까지?"

"그럴 만도 하겠네. 전쟁고아로 자랐으니."

"대한민국 국민에게는 평화통일보다 더 중요한 것은 없습니다. 말할 수 없을 만큼……."

정수는 주먹을 불끈 쥐었다. 흥분해서 그런지 어지러워 머리가 핑 돌았다.

"그래. 맞는 말이야. 다시 전쟁하면 한반도는 씨도 없이 완전히 멸망할 테니까."

담당은 입술을 지그시 깨물었다.

"그분은 몇 개월 전에 월말 가석방으로 출소하였습니다."

정수는 한숨을 몰아쉬었다. 그분의 미래가 어떻게 될 것이라는 사실이 훤하게 보였다.

"그래서 안 보였구나."

담당은 혀를 찼다. 왠지 서러웠다. 눈물이 나오려고 하는 것을 참았다. 그 비극이 분단의 현실이었다.

"사회에서 적응하여 잘 살아야 할 텐데……."

정수는 그분의 모습을 다시 그려보았다.

"전쟁으로 가족을 잃고 고아로 자랐다고? 오일팔 때에 두들겨 맞아 미쳐버렸고?"

담당은 자신에게 물으며 다시 곱씹었다. 입술을 빨며 마른침을 삼켰다. 갑자기 입맛이 삽삽하여 구역질이 나오려고 했다. 눈앞에는 육이오 때에 동네 앞에서 총살된 마을사람들의 송장들이 아른거렸다. 오일팔 민중항쟁 때에 광주도청 앞에서 보았던 데모하다가 죽은 시민의 주검들이 영상의 화면처럼 나타났다. 머릿속에 똬리를 틀고 자리 잡고 앉으며 괴롭혔다. 시체가 썩으면서 추깃물을 뱉어냈다. 고약한 냄새가 콧속으로 파고들며 괴롭혔다.

'출세가 무어기에……?'

담당은 자신에게 묻고 있었다. 창자가 뒤틀렸다. 토악질이 나오려고 하는 것을 참았다. 어느새 눈가는 축축하게 젖어있었다. 전쟁과 잔인한 학살은 인간들의 출세욕 때문에 생기는 힘의 대결이 분명한 것 같았다. 인간은 더불어 살아야 하는 사회적인 동물이라는 사실을 숨기었다. 힘을 소유하게 되면 사욕을 채우려는 잔인하고 모질게 행동하는 마귀 같은 욕심쟁이로 돌변했다. 정의, 사랑, 인간의 도리 같은 것은 헌 신짝처럼 던져버렸다.

4

온실 안에는 어디서 찾아왔는지 흰 나비 한 마리가 날아다니고 있었다. 날개를 팔락거리며 돌아다니더니 밖으로 나가버렸다. 꽃의 꿀냄새를 맡은 모양이었다.

"정말로 평화적으로 통일을 이룰 수 있을까? 금방이라도 전쟁이 터질 것 같아 항상 불안한데……."

현 담당은 잠시 침묵하다가 불쑥 말을 꺼냈다. 대한민국 국민에게는 평화적인 통일이 가장 중요한 문제였다. 어느 누구도 무지막지하게 살인극 벌이는 전쟁은 바라지 않았다. 전쟁은 인간의 가장 큰 불행이었다. 죽음의 공포 속에서 목숨을 빼앗기지 않으려고 몸부림을 쳐댔다. 죽음의 늪에서 빠져나오려고 수단과 방법을 가리지 않았다. 총부리 앞을 피하려고 안간힘을 썼다. 나락에 떨어져 고통스럽게 살아가는 나날들이었다. 유익한 것은 하나도 없었다. 평화 바로 그것은 행복이었다.

"물론이죠."

정수는 자신 있게 대답했다. 하느님께 그렇게 해달라고 마음속으로 기도하며 빙긋이 웃었다.

"휴전협정을 맺어 놓았으니 겉으로는 평화스러운 것 같은데……. 날마다 싸우고 있잖아. 자기만 옳고 잘났고. 힘이 세다고!"

담당은 고개를 갸웃거렸다. 항상 마음을 조이며 살아가고 있었다. 이것이 국민들의 삶이었다.

"사실이 그렇습니다. 휴전일 뿐입니다. 전쟁은 완전히 끝난 것이 아니지요."

정수는 뒤넘스럽게 메지었다. 그래서 매일 눈에 보이지 않는 전쟁을 하고 있었다. 상대방을 짓밟아 이겨 굴복시켜야 되었다.

"그래, 전쟁이 끝난 것은 아니지. 전투를 하고 있는 것 맞지. 남과 북이 똑같아. 조금도 양보하지 않아. 자기만 잘했다고 핑계 대며 상대방을 미워하며 저주해. 어느 한쪽에서 지는 체하면서 자비와 사랑으로 대해야 하는데. 전쟁은 반드시 승리해야 하니까. 앞으로 한반도는 어떻게 될까?"

담당은 자신에게 묻고 있었다. 대답할 수 없었다. 알쏭달쏭하기 때문이었다. 남과 북이 조금도 다르지 않다고 생각되었다. 원수가 되어 서로를 비방하며 적대했다. 자기만 잘났다고 우기며 뻐기고 있었다. 금방이라도 전쟁이 계속될 것처럼 살벌했다. 쌍방에서 함께 양보하고 협력하면 얼마나 좋을까?

"언젠가는 미움이 사랑으로 바뀌겠지요."

"미움이 사랑으로 바뀐다고? 말은 참으로 좋은데……. 그놈의 인간들의 욕심이……. 어느 세월에? 북한은 적화통일을 하려고 남침야욕을 버리지 않고 호시탐탐 벼르고 있는데?"

"남한은요?"

"남한은 독재자들이……."

담당은 주변을 살피며 얼버무렸다.

"유신독재가 그랬듯이 신군부독재도 남북의 분단을 이용하여 정권을 유지하고 있지 않습니까?"

"말 조심해!"

담당은 오금이 저려 온실 밖을 살폈다. 누군가가 뒤에서 지켜보고 있는 것 같았다.

"그놈의 공포분위기……. 어쨌든 우리는 육이오와 같은 전쟁을 다시는 하지 말아야 합니다."

정수는 입술을 깨물었다.

"그것은 어느 한쪽의 뜻대로만 되는 것은 아니잖아?"

"그렇기는 하지만 우리가 먼저 변하고 양보하면서 정성을 다하여 노력하면……."

"뒤에는 미국, 소련, 중국 같은 강대국이 버티고 있는데도……?"

담당은 마른침을 삼키며 고개를 저어댔다.

"한반도 분단은 유엔이란 미명 아래 강대국들의 장난으로 이루어졌습니다. 그런데 우리는 통일하겠다고 하여 힘겨루기인 전쟁까지 하고 말았습니다. 이제는 원수까지 되어 더욱 어려워졌습니다. 그러나 우리가 극복해서 풀어야 할 크나큰 숙제이기에……."

정수는 말하면서 눈물을 글썽거렸다. 모두가 다 알고 있는 지나온 역사였다. 이제는 과거를 받아들여 인정해야 되었다. 어떻게 해서든 이 어려운 문제의 해답을 찾아야 되었다. 얼기설기 엉킨 실타래를 풀어야 했다.

"외세도 문제지만 우리의 각성이……."

담당은 여전히 말 끝을 흐렸다. 뱉어내면 안 될 것 같았다.

"옳은 말입니다. 더 큰 문제는 독재자들이 분단을 이용하여 장기정권을 유지하려고 한다는 거죠."

정수는 거리낌 없이 말했다.

"그래서, 가장 가까운 혈맹의 우방국인 미문화원에 불을 질렀던 거야?"

담당은 정수가 재판받을 때의 일이 떠올라 퉁명스럽게 쏘아 붙었다.

"……."

정수는 대답하지 않았다. 되새기고 싶지 않아서였다. 담당의 시선을 피하려고 고개를 숙였다. 말을 꺼내면 혼란스러웠다. 흥분해서 무슨 말이 튀어나올지 몰랐다. 잘못하면 완전히 북한괴뢰도당의 첩자로 몰렸다.

5

담당은 분위기가 험하게 변한 것 같아 입을 다물었다. 정수가 판사 앞에서 재판받을 때의 일이 떠올랐다. 해골 같은 정수를 찬찬히 뜯어보았다.

"그런 용기가 어디서 나와?"

"무슨 용기요?"

"재판할 때 보니까 판사 앞에서 할 말 다 하던데?"

담당은 정수가 판사 앞에서 당당하게 대거리하던 행동을 상기시켰다. 무슨 배짱으로 그랬는지 선뜻 이해가 되지 않아 캐물었다. 목숨을 걸고 독재자들과 대결한다는 것은 알고 있지만 그것이 어렵기 때문이었다.

"저의 재판을 지켜보셨습니까?"

정수는 숙이고 있던 고개를 쳐들었다.

"무슨 일인지 출정담당으로 나가면 검사실이나 법정에서 꼭 자네의 경호원이 되어 계호를 맡았잖아."

"정말로 그랬네요."

정수는 고개를 끄덕였다. 그런 것 같았다. 지난날을 회상했다.

정수는 ㅈ대학에서 운동권학생으로 독재정권에 맞서 투쟁을 했었다.

천주교회에 다니면서 교회의 농민단체에 가입하여 열심히 일했다. 여름 방학이 끝난 어느 날이었다. 대학교에 갔었다. 교문을 들어가자마자 형사에게 붙잡혀 경찰서로 끌려갔다. 천주교회에서 농민운동을 한다는 것 때문에 조사를 받고 있었다.

"임정수, 저 자식이 미문화원에 불을 지른 주범이야!"

한 형사가 조사실로 들어오면서 노려보았다.

"정말로 네놈이 미문화원에 불을 지른 방화범이냐?"

심문하던 형사의 입술에 알 수 없는 미소가 번져갔다.

"……."

정수는 고개를 쳐들고 형사를 물끄러미 바라보았다.

"대답을 하지 않는 걸 보니 사실이구나?"

"누가 미문화원에 불을 질렀다는 겁니까?"

정수는 고개를 저으며 비아냥거렸다.

"운동권이라는 네놈들이 언제는 사실대로 자백했냐?"

형사는 무시해버리고 다음으로 넘어갔다.

"형사님은 언제 운동권의 입장을 이해해준 적이 있습니까?"

정수는 지지 않고 맞받아 넘겼다.

"알았어. 그렇게 해줄게."

형사는 눈을 흘겼다.

"알아서 하십시오."

정수는 구걸하지 않았다. 하기도 싫었다. 어차피 형사들의 마음대로 할 수 없다는 걸 잘 알고 있었다. 뒤에서 안기부가 조정하고 있을 것이기 때문이었다.

이렇게 시작된 심문은 결코 만만치 않았다. 경찰과 검찰에서 밤샘하며 조사받았다. 공갈, 협박, 고문 등을 덤으로 당했다. 기소가 되었다. 법정에서 재판받게 되었다.

'검사 판사에게 자주권이 있겠어. 정권의 시녀노릇을 하고 있는걸!'

정수는 시선을 꽃밭으로 보냈다. 햇빛을 받은 탐스러운 국화꽃들이 는개로 덮인 것처럼 희끄무레하게 보였다.

"근무 중―!"

건너편 감시대에서는 감시담당이 베란다로 나와 순시하는 상관에게 근무 중 이상이 없다고 큰소리로 보고하고 있었다. 담을 넘어 도망가는 재소자가 없는 모양이었다.

6

미문화원의 방화범인 임정수의 재판 날이었다.

분위기가 살벌하고 이상했다. 대법정 방청석에는 입추의 여지가 없이 방청객으로 가득했다. 법정으로 들어오지 못한 사람들이 문 밖에서 웅성거렸다. 어떻게 알았는지 법원 뒷마당에는 많은 광주시민들이 모여 있었다. 경찰버스가 한쪽에 구석에 자리 잡고 있었다. 차 주변에 전경들이 집합하여 대기하고 있었다. 시민들이 데모를 하기로 약속한 것 같았다.

판사가 법정으로 들어왔다.

"전체 일어섯!"

법정정리는 방청석을 향해 외쳤다.

방청객들이 자리에서 일어났다.

판사는 높은 판사석에 앉으며 조서뭉치를 앞에 놓았다.

"앉아!"

법정정리는 소리쳤다.

방청객들이 자리에 앉았다.

피고인 임정수는 법정으로 들어와 판사 앞 피고인석에 앉았다.

판사가 들어와 재판이 시작되었다. 법정 안에 있는 방청객들은 입을 굳게 다물고 있었다. 귀를 쫑긋 세우고 기울였다. 흘려듣지 않고 귀담아 두려고 바싹 긴장했다. 시선은 화살촉처럼 날카롭게 세웠다. 부린 화살이 되어 재판장을 응시했다. 시민들의 침묵은 무서운 공포를 끌어들였다.

재판장이 인정심문을 했다.

검사의 모두진술도 끝냈다.

변호사는 부인하지 않았다. 미문화원을 고의적으로 방화한 것이 아니라고 했다. 실수를 하였기에 과실이었다고 덧붙였다. 고의성이 전혀 없었다고 했다. 선처를 바란다는 말로 마무리했다.

정수는 고개를 숙였다. 눈을 감고 귀담아 들었다.

"피고인, 고개 들어봐."

재판장이 앞에 서있는 피고인을 바라보았다.

"……."

정수는 고개를 쳐들었다.

"1980년 5월 26일 오후 5시경에 미문화원에 불을 질렀지?"

"불을 지른 것이 아니라 휴게실 쓰레기통에 담배꽁초를 넣었습니다."

"불을 끄지 않은 꽁초를 넣은 것 맞지?"

"분명히 불똥을 떼어냈습니다."

"미문화원 휴게실 쓰레기통에 불이 났잖아? 다른 곳으로 옮겨 붙은 것을 직원들이 소화기로 껐고?"

재판장은 앞에 놓인 두툼한 조서를 넘기며 들여다보았다. 가끔 고개를 들어 피고인의 표정을 살폈다.

"그렇게 되었다고 들었습니다."

"무엇 때문에 불을 지른 거야?"

"고의로 불을 지른 것은 아닌데······. 내가 불을 질렀다는 겁니까?"

"그럼 누가 불을 질렀어?"

"내가 미문화원에 불을 질렀다고 하니 한마디 하겠습니다. 만일 내가 불을 질렀다고 하면, 그 이유는 혈맹우방국인 미국이 민주화를 원하는 대한민국 국민의 편에 서지 않고 군부독재를 도와주었다는 항의의 표시일 겁니다."

정수는 반듯이 서서 판사를 바라보았다.

"미국이 군부독재를 도와주었다고? 어떻게?"

"유신독재와 신군부의 쿠데타를 묵인한 것이······."

정수는 마른침을 삼켰다.

"내정간섭을 하라는 거야?"

"내정간섭? 그럴 듯한 핑계가 되겠네요."

"핑계라니?"

"군작전권은 어디에 있는데······?"

"전시작전권이지. 미국은 대한민국의 가장 절친한 혈맹국가이고 영원한 우방이잖아?"

재판장은 시선을 날카롭게 세워 피고인을 찔러댔다. 피고인에게 질 수는 없었다.

"대한민국을 잘 살게 해주는 어버이와 같은 국가지요."

정수는 어깃장을 놓았다.

"피고인의 생각으로는 그렇지 않다는 건가?"

"아니오. 맞는 말씀입니다. 6·25전쟁 때에 유엔군으로 참전하여 빨갱이들을 물리쳐준 영원한 혈맹국가지요."

정수는 표정을 바꾸었다. 고개를 끄덕이며 태연하게 말했다. 그것은 역사고 현실이었다. 부인한다고 해서 바뀌거나 없어지지 않았다.

"그래서 지금의 대한민국이 존재하잖아? 그렇지 않으면 빨갱이 국가가 되었을 텐데?"

"미국과 소련이 한반도를 반으로 갈라놓았다는 사실을 알아야 합니다. 그것도 역사이니까."

정수는 방청객이 들으라고 큰소리로 외쳤다.

"뒤듬바리 같은 놈이네. 더넘차서 안 되겠어!"

재판장은 눈을 부라리며 보고 있던 조서를 덮었다.

"그래서 미국과 소련의 이념이 다르듯이 남과 북의 이념이 달라졌고, 남과 북은 통일이라는 명분으로 힘겨루기 전쟁까지 했지요."

"아무것도 모른 학생인 주제에 자깝스럽게 아는 체 하는 거야. 누구에게 가르치려고 들어!"

재판장은 버럭 악을 썼다.

"남과 북의 독재정권들은 목숨을 빼앗는 6·25전쟁을 빌미로 국민들에게 공갈협박하면서 장기집권을 꾀하고……."

정수는 대거리하려고 단단히 벼르고 있었다. 흥분해서 말이 막혔다. 평상시 생각해왔던 것들이 모두 달아나 머릿속에서 사라져버렸다.

"북한 간첩 노릇을 하는 주제에……. 공산당 빨갱이가 좋다는 건가?"

재판장의 얼굴이 뻘겋게 달아올랐다. 입에서는 침이 튀어나왔다.

"좋기는 무어가 좋아요? 공산주의는 곧 무너집니다. 두고 보십시오."

정수는 예언자처럼 선언했다.

"그래서 간첩이 아니다 이거지?"

"군부독재를 반대한다고 해서 모두 북한의 간첩이라는 겁니까? 광주 시민들도 모두 북한의 사주를 받아서 광주민중항쟁을 일으켰다면서요?"

"이 친구 안 되겠어. 비공개로 재판해야지. 다음 기일은 이주 후 목요일 오후 두 시!"

재판장은 자리에서 벌떡 일어났다. 뒤도 돌아보지 않고 나가버렸다. 재판은 시작한 지 몇 분 되지 않아서 간단히 끝냈다.

7

"이것도 재판이야."

"비공개로 재판을 한다고?"

"완전히 개판이네!"

"솥뚜껑으로 자라 잡듯이 하려고!"

"미쳐서 날뛰고 자빠졌네!"

"눈 가리고 아웅 하는 식으로 국민을 잡으려고!"

방청석이 소란스러워졌다. 방청객들은 두런거리며 법정에서 나갔다. 시민들은 법정 밖 여기저기에 모여 술렁거렸다. 금방이라도 데모가 벌어질 것 같았다.

헬멧을 쓴 전경들이 방폐를 들고 집합했다.

산그늘이 내려와 법원과 검찰청을 덮고 있었다.

"내 아들 살려내라. 광주시민을 학살한 전두환을 처단하자!"

한 아주머니가 법정 출입구 앞에서 흐느끼며 소리쳤다.

"호르르……."

한 사내가 호루라기를 불며 달려갔다. 사복경찰들이 우르르 몰려들어 에워쌌다.

"사랑도 명예도 이름도 남김없이, 한평생 살자하던 뜨거운 맹세, 임들은 간 데 없고, 깃발만 나부껴……."

웅성거리던 시민들이 여기저기서 노래를 부르며 한 곳으로 모여들었다. 주먹을 불끈 쥐고 한 손을 흔들며 '임을 위한 행진곡'을 합창했다. 선두에 서서 선동하거나 지휘하는 사람이 없는데 척척 행동으로 옮겨졌다. 자발적으로 하는 즉석 데모였다. 두려워하여 도망가거나 숨은 사람은 아무도 없었다. 잡아가라고 덤벼들었다.

"독재정권 몰아내자. 광주학살자 처단하자!"

광주시민들이 소리치며 데모하기 시작했다.

"뺑, 탕, 탕탕……."

법원 여기저기에서 총을 쏘아 대는 것처럼 최루탄이 터졌다. 최루탄 가스가 연기처럼 흩어지며 시민들을 괴롭혔다. 눈물 콧물을 흘리며 수건으로 얼굴을 감쌌다. 독가스를 피하려고 얼굴을 돌릴 뿐 도망치는 사람은 보이지 않았다.

"도청 앞으로 모입시다!"

누군가 목이 터져라 외쳐댔다.

"도청 앞으로, 도청 앞으로……!"

시민들이 흩어지며 소리쳤다. 최루가스가 광주 시내로 번져가기 시작했다. 오늘 밤에도 시내에서 데모가 크게 벌어질 모양이었다. 시민들은 거의 매일 도청 앞 금남로에서 궐기대회를 하고 있었다. 독재정권 물러나라고 전두환을 처단하자고.

8

"법정에서 판사님께 공산주의가 망한다고 당당하게 말하던데……?"

현 담당은 정수가 재판 받을 적에 법정에 있었다. 보고 들었던 것을 머릿속에 간직해 두었다가 꺼내어 곱씹으며 음미했다. 갑자기 이해할 수 없는 엉뚱한 말을 하였기 때문이었다. 대한민국에서는 반공을 국시의 제일로 삼고 있기 때문에 환영할만한 반가운 일이었다. 공산주의가 망하면 저절로 통일을 이룰 수 있을 것 같았다.

"내가 공산주의자가 아니 다는 의미도 되지만……."

정수는 입이 말라 주전자에 있는 물을 양은식기에 따라 마셨다.

"정말로 공산당이 망할 것 같아?"

담당은 한 발 다가갔다. 공산당이 미웠다. 빨리 망해주기를 바라는 기대가 발동했다. 그렇게 배웠고 들어왔기 때문이 저주할 뿐이었다. 북한공산당이 망해야 통일을 이루는 지름길이기도 했다.

"세상에 영원한 것이 있습니까?"

"없지. 항상 변하고 있지."

"유신하여 영구집권을 꽤했던 위대하신 민족의 영도자이신 박정희 대통령각하께서도 총에 맞아 서거하시지 않았습니까?"

"그런 뜻이라면 자본주의도 그러겠네?"

"당연하지요. 수정자본주의가 나오지 않습니까."

"그렇다면 영원한 우방이나 영원한 적이 없다는 뜻도 되네?"

"그렇기도 하겠습니다."

"남과 북의 관계도……?"

"당연히 그렇게 되어야지요. 미움이 사랑으로 변해서 원수가 친구로 바뀐다면 더 바랄 것이 없지 않겠습니까?"

"그렇게만 되면 다시는 6·25전쟁 같은 전쟁이 없어져 살생도 하지 않을 것이고……."

담당은 좋아서 자신도 모르게 흥분했다. 춤이라도 덩실덩실 추고 싶었다. 남과 북이 한겨레인 것처럼 통일을 이룰 때까지 띠앗머리 있게 지낼 것 같은 기분이 들었다. 꼭 그렇게 되어야 했다.

"당장 통일은 되지 않더라도 상대방을 이해해주고 존중하면서 서로를 도와가며 평화롭게 살아간다면 더 바랄 것이 없겠지요."

정수는 다시 평화통일을 기원해보았다. 자신이 만든 한반도 모형의 국화꽃을 바라보며 기도했다.

"통일보다 더 중요한 것은 전쟁을 하지 않는 평화이지."

담당은 고개를 끄덕거렸다.

"통일이 무어가 그렇게 급합니까? 전쟁해서 힘으로 밀어붙여 통일하자고요?"

정수의 눈동자에는 독기가 서려있었다. 자신도 모르게 또 혈기를 부리고 있었다.

"맞아. 전쟁, 전쟁은 안 돼, 전쟁은 안 돼. 말도 안 되지. 말도 안 되고말고."

담당은 고개를 저어댔다. 미친 사람처럼 끊임없이 중얼거렸다. 6·25 전쟁 때에 동네 앞에서 총살당했던 이웃사람들의 주검들이 떠올랐다. 눈물이 주르르 흘렀다. 전쟁으로 죽은 수많은 송장들이 눈앞에 나타나 지워지지 않고 괴롭혔다. 전쟁은 사람을 죽이는 거니까.

9

"나는 가끔 이런 생각이 들어."

현 담당은 잠시 자신의 신분을 잊고 있었다. 전쟁과 광주민중항쟁을 생각하며 엉뚱한 환상에 젖어있었다. 참으로 매욱한 행동거지였다. 정신을 가다듬었다. 교도관이라는 생각이 떠올랐다.

'나는 재소자를 교정 교화시키는 교정직 공무원인데……'

현 담당은 마음속으로 자신을 꾸짖었다. 아침점검을 마쳤다. 근무를 나올 때였다. 배치교사가 찾아서 보안과에 갔었다. 어떻게 해서든 단식을 중단 시키라는 지시를 받았다. 수형생활을 하는 운동권학생들과 지나치게 무람없이 지내고 있다는 생각이 들어 두렵기도 하였다. 가족의 얼굴들이 눈앞을 스치고 지나갔다. 이러다가 잘못 되면 빨갱이가 될 수도 있었다. 교도관의 옷을 벗게 되면 안 되었다.

"무슨 생각입니까?"

정수는 담당을 물끄러미 바라보았다.

"어떻게 되었든 현실을 그대로 받아들여야 된다는……"

담당은 어눌하게 자신을 변명하고 있었다.

"누군가는 잘못된 현실을 바로잡아 고쳐야 되지 않겠습니까?"

정수는 얼굴을 찡그리며 말했다.

"그렇기는 하지만……. 판사님 말씀같이 사풍맞은 설된 학생들이 뇌락하지 못하고 군부독재가 어쩌고저쩌고하면서 뒤넘스럽게 위대하신 대통령각하를 모욕하며 자드락거리고 있어. 국가 원수에게 해서는 안될 것 같아서……."

현 담당은 교도관이기 때문에 법무부 소속인 교정직공무원이었다. 국가공무원답게 대통령을 두남두어 거들고 나섰다.

"국민의 피의 대가로 태어난 독재정권입니다. 주권은 국민에게 있지 않습니까?"

정수는 자신도 모르게 또 얼굴을 찡그렸다. 불쾌하게 들렸다. 담당이 무엇 때문에 괴변을 늘어놓고 있다는 것을 이해하고 있었다. 그러나 왠지 입맛은 똘기 감을 씹고 있는 것처럼 삽삽했다.

"트레바리는 버리고 현실을 받아들여. 어거하는 말에 가납기언하라고. 나 혼자만 살아가는 것은 아니지. 어쨌든 내가 살아서 존재해야……."

담당은 말을 바꾸었다. 학생에게 빨려들고 있다는 생각도 들었다. 편안하게 살라고 충고하는 것은 아니었다. 인간의 삶은 괴로움의 연속이었다. 가족들의 고통도 헤아리라는 의미가 담겨있었다.

"대한민국 국민은 4·19로 자유당 이승만 독재정권을 몰아냈던 경험이 있습니다. 유신독재도 국민의 저항으로 무너졌지 않습니까? 절대로 독재자들의 생각처럼 호락호락 넘어가지 않을 걸요."

정수는 신군부독재가 오래 가지 못한다고 믿었다. 대통령의 임기는 마칠지 몰라도 민주화는 반드시 이루어지리라 여겼다.

"그걸 어떻게 알아? 가납사니 같은 이라고. 독재가 어쩌고저쩌고? 쓸데없이 더넘차게 굴지 말고 가납기언하여 밥이나 먹어.”

담당은 언제 그랬느냐는 듯이 안면을 바꾸었다. 배치교사가 어떻게 해서든 단식을 풀게 만들라는 지시를 하였기 때문이었다. 그것이 윗사람의 명령이었다. 교정공무원인 교도관의 책임과 의무를 다해야 되었다.

“두고 보십시오.”

정수는 고개를 돌렸다.

“자네 말마따나 영원한 것은 없다면서. 때가 되면 변하겠지. 그러니 밥이나 먹으라니까.”

담당은 정수의 말을 곱씹어보았다. 구수한 맛을 즐기고 있었다.

“기가 막힌 대한민국의 현실을 보십시오.”

정수는 미친 듯이 중얼거리며 흥분했다. 가슴이 터질 것만 같았다. 독재자들은 제정신이 아니었다. 출세에 눈이 멀어 완전히 이성을 잃어버렸었다.

“짹, 짹, 짹짹…….”

참새가 온실 안으로 들어와 휘저으며 날아다녔다. 나갈 곳을 찾지 못하고 허둥대었다. 한참을 맴돌아 다녔다. 자신이 들어왔던 열어 놓은 문으로 나가버렸다.

10

현 담당은 입술을 닫고 정수의 표정을 살폈다. 정치적인 상황을 가지고 입씨름하는 것이 도움이 될 것 같지 않았다. 운동권들의 심정을 알고 있기 때문이었다. 자신도 내색은 하지 않지만 공감하고 있었다.

"어머님은 안녕하신가?"

현 담당은 정수를 바라보며 온실 안의 적막을 깨뜨렸다. 괜한 일로 서로가 얼굴을 붉히고 있는 것 같아 싫었다.

'어떻게 해서든 밥만 먹게 하면 되니까……'

담당은 나름대로 자신의 속셈을 헤아려보았다. 어머니를 끌어들여 아픈 곳을 건드렸다. 어머니가 자식에게 밥을 먹인 것처럼 모자의 정으로 단식을 중단시킬 생각이었다. 여러 날의 단식으로 또 다른 학생이 희생되어서도 안 되었다. 박관형의 한 사람으로 족했다.

"……."

정수는 힐끗 쳐다보더니 고개를 숙였다. 서러움이 울컥 복받쳤다. 소리 내어 울고 싶었다. 어머니의 모습이 떠올라 지워지질 않았다. 자식 걱정에 울고 계실 것만 같았다.

"며칠 전에 내가 외정문에서 근무할 때에 어머님을 뵈었지."

"……."

"자네가 면회를 두 번이나 거절했다면서?"

담당은 비단으로 바느질을 할 때에 성기게 깁듯이 말했다. 한 마디 한 마디를 듬성듬성 간격을 맞추어 꿰매고 싶었다.

"……."

"한 번도 아니고 왜 두 번씩이나 거절했어?"

담당은 매지려고 한 땀 한 땀 정성을 다하여 베지 않게 기워갔다.

"······."

"굶고 있는 해골 같은 모습을 어머니에게 보이기 싫어서?"

담당은 귀담아 들으라고 띄엄띄엄 힘을 주어 말했다.

"······."

"자식이 단식을 하고 있으니 어머니 마음은 얼마나 아플까?"

"······."

"애가 타 병이 날 거야. 외정문 밖에서 한참동안 흐느끼고 가시던데."

"······."

"왜 안 만났어?"

"······."

"거절한 이유가 있을 것 아니야?"

담당은 밥을 먹으라고 수저로 떠 넣어주고 있었다.

"어머니를 어떻게 아십니까?"

정수는 참고 있다가 담당을 노려보며 퉁명스럽게 쏘아 붙었다. 자신의 행동에 대한 투정을 부렸다.

"자네가 미결수일 때에 접견실에서 여러 차례 어머니와 면회를 시켰잖아?"

담당은 외정문 밖에서 한참동안 흐느끼며 울던 정수의 어머니의 모습을 다시 떠올렸다. 접견실은 재소자와 면회 오는 사람과 사이에 철창살이 듬성듬성 몇 개 꽂혀있었다. 그리고 투명한 아크릴판을 가로막아 놓았다. 작은 구멍이 송송 뚫려있어 상대방의 말소리를 들을 수 있었다. 면회를 시킬 때에 관심이 있어 유심히 보아 낯을 익혀두었다.

"······."

정수는 울음이 터지려는 것을 참았다. 어머니가 보고 싶었다. 밥을 먹지 않아 뼈만 앙상한 해골 같은 아들의 모습을 보여들이고 싶지 않았다. 그래서 두 번이나 면회를 거절했다. 재소자가 접견하지 않겠다고 하면 강제로 시키지 않기 때문이었다.

"세상은 나 혼자서 사는 것이 아니야. 어머니는 자식걱정에 날마다 울고 계실걸. 가족도 생각해. 홀로 계신 어머님이 여자의 몸으로 삼남매를 어렵게 길렀다는 사실도 잊지 마!"

담당은 아픈 곳을 긁어댔다.

"왜 여기서 가족 이야기가 나옵니까?"

정수의 눈가는 어느새 축축하게 젖어들었다. 슬픔은 눈물방울이 되어 볼에 얹혀있다.

"그것이 자네의 현실이야. 어머니는 잠 못 이루고 날마다 애타게 자식을 걱정하고 있다는 사실을 망각하면 안 되지!"

담당은 오랏줄로 단단히 얽어 움직이지 못하게 하여 놓고 강제급식을 시키고 있었다.

"그만합시다. 내가 그걸 몰라서……."

정수는 어지러워 몸을 가누기가 힘들었다. 넘어지려고 하는 것을 간신히 참아냈다.

"그러니까 단식을 풀어. 자드락거리지 말고."

담당은 곧 먹게 될 것이라는 상상을 하고 있었다.

"담당님이 나를 밥 먹이려고 근무 왔다더니 사실이군요?"

정수는 입술을 빨았다.

"그래, 윗분에게 지시받았어."

담당은 숨기지 않고 당당하게 나섰다. 사실이기 때문에 숨길 필요가 없었다. 굶는 자에게 밥을 먹이는 것은 선행이었다. 자살하겠다는 사람을 살려내는 것과 같았다. 어떻게 해서든 사람의 생명을 구해야 되었다. 같은 인간으로서의 도리였다. 그런데 왠지 서러워서 눈물이 나오려고 했다. 고개를 돌리며 축축해진 눈가를 손가락으로 닦았다.

11

한낮이 되어가면서 온실 안이 뜨거워진 열기로 가득했다. 완전한 한 증막이었다. 옷은 땀으로 흠뻑 젖어있었다.

'먹혀들지 않는데……?'

현 담당은 정수의 눈치를 살폈다. 다른 방법을 찾고 있었다.

'담당이 해도 너무하네. 남의 가정사까지 끌어들여서 괴롭히고…….'

정수는 슬픔을 삼켰다. 어머니를 생각하니 속이 뒤틀렸다. 그렇지 않아도 가족을 생각하며 밤잠을 이루지 못하고 있었다.

잠시 두 사람 사이에 또 침묵이 끼어들었다. 상대방의 눈치를 살피고 있으니 가슴이 답답하여 터질 것만 같았다. 마주하고 있으면서 대화를 하지 않으니 싸움을 하고 토라진 것 같았다.

"형기가 얼마나 남았어?"

현 담당은 한참동안 궁리하더니 멋쩍게 물었다. 밥을 먹게 만들려고 머리를 짜냈다. 어떻게 해서든 재소자를 구슬려 밥을 먹여야 되었다. 그것이 오늘 자신이 맡은 근무였다. 단식을 풀게 할 좋은 방법이 머릿속으로 찾아왔기에 사용하고 있었다. 형이 확정된 지 두어 해가 지나간 것 같았다. 잘 되면 가석방으로 출소할 수 있을 거라는 기대를 가져보았다.

'출소시켜준다고 하면……?'

담당은 고개를 끄덕거리며 군침을 삼켰다. 어쩌면 통할 것 같기도 했다.

"담당님도 알고 계시면서……. 그건 왜요?"

정수는 어쩔 수 없이 대거리를 했다.

"확실한 것은 모르잖아. 형기를 계산해본 것도 아니고……."

담당은 내색을 하지 않고 천연덕스럽게 미소 지었다.

"금고형 3년 받았으니까……. 명년 이맘때면……."

"형기의 삼분의 이가 지났으니 가석방 대상이 되었네?"

담당은 달콤한 꿀단지를 옆에 가져다 놓고 단내를 풍겨댔다.

"가석방이요?"

정수는 반가워 정신이 번쩍 들었다. 눈동자가 살아나 반짝거렸다. 마음은 꿀떡이었다. 어젯밤에는 출소하는 꿈을 꾸었다. 정문을 나서는데 잠에서 깨어났다. 눈을 떠보니 교도소 감방 안이었다.

"누가 알아?"

"미문화원에 불을 지른 빨갱이가 가석방이라니!"

정수는 고개를 저으며 단념했다. 밥을 먹으라고 꾀는 낚싯밥이 분명했다. 고개를 저으며 귀넘어들었다. 달콤한 사탕발림을 하겠다는 음흉한 음모가 담겨있었다.

"혹시 알아. 단식을 풀면 이번 추석의 특별사면에 포함될지……."

담당은 넌지시 떠보았다. 잔머리를 굴리지만 결코 나쁜 짓거리는 아닌 것 같았다.

"관심 없습니다."

정수는 고개를 돌렸다. 먼산바라기를 했다. 담 너머로 무등산이 보였다. 친구들과 함께 몇 차례 오르내리던 산이었다. 어서 나와 찾아오라고 손짓해댔다.

"언젠가 나갈 몸이야. 이왕이면 빨리 나가는 것이 더 좋은 거지. 매욱한 짓거리 하지 말고 담당 말에 가납기언해봐. 교도소의 뜬것이 될거야?"

담당은 음성을 부드럽게 하여 조심스럽게 말했다. 설탕을 흠뻑 발라 단내를 흩뿌려댔다. 꿀처럼 달콤한 미끼로 낚아보자는 심사가 발동하였다. 덜컥 물면 놓아주질 않을 것이다. 유혹의 손길을 내밀었으니 붙잡아야 되었다.

'꽁꽁 묶어놓고 강제로 먹이기도 하는데……'

교도관은 재소자가 단식하면 억지로라도 먹여야 할 책임과 의무가 있었다. 그래서 강제급식을 시키고 있었다.

"담당이 가석방 결정권자도 아니면서……"

정수는 외면했다. 담당과 시선을 마주치고 싶지 않았다. 자신이 겨울부터 온상 속에서 애써 길러서 만든 한반도 모양의 국화꽃을 응시했다. 꽃이 피고 있으니 볼수록 아름다웠다.

"결정권자는 아니지만 나도 교도관이야. 말은 씨가 되는 법이고!"

담당은 군침이 돌도록 은근히 더욱 짙은 향기를 품어댔다. 그렇게 되어주기를 바라고 있었다. 거짓말이 되더라도 밥만 먹어주면 더 바랄 것이 없었다. 단식을 풀고 밥을 먹게 되면 미안하다고 사과할 생각이었다.

"담당님과 마주하고 만수받이하기가 힘듭니다."

정수는 즐비하게 붙혀 늘어놓은 의자 위에 몸을 눕혔다. 앉아있기도 힘들었다. 누워있는 것이 편했다.

"더불어 잘살아보자고 하는 단식이니까 잘 생각해봐. 억지로는 먹이지 않을 테니까."

담당은 자드락거리는 것 같아 온실에서 나갔다. 햇볕은 따갑지만 바람은 시원했다. 꽃밭 가에 서있는 백일홍나무 밑 그늘로 찾아갔다. 병든 잎을 따주고 잡초를 뽑고 있는 재소자들을 눈여겨보았다. 잠자리들이 담을 넘어 찾아와 날아다니고 있었다. 제비들도 머리 위를 스치듯이 지나갔다.

'먹지 않으면 죽게 되는데……. 여러 날 굶어서 몸은 괜찮을까? 밥을 먹어야 하는데…….'

담당은 두런거리며 걱정했다. 잠시 머뭇거리다가 온실 주변을 돌아다녔다. 불안하여 가만히 서있을 수가 없다. 여기저기를 들러보며 재소자들의 작업현황을 살펴보았다. 눈으로 출역자의 인원도 헤아려 점검했다. 담 너머 여사에서는 여자들이 큰 소리로 떠들어댔다. 운동장에서 재소자들이 군대식의 순화교육을 받으며 악을 써댔다.

12

"임정수 의무과 연출입니다."

간병이 꽃밭으로 다가오며 소리쳤다. 뒤에는 의무과 담당이 따라오고 있었다. 간병은 재소자가 의무과 직원을 도와주는 도우미였다.

"의무과라고?"

현 담당은 나무그늘 밑 의자에 앉아있다가 벌떡 일어났다. 반가워 귀가 번쩍 띄었다. 아까부터 의무과에 데려가서 영양주사라도 맞혀주었으면 좋겠다는 생각을 하고 있었다. 선뜻 보안과에 연락하지 못하고 망설였다. 의무과에서 와주니 참으로 잘 되었다. 단식하는 학생이 누워있는 온실로 향해 냅다 달려갔다.

"여러 날 굶어서 몸 상태를 살펴보려고……."

의무과 담당이 온실로 들어가며 설명했다.

"잘 되었습니다. 몸을 가누지 못하고 비틀거려 내가 보안과에 조치를 취해달라고 보고 하려고 했는데……."

담당은 한시름을 놓았다. 혼자 고민하면서 주저하고 있었던 것이 매욱한 짓거리였다. 행동으로 옮겨야 옳았었다.

"의무과는 무슨 의무과입니까?"

정수는 누워서 듣고 있다가 눈을 떴다.

"빨리 일어나라. 밥은 먹지 않더라도 몸 상태는 체크해 봐야 돼. 단식하다 죽은 박관형처럼 잘못되면 큰일 나니까. 조심해야지. 언젠가는 밥을 먹을 것 아닌가? 하루 이틀도 아니고."

담당은 인상을 쓰며 꾸짖었다. 단식하는 의중은 알고 있지만 많이 지나치다는 생각이 들었다. 몸에 탈이 생겨서는 안 되었다.

"공칙스럽게 되면 손을 쓸 수 없게 되는 경우도 생겨. 목숨이 달려있어!"

의무과 담당은 귀찮다는 듯이 인상을 긁어댔다.

"……."

정수는 그대로 누워있었다.

"가지 않으면 보안과에 연락해서 끌고 갈 테니까 알아서 해!"

담당은 노골적으로 협박했다.

"강제급식을 시키는 것은 아니지요?"

정수은 못이긴 체 일어나 앉았다. 의무과 담당을 힐끗 쳐다보았다.

"억지로 밥을 먹이려면 보안과 직원이 왔지. 자네 혼자 남았어. 아무리 좋은 것이라도 지나치면 좋지 않아. 정도껏 해야지! 군소리 하지 말고 가납기언해!"

담당은 형처럼 꾸짖었다.

"업힐 거야? 아니면 들것을 가져 올까?"

의무과 담당은 힐끗거렸다. 학생들은 더넘차서 다루기가 참으로 힘들었다.

"걸어가 보겠습니다."

정수는 무거운 몸을 간신히 일으켜 세웠다. 몸이 샐그러지며 넘어지려고 했다.

"내가 부축해주겠습니다."

간병이 달려들어 바투하며 정식의 팔을 붙잡았다.

"의무과에 가면 소사스러운 짓거리 하지 말고 링거나 한 병 맞고 와야지!"

현 담당은 뒤에 따라가다가 발을 멈추었다. 질질 끌려가는 정수를 멍하니 바라보았다. 눈물이 핑 돌았다.

"국가충성, 개과천선, 자력갱생, 사회봉사……!"

운동장에서는 재소자들이 종일 순화교육을 받으면서 구호를 외쳐댔다. 하늘에는 하얀 뭉게구름이 떠가고 있었다. 비둘기 한 마리가 담 위에 외롭게 앉아 구구거렸다. 담 너머 신작로에서는 자동차가 급하게 달려가며 경적을 울렸다. 낮닭의 하품 같은 소리가 담을 넘어 아스라하게 들려왔다. 담 너머 미루나무에서는 만선이가 한숨을 쉬듯이 서럽게 흐느끼고 있었다. 슬픈 사연을 담은 마지막 노래를 부르고 있는 것 같았다.

13

"의무과에 다녀왔습니다."

정수는 혼자서 국화꽃이 피어있는 꽃밭으로 다가오며 힘없이 말했다.

"혼자 오고 있네."

현 담당은 나무 밑 그늘에 있는 의자에 앉아있다가 벌떡 일어났다.

"의무과 담당님과 함께……."

정수는 뒤를 돌아보았다.

"인계했으니 갑니다."

의무과 담당이 손을 흔들며 돌아섰다.

"강제급식을 시켰어?"

담당은 정수에게 다가며 비아냥거렸다. 해골이 되도록 굶고 있는 것이 속상했다.

"아니요."

정수는 눈을 내리깔았다.

"아픈 곳은 없고?"

"예."

"링거는 맞았어?"

"아니요."

"의무과장이 무어라 해?"

"단식을 풀면 가석방으로 내보내줄 수도 있다고 하던데……."

"그래서 무어라고 했어?"

"아무 말도 하지 않았습니다."

"계속 굶을 거야?"

담당은 계속 망치질을 해댔다. 자신이 했던 말이 거짓말이 아닌 것 같아 다행이었다.

"……."

"말이 씨가 된다고 하더니……. 내 말이 맞았네. 단식을 당장 풀어."

"……."

"뒤넘스럽게 매욱한 짓은 하지 않는 게 좋아. 독재와 싸우는 학생답게 뇌락해야지. 지는 것이 이기는 거야. 공산주의도 망하게 될 거라면서?"

담당은 정식의 표정을 살피며 거머리처럼 찰싹 달라붙어 자드락거려댔다. 밥만 먹어주면 더 바랄 것이 없었다.

"운반!"

운동장에서 누군가가 큰소리로 외쳤다.

"원예, 외소, 봉사대 밥 받아라!"

취부가 손수레를 끌고 오며 악을 써댔다. 취부는 취사장에서 작업하는 재소자를 말했다.

"운반 떴다!"

원예의 청소부가 밥 담을 통을 들고 뛰어갔다.

"콩밥냄새가 오늘따라 구수하네."

담당은 숨을 깊게 들이마셨다. 입에 고인 군침을 꿀꺽 삼켰다. 정식을 바라보며 약을 올려댔다.

"저는 온실에 가서 눕겠습니다."

정수는 무거운 몸을 끌고 온실로 향했다.

"알아서 해. 물은 마셔야지?"

현 담당은 정수의 뒤를 따라갔다. 물이라도 먹여야 마음이 놓일 것 같았다. 담 위에 있던 참새 몇 마리가 꽃밭으로 내려앉았다. 땅바닥을 쪼아대며 먹을거리를 찾고 있었다. 국화꽃 속으로 들어갔다. 쪽빛 바다 같은 하늘에서 내려오는 햇빛은 바늘이 찔러대는 것처럼 유난히도 따가웠다.

14

"운반 떴다!"

배식을 맡은 청소부가 소리쳤다. 해는 아직 많이 남아있는데 저녁밥이 왔다. 하루의 징역살이가 끝났다. 재소자들은 온실 옆 나무그늘에 둘러 앉아 콩밥을 먹었다. 설거지도 끝냈다. 나팔소리가 들려왔다.

"입방 준비!"

작업반장이 소리쳤다. 재소자들이 꽃밭 주변을 분주하게 돌아다니며 살펴보았다. 작업장의 뒷마무리를 다시 점검하였다. 몇몇 재소자는 물통 가에 발가벗고 서서 물을 끼어 얹으며 몸을 씻느라 정신이 없었다. 출역한 재소자들은 감방으로 들어갈 준비를 끝냈다. 나팔소리가 또 들려왔다.

"입방, 입방……."

공장 여기저기에서 소리쳤다.

"임정수!"

현 담당은 온실로 들어가며 다정하게 불렀다. 종일 밥을 먹이겠다고 입씨름했던 일이 마음에 걸렸다. 헤어져야 하니 하찮은 감정을 풀어버리고 싶었다. 오해는 하지 않겠지만 자존심은 상했을 것이다.

"예."

"오늘도 징역살이 하루가 깨졌네."

"그렇게 되었습니다."

정수는 감방으로 들어가기 위해 일어섰다.

"인간은 이렇게 살아가는 거야. 별 것 아니어."

담당은 환하게 웃어보였다.

"그런 가 봅니다. 별 것 아닌데……."

정수는 한반도 모형으로 만든 국화꽃으로 다가가 쓰다듬었다. 원예에서 하루의 징역살이를 끝내고 감방으로 들어갈 때에는 항상 온실로 찾아와 어루만졌다. 마음속으로 정성을 다해 평화통일을 기원했다.

"가석방으로 나가게 되면 사회에서 만나세. 내가 술 한잔 살게."

담당은 이렇게라도 자신의 미안함을 달래고 싶었다. 교도관과 재소자의 관계라 어쩔 수 없다는 마음의 표시였다.

"제가 사야지요."

정수는 고개를 돌리며 빙긋이 웃었다.

"내일 아침에 출소할 수도 있어. 미문화원에 불을 지른 아주 특별한 사람이니까."

담당은 엉뚱한 상상을 하고 있었다. 정수도 공칙스럽게 되면 박관형처럼 죽게 될지도 모른다는 생각이 들었다. 그 사고에 대한 예방조치로 가석방으로 출소시켜 밖으로 내보내버릴 것 같기도 했다. 당국의 책임을 면하기 위해 충분히 가능했다. 박관형의 사망사건 때문에 광주가 시끄러웠다. 정부가 곤욕을 치르고 있었다.

"빨갱이인데……."

정수는 가석방이라는 말을 들으니 가슴이 두근거렸다. 의무과장의 표정으로 보아 출소시킬 것 같기도 했다. 내보내주면 못나갈 것도 없었다.

"교도소 안에서 죽게 놔두지는 않겠지?"

현 담당은 입술을 빨며 군침을 삼켰다.

"담당님, 십삼 명 이상 없습니다."

작업지도는 출역수들을 집합시켜놓고 담당에게 보고했다.

"연장은 모두 챙겼습니까?"

담당은 온실에서 나갔다.

"확인하십시오. 이상 없습니다."

작업지도는 열쇠를 들고 앞장섰다.

"작업도구는 내가 직접 확인해야지!"

현 담당은 지도와 함께 연장이 있는 창고로 들어갔다. 조금 후 되돌아 나왔다. 집합해 있는 재소자들 앞으로 갔다.

"차렷, 경례."

작업지도가 옆에 서서 구령했다.

"열한 명에 지도와 정수까지 열세 명. 수고했습니다."

담당은 인사를 받으며 한눈에 인원을 파악했다. 무사히 하루의 징역살이를 끝냈다고 안도의 한숨을 쉬었다.

"원예, 봉사대, 외소 입방!"

멀리서 누군가가 외쳐댔다.

"입방 합시다."

작업지도가 앞장섰다.

"담당님 수고하셨습니다."

정수는 재소자들의 회두리에서 천천히 따라가며 돌아보았다.

"좋은 꿈을 꾸고. 누가 알아 내일 아침에 가석방으로 나가게 될지!"

담당은 장승처럼 서서 바라보았다. 이별하는 것처럼 눈물이 핑 돌았다. 이마에 흐르는 땀과 눈물을 한꺼번에 닦았다. 아무 탈 없이 건강한 몸으로 하루라도 빨리 출소하기를 기원했다.

'오늘은 꽃밭에서 하루의 징역살이를 했네!'

담당은 고개를 돌렸다. 흐드러지게 핀 국화꽃이 저물어가는 햇빛을 받아 눈부셨다. 꽃밭은 노란 이불을 덮고 있는 것 같았다.

"정리정돈은 제대로 되었겠지?"

담당은 돌아서서 꽃밭 주변을 돌아다니며 살펴보았다. 혹시라도 담을 넘어가기 위해 준비해놓은 이상한 물건이 있는지 찾고 있었다.

"이상 없네."

담당은 온실 안으로 들어갔다.

'한반도에도 국화꽃이 탐스럽게 피고 있구나. 언젠가는 대한민국에도 평화통일을 이루어 찬란한 문화를 꽃피우겠지.'

담당은 한반도 모양의 국화꽃을 찬찬히 살펴보았다. 두 손으로 어루만지며 향기를 음미했다. 진하지 않는 냄새를 맡으니 기분이 상쾌했다.

'휴전선이 없는 한반도의 국화꽃을 만들려고 온갖 정성을 쏟아 부었겠지?'

담당은 중얼거리며 평화통일을 기원했다. 다시는 전쟁을 해서는 안 된다고 수없이 외치며 빌고 또 빌었다.

(한국소설 2016년 7월호에 발표)

품앗이

—

1950년 6월 25일이었다. 오늘은 양지편 사람들이 보끼미의 넓디넓은 장구배미
논다랑이에서 품앗이로 모내기를 하는 날이었다. 가멸은 집에서 모내기를 하게
되면 마을에 잔치가 벌어졌다. 동네사람들 대부분이 어렵게 살아가기 때문이었다.

품앗이

1

창 너머 호젓한 화단에는 낙엽들이 바람에 흩날리고 있었다. 마지막 잎이 떨어지면서 몸부림을 쳐댔다. 자신도 모르게 서러움이 복받쳤다. 눈물이 나오려고 했다.

'늦가을에 핀 국화꽃도 화려하잖아?'

진안 댁은 고개를 돌렸다. 여기저기에 놓여있는 화분에는 노랗고 하얀 수국이 탐스러운 연꽃처럼 피어있었다. 늦가을의 아름다운 풍경을 그림처럼 그려놓았다. 노란 꽃잎이 구름 사이를 뚫고 나온 햇빛을 받아 함치르르해졌다. 흐드러지게 핀 국화꽃봉오리가 오늘따라 유난히도 깨끔하고 고왔다. 삶의 끝자락에서 마지막의 자태를 자랑하고 있는 것 같아 외롭고 쓸쓸하게 보였다.

'늦가을에 핀 꽃도 참 예쁘구나. 머지않아 겨울이 오면 곧 시들게 될 텐데……'

진안 댁은 창가에 서서 밖을 바라보았다. 구순 나이를 생각했다. 자신을 닮은 국화꽃인데 참으로 아름다웠다. 눈앞에서 아른거리는 죽음을 곱씹어 음미했다. 며칠 전에는 옆에서 함께 생활하던 친구가 저승으로 가버렸다. 그래서 더욱 외로웠는지도 몰랐다. 혼자서 고독을 곱씹고 있으니 두려웠다. 무서운 저승길을 더듬거리며 찾아가고 있는 것 같았다.

'저승사자가 데려가려고 방 안에서 지켜보고 있겠지?'

진안 댁은 무서워 몸을 바르르 떨었다. 조금 전만해도 뻥 뚫려있던 파란 하늘이었다. 갑자기 먹구름이 밀려와 덮어버렸다. 빛줄기가 사라지자 짙은 어둠이 드리워져 끄느름해졌다. 소나기가 우박처럼 쏟아졌다. 성질 급한 나그네처럼 지나갔다. 어느새 찾아들었다. 남아있는 가을을 재촉하는 빗방울이 을씨년스럽게 추적추적 내렸다. 또 바람이 지나갔다. 나뭇가지가 흔들렸다. 단풍나무에 남아있던 빨간 단풍잎이 우수수 떨어졌다. 낙엽이 흩날리며 수런거렸다. 저쪽으로 날아가며 흩어졌다.

'커다란 국화꽃이 아니라 덕산 댁의 얼굴!'

진안 댁은 화단의 가운데에 있는 유난히도 깨끔하고 커다란 국화의 꽃송이를 응시하며 깜짝 놀랐다. 지금까지 살아오면서 한 시도 잊은 적이 없는 그리운 사람의 얼굴로 변해있었다.

"덕산 댁, 살아있을 때에 한번 만나야지!"

진안 댁은 누구에게 인지는 모르지만 마지막 소원 외치고 있었다. 며칠 전에 한 방에서 허물없이 지내던 친구를 먼저 저승으로 보냈었다. 그래서 그런지 더욱 외로웠다. 너나들이하며 지내던 옛 친구가 그리워 늘 킴으로 서러워하고 있는지 몰랐다.

'정말 보고 싶구나.'

진안 댁은 옛날을 다시 그려보았다. 같은 해에 양지편으로 시집와서 무람없이 지내는 사이었다. 시집살이의 고통을 하소연하며 터놓고 지내는 동갑내기 동무가 오늘따라 더욱 보고 싶어졌다.

'시집가던 때가 어제 같은데……'

진안 댁은 집 마당에 전안청을 차려놓고 결혼예식을 올리던 때를 떠올렸다. 자신도 모르게 긴장되어 마른침을 삼켰다. 볼에 연지곤지 찍고

원삼족두리로 곱게 단장한 자신의 모습이 아른거렸다. 초례를 치르던 그날이 엊그제였었다. 그런데 벌써 구순의 나이었다. 추레한 노파리가 되어 죽음을 기다리고 있었다.

'함께 임신하여 입덧을 같이 했었지.'

진안 댁은 애를 가졌을 때의 일이 생각났다.

'떫은 똘기감이 무어 그리 맛이 있다고 먹고 싶어서…….'

진안 댁은 덕산 댁과 함께 텃밭 감나무에서 아무도 모르게 떨떠름한 풋감을 따 나누어 먹었었다. 먹고 또 먹어도 질리지 않았다.

'참으로 마음씨 곱고 착하고 정직하고……. 나에게는 고마운 사람이 었는데. 덕산 댁은 살아있을까?'

진안 댁은 볼에 얹혀있는 눈물방울을 손등으로 쓱 문질러 닦았다.

'남편도 같은 해에 태어난 둘도 없이 살갑게 지내던 어깨동무였기에 아내인 우리도 시샘하듯 자매처럼 살았었지.'

진안 댁의 입술에는 알 수 없는 미소가 번져갔다.

'시집살이 하면서 함께 울고 웃고 고민하고 괴로워하며…….'

진안 댁은 가슴이 뭉클해짐을 느꼈다. 또 눈물이 눈가를 적시었다.

'모내기, 밭매기, 길쌈하기 같은 힘들고 어려운 일은 함께 품앗이를 했었는데……. 어느 날 밭에서 김매기하며 하소연하다가 함께 울었었지!'

진안 댁은 눈가를 촉촉하게 적신 서글픔을 닦았다. 그때 일을 생각하니 더욱 서러워졌다.

'추석이나 대보름날에는 동네 아낙들의 틈새에서 함께 손잡고 강강술래도 했고…….'

진안 댁은 목구멍에 걸려있는 슬픔을 꿀꺽 삼켰다. 남의 집 마당에서 동네 처녀들과 손잡고 펄쩍펄쩍 뛰며 빙글빙글 돌았었다. 명절날이면 함께 즐겁게 놀던 일들이 영화의 화면처럼 떠올라 사라지지 않았다.

'덕산 댁이 살아있다면 정말 보고 싶은데……'

진안 댁은 군침을 삼켰다. 창밖을 바라보며 홀로 흐느꼈다. 애타게 찾고 있는 친구를 생각하며 그리움을 달래었다. 지난날이 머릿속에 자리잡고 똬리를 틀고 앉아있었다. 궤적의 실타래가 풀리며 선명하게 떠올랐다. 창밖의 정원에는 세월을 재촉하는 늦가을 비가 여전히 추적추적 내리고 있었다.

'덕산 댁은 마음씨가 좋은 사람이라 살아있을 거야. 꼭 살아있어야 돼. 어떻게 해서든 한 번 만났으면……. 하나님, 이 늙은 년의 마지막 소원입니다.'

진안 댁은 뜬금없이 떠오른 새댁 시절의 친구를 생각했다. 무작정 애타게 기다리며 기도하고 있었다. 흐르는 눈물을 주체하지 못하고 손바닥으로 닦았다.

'친구야, 우리는 빨래할 때에도 품앗이 했었지.'

진안 댁은 빨래터나 우물가에서 만나면 하소연하며 괴로움을 달래었다. 빨랫방망이로 옷을 두드리던 그녀의 모습이 눈앞에서 아른거렸다.

'꼭 한 번 만나고 싶어서 수소문을 했었는데……'

진안 댁은 덕산 댁을 찾아달라고 아들에게 여러 차례 부탁했었다. 그때마다 아들은 고개를 저어댔다. 여기저기 알아보았는데 찾을 수 없다고 했었다.

'혹시 알아……. 하나님이 내 소원을 들어준다면……'

진안 댁은 믿지도 않은 하나님께 눈을 감고 수없이 기도했다. 기독교

신자는 아니지만 살아오면서 괴로울 때에는 늘 하는 버릇이었다. 늙은 이의 마지막 원풀이를 해달라고 안달을 부리고 있었다. 무슨 일이 있어도 죽기 전에 꼭 만나고 싶었다. 지금까지 살아오면서 간절하게 기다리는 소망이었다. 오늘은 이상하게 마음이 설레면서 긴장되었다. 가슴이 벅차올랐다. 흥분되어 자꾸만 눈물을 흘러내렸다.

그때였다.

"똑, 똑, 똑."

누군가 방문을 두드렸다.

'누굴까? 저승사자?'

진안 댁은 눈을 크게 뜨고 돌아보았다. 자신도 모르게 가슴이 두근거렸다. 긴장하여 얼굴이 화끈거렸다. 입안이 바싹바싹 타들어갔다.

2

방문이 열렸다.

"친구하실 손님이 오셨습니다. 며칠 동안 혼자서 답답하셨죠? 앞으로는 외롭지 않게 되었습니다."

간호사가 문을 열고 들어왔다. 부드럽고 살가운 시선으로 진안 댁을 어루만졌다. 입술에 웃음꽃이 활짝 피어있었다. 다정하고 부드러운 음성으로 위로했다. 몇 시간 남지 않은 여생을 편안하게 보냈으면 좋겠다는 소망까지 흠뻑 담아보았다.

"어서 오세요."

진안 댁은 돌아서서 물끄러미 바라보았다. 간호사 뒤를 따라 들어온 할머니를 찬찬히 뜯어보았다.

'호랑이도 제 말하면 온다더니……. 덕산 댁?'

진안 댁의 몸은 장승처럼 굳어버렸다. 모습과 걸음걸이가 어디서 많이 보았던 것 같았다. 조금도 낯설지 않았다. 틀림없는 덕산 댁이었다. 달려가서 끌어안으려다가 참았다. 반가워 눈물이 나오려고 하였다.

"반갑습니다."

덕산 댁은 이웃사촌을 만난 것처럼 환하게 웃었다.

'진안 댁을 닮았네?'

덕산 댁은 말뚝이 되어 발이 떨어지지 않았다. 넋을 놓고 물끄러미 바라보았다. 몇 번을 다시 보아도 진안 댁이 분명했다. 입술이 굳어 아는 체를 하지 못했다. 시선을 날카롭게 세워 뚫어지게 응시했다.

'하느님이 내 기도를 들어주었나. 덕산 댁이 맞는데……'

진안 댁은 어떻게 해야 좋을지 몰라 머뭇거렸다.

'진안 댁이 분명해!'

덕산 댁은 다가가 손목이라도 잡고 싶은 충동을 억제했다. 늙어 눈이 침침하여 뜬것을 보고 있는지도 몰랐다.

"이 침대를 사용하세요. 나는 저쪽 침대에서 잠을 자니까."

진안 댁은 마른 침을 삼켰다. 잠시 머뭇거렸다. 상대방의 굳은 표정을 보았다. 다시 살펴보며 다정하게 말했다. 갑자기 방 안의 분위기가 굳어져 불안했다. 이제부터는 한 식구가 되었으니 긴장감을 풀어야 되었다. 더불어 살아야 하기에 먼저 온 자신이 손을 내밀었다. 잠자리를 안내하며 행동을 주시했다.

"두 분이 잘 맞겠어요. 연세도 같으시고……. 얼굴도 닮았어요. 친구나 자매처럼 다정하게 지내십시오."

간호사는 서둘러 나가버렸다. 다른 방에 위독한 환자가 있기에 보살펴야 했다.

'영락없는 덕산 댁인데……'

진안 댁은 고개를 갸웃거렸다. 보고 또 보고 몇 번을 찬찬히 살펴보았다. 틀림없는 덕산 댁이었다. 아는 체를 못하고 머뭇거렸다.

'동갑내기라고? 진안 댁이 틀림없는데……'

덕산 댁은 진안 댁을 다시 뜯어보면서 군침을 삼켰다. 생김새는 틀림없는 진안 댁이 분명했다. 낯은 익었다. 음성도 같았다. 확신은 서지만 선뜻 나서서 물어볼 수가 없었다. 혹시라도 아니면 어쩌나 하는 두려움이 앞섰다.

"……."

덕산 댁과 진안 댁은 서로를 바라보며 입술을 빨았다. 분명히 알고 있는 것 같은데 아는 체를 하지 못했다. 어떻게 해야 좋을지 몰라 상대방의 표정만 살폈다. 입술은 굳게 다물고 있었다. 긴장되어 마른 침을 삼켰다. 상대방의 뙤록거리는 눈알에서 쏘아대는 날카로운 시선을 피하려고 고개를 돌렸다.

"따르르르릉……."

벨이 통로에서 요란스럽게 설레발을 떨었다. 식사시간이 되었으니 빨리 식당으로 오라는 재우침이었다. 밥 먹을 때가 되면 항상 벨을 울려 알려주었다. 걷기를 할 수 있는 노인들은 식당으로 가 식사해야 되었다.

"식당으로 저녁밥을 먹으러 갑시다."

진안 댁을 덕산 댁을 바라보며 앞장섰다. 자신이 먼저 요양원에 와서 생활해왔기에 규칙을 알고 있었다.

"벌써 저녁밥 먹을 때가……."

덕산 댁은 진안 댁의 뒤를 따라갔다. 음성과 걸음걸이도 같았다. 양지편에서 살았던 진안 댁이 아니냐고 묻고 싶었으나 꺼내지 못했다.

'잠자리에 들면서 물어보지.'

진안 댁은 힐끗 돌아보았다. 덕산 댁이라는 말이 입속에서 맴돌았다. 몇 번을 곱씹다가 꿀꺽 삼켜버렸다. 한 방에서 함께 생활할 테니 서두를 것이 없었다.

3

"오늘은 저녁노을을 볼 수 없겠네!"

진안 댁은 저녁밥을 먹고 방으로 와 창가로 갔다. 밖을 내다보며 혼자말로 중얼거렸다. 가끔 해질 무렵이면 황톳빛으로 변해가는 하늘을 쳐다보며 향수에 젖어들었다. 오늘은 날이 궂어서 해가 저가면서 곱게 물든 노을이 보이지 않았다. 궂은비가 내리는 끄느름한 날씨가 야속했다. 태양은 해넘이로 들어가는 해거름 녘에 하늘을 아름답게 꾸미는 노을빛으로 자신의 자취를 과시했다. 오늘은 구름이 가려 볼 수 없게 되었다. 자신이 살아왔던 아름다운 추억들이 사라져버린 것 같아 아쉬웠다.

"짓궂은 비만 내리고 있네요."

덕산 댁은 만수받이 하며 거들었다. 듣고 보니 괜히 심술이 났다. 아직도 시커먼 잿빛 구름에서 빗방울이 성기게 하나둘 떨어졌다. 늦가을을 재촉하는 비였다. 빗속에는 탐스러운 눈송이도 끼어있었다. 잔뜩 찌푸린 궂은 날씨라 그런지 저녁밥을 먹고 오니 이슥하게 깊은 한밤중이 된 것 같았다. 어느새 비는 잦아들고 세찬 바람이 찾아와 창문을 흔들어댔다. 그믐날밤의 칠흑 같은 어둠도 유리창에 찰싹 달라붙어 있었다.

"낯이 많이 익은데 고향이 어디요?"

진안 댁은 궁금증을 참지 못하고 데설궂게 불쑥 뱉어냈다. 경찰이 죄인을 심문하듯이 당당하게 물었다. 두 사람 사이에 끼어 있는 긴장감이 싫었다. 조용한 방 안 분위기가 무덤 속 같아 불안하기도 했다. 단단하게 굳어있는 두터운 적막이 무서웠다. 깨뜨리고 싶었다. 며칠 동안 혼자 있으니 외롭고 서러웠다. 저승사자가 찾아와서 옆에 있는 것 같았다. 죽음에 대한 두려움도 떨쳐버리고 싶었다.

"전라도요."

덕산 댁은 진안 댁을 뚫어지게 응시했다. 몸매를 다시 살펴보았다. 처음 보았을 때부터 지금까지의 모든 행동거지가 낯설지 않았다. 허물없이 지낸 옛 동무 진안 댁이 틀림없었다. 그런데 아는 체를 못하고 머뭇거리고 있었다.

"전라도 어디요?"

진안 댁은 바싹 다가갔다. 음성도 영락없는 덕산 댁이었다.

"전라남도 장흥······."

"장흥 어디요?"

"부산면······."

"양지편이요?"

"맞아요."

"덕산 댁?"

"진안 댁이 맞네."

버커리가 된 두 노파들은 넋을 놓고 서로를 바라보았다. 더 이상 말을 못했다. 입술이 바르르 떨렸다. 눈에서는 눈물이 주르르 흘러내렸다. 첫눈에 알아보았으면서도 아는 체를 하지 못하고 머뭇거렸던 자신을 미워했다. 얼마나 살갑게 지내던 사이였는데……. 이 시간이 오기를 얼마나 기다렸던가? 애가 탔었다. 눈동자가 여러 개 빠져버렸었다. 생의 마지막 순간에 극적인 만남이었다. 육십여 년 동안 기도했던 소원이 이루어지는 순간이었다. 이것은 우연한 재회가 아니었다. 기다림이 가져다준 아름다운 선물이었다.

4

두 사람은 말을 못 하고 한참 동안 흐느꼈다. 그들은 헤어진 후 지금까지 살아오면서 한순간도 잊지 않았었다. 다시 만나기를 간절하게 기도했다. 눈알이 빠지도록 기다리며 그리워했었다. 평생소원은 꼭 한 번 만나보는 것이었다. 우연인지 필연인지 모르지만, 소원성취를 하게 되었다. 꿈자리에서 보아도 반가운 사람이었다. 죽음을 바로 앞에 놓아둔 이 순간에 아름다운 재회가 이루어졌다. 지금까지 살아오면서 이보다 더 좋은 일은 없었다. 그래서 할 말을 잊어버렸다. 눈물이 앞을 가려 아무것도 보이지 않았다. 기쁜 일을 당하면 운다고 하더니 그런가 보았다. 정신을 놓아 얼싸안지도 못했다. 멍하니 바라보며 서러움만 훔쳐냈다. 얼마나 울었는지 몰랐다.

"우리가 헤어진 지 얼마 만에 만난 거야?"

덕산 댁은 눈물을 거두었다. 서러움과 괴로움을 꿀꺽 삼키며 먼저 입을 열었다.

"6·25전쟁 때에 헤어졌으니까……."

진안 댁이 더듬거렸다. 손가락을 꼽으며 계산해 보았다.

"아들이 환갑이 지나고 일흔 살이 되어가니까……."

"내가 양지편을 떠난 지 벌써 육십하고도 육칠 년을 더 넘겼네."

덕산 댁은 눈을 끔벅거리며 지난날을 그려보았다. 6·25전쟁 때였다. 목숨을 빼앗길까 봐 두려워했던 추억이 오롯하게 떠올랐다. 전쟁을 생각하면 할수록 무서워 오금이 저렸다. 온몸이 오싹해지며 치가 떨렸다. 인간을 죽이는 전쟁처럼 무서운 마귀는 없었다. 전쟁은 사람의 피를 먹어야 하는 흡혈귀였다. 누구를 위하여 싸우는 것인지는 모르지만 전쟁으로 수많은 무고한 인간을 죽여야 되었다. 적이라는 미명 아래 수단과 방법을 가리지 않고 살생하여 이기게 되면 위대한 승리자로 대접받았다.

"벌써 그렇게 되었네. 하기야 우리가 구순이 되었으니……. 이렇게 늙어 버커리가 되어 죽음을 턱 밑에 놓아두었으니……."

진안 댁은 지난날들을 돌아보며 한숨을 몰아쉬었다. 머릿속에 고이 간직해 두었던 6·25전쟁 때의 일들을 들추어 보았다. 엉킨 실타래를 풀듯이 하나둘 떠올리며 되새겨 곱씹어 댔다. 복잡하게 헝클어진 지난날을 개탕 쳐 반추하며 음미했다. 전쟁이라는 저승사자가 붙잡고 끌고 가려고 했었다. 총부리 앞에서 죽지 않으려고 몸부림쳤었다. 죽음이라는 무서운 늪에 빠져 허우적거리는 나날들이었다.

"그놈의 악마 같은 전쟁!"

덕산 댁은 마른침을 삼켰다. 지금도 전쟁이라는 무서운 귀신에게 사로잡혀 시달림을 당하고 있었다.

"잔인하고 모질고 악독하고 몸서리치고……."

진안 댁은 한숨을 몰아쉬며 눈물을 닦았다.

"내가 살아 남기위해 남을 죽여야 하니……."

"그것이 전쟁이여."

"두억시니 같은 무섭고 지긋지긋한 전쟁……."

"도대체 무엇을 위해…… 누구를 위해……."

"땅덩이가 갈라지니 동족이 나뉘어져 상대방이 적이 되어버렸지. 이념이라는 사탕발림을 하여 서로를 죽이려고 싸우는 전쟁. 이것이 애국인가? 알다가도 모르겠어."

"힘이 세다고 상대방을 해코지하여 굴복시키는 것이 애국이야?"

"서로 도와주면서 더불어 살면 역적이 된다고 하더라고."

"……."

두 사람은 기가 막혀 말을 못하고 입술을 다물어버렸다. 전쟁 이야기를 하니 자신도 모르게 흥분이 되었다. 해서는 안 될 말을 하는 것 같았다. 이런 말을 하면 빨갱이가 되어 쥐도 새도 모르게 잡혀갔다. 지금은 모르지만 옛날에는 그랬었다.

"그것은 그렇고 우리는 그 무서운 전쟁 중에도 서로를 도우며 살아남았어."

"그래. 맞아. 진안 댁이 아니었으면 내 자식이 이미 죽었을 텐데……."

덕산 댁은 감정이 복받쳐 목이 메었다. 주르르 흘러내리는 눈물을 닦았다. 정신을 가다듬었다. 이제 와서 고맙다는 인사를 하고 있었다. 지금까지 가슴 속에 담아두었던 감사의 표시였다. 언젠가 만나면 꼭 해야 된다고 간직했던 소중한 한마디였다.

"무슨 소리. 덕산 댁이 아니었으면 우리 가족은 몰살당했지."

진안 댁은 덕산 댁을 바라보며 눈물을 글썽거렸다. 머릿속에서 따리를 틀고 앉아 있던 고마움의 표시였다. 만나서 꼭 하고 싶은 말이었다. 죽지 않고 살아서 재회를 했으니 소원풀이를 하고 있었다. 정말로 고맙고 감사한 이웃사촌이었다. 자신의 살덩이를 떼어주어도 아깝지 않은 은인이었다.

"당연히 해야 일을 한 것뿐인데……. 우리는 이웃에 살면서 이웃사촌으로 품앗이하며 함께 살아왔었지?"

덕산 댁은 볼을 타고 흘러내리는 슬픔을 손수건으로 닦았다. 이웃에 살면서 모든 일상의 생활이 그랬었다. 하찮은 일에도 도움을 아끼지 않았다. 품앗이하듯이 서로 돕고 도움을 받았다. 살아오면서 생각해보니 그것이 인간이 모둠사리 하는 가장 소중한 아름다운 미덕이었었다. 그 사랑을 실천했었다.

"정말 그랬어. 품앗이 많이 했었지. 전쟁통에는 서로를 의지하며 살았고. 위험을 무릅쓰고 도와주어서 생명을 구할 수 있었지."

진안 댁은 고개를 끄덕이며 손바닥으로 눈물방울을 훔쳤다. 이웃에 살면서 어려운 일이 있을 때마다 품앗이하며 서로에게 도움을 주었었다. 품갚음을 할 때는 더 많이 주려고 갖은 애를 썼었다. 몇 번을 되새겨 곱씹어 보아도 참으로 잘한 일이었다. 다시 반추해보아도 남부끄럽지 않은 떳떳한 선행이었다. 서로가 생각은 달라도 상대방을 존중하여 생명을 구해주었기 때문이었다. 가끔은 손해 보는 때도 있지만 도와준다는 의미가 있어 행복했다. 이념은 인간의 생각일 뿐이었다. 진리는 아니었다.

5

진안 댁은 전쟁이 나기 삼 년 전에 양지편으로 시집갔었다.

덕산 댁은 진안 댁과 같은 해에 그 이웃집 총각과 결혼했었다.

진안 댁은 덕산 댁과 이웃에서 살았었다. 알고 보니 동갑내기였다. 이웃사촌으로 가깝게 지냈었다. 품앗이로 밭매기 같은 농사일을 하면서 너나들이하였다. 시집살이하는 괴로움을 남몰래 하소연하며 무람없이 지내다 보니 자매처럼 가까워졌다. 친정이 그리워 눈물지으면서 마음속에 감추어 두었던 사연을 상대방에게 털어버리기도 했다. 처지가 같아 무슨 말을 하여도 모두 받아주었기에 편안했다. 서로가 이해하고 위로하며 힘을 북돋아 주었다. 시샘 나는 일들은 눈감아버렸다. 좌절하지 않도록 어려운 사연을 찾아 도와주었다. 빨래터나 우물가에서 만나면 시간 가는 줄 몰랐다.

두 새댁은 시집온 이듬해에 시샘하듯이 함께 애를 가졌다. 입덧도 같이 했다. 먹고 싶은 음식도 한 가지였다. 그래서 더욱 허물없이 지냈는지도 몰랐다. 입맛에 당기는 먹을거리를 구해 남몰래 나누어 먹었다. 언젠가는 떫은 똘기감을 먹으려고 텃밭에 있는 감나무에서 금방 맺힌 푸른 감을 땄다. 땡감을 나누어 먹으면서 신명 나게 웃어댔다. 하필이면 익지도 않은 풋감이 그렇게 먹고 싶었는지 몰랐다.

진안 댁은 6·25전쟁이 나던 해의 봄에 아들을 낳았다. 덕산 댁도 질세라 며칠 사이를 두고 똑같이 사내아이를 출산했다. 예쁘고 사랑스럽고 귀여운 갓난애를 잘 길렀다. 자기 아들이 더 잘생겼다고 시샘하기도 하였다.

6

진안 댁의 남편과 덕산 댁의 남편은 동갑내기였다. 양지편에서 같은 해에 태어나 함께 자라온 어깨동무친구였다. 무람없고 허물없고 너나 들이하며 자별하게 지내는 살붙이나 다름이 없었다. 두 사람은 항상 쌍둥이처럼 붙어살았다. 일본강점기에 부산초등학교 장흥중학교를 손잡고 다녔었다.

그들의 부모님들은 일본의 동양척식회사에 농토를 빼앗겼다. 일본인에게 갈취당한 논밭을 얻어 배메기농사를 지으며 살았다. 소작인이 된 집안은 뭇갈림농사로 생활이 궁핍했다. 어렵게 농사를 지어놓으면 지주가 반타작을 가져갔고 나머지는 공출로 빼앗겼다. 힘들게 농사지어도 가을걷이는 항상 빈손이었다. 시샘이 많은 두 집 아버지의 교육열 대단했다. 먹을거리가 없는 어려운 살림살이에도 읍내에 있는 중학교를 졸업시켰다.

진안 댁의 남편과 덕산 댁의 남편은 집안 살림이 궁색하여 동냥아치처럼 살았다. 그들은 굶기를 밥 먹듯 하였기에 항상 배가 고팠다. 배고픔에서 벗어나려고 중학교를 졸업할 무렵 공산당에 가입했다. 공산당혁명에 열성을 다했다. 공산당의 혁명가로서 몸 바치겠다고 맹세했다. 그때는 국민의 칠팔 할이 소작인으로 궁핍하게 생활했다. 똑같이 잘살게 해준다는 달콤한 사탕발림의 말에 넘어갔다. 귀가 솔깃해져서 자연히 공산주의자가 되어버렸다. 먹을거리가 없어 배고파 죽지 않기 위해서는 다른 방법이 없었다. 지주나 일본의 앞잡이 노릇을 하며 호의호식하는 몇몇 사람을 제외하고는 모두가 공산혁명을 지지했다. 세상이 바뀌어 골고루 잘사는 사회가 되기를 원했다. 가장 시급한 끼니 걱정부터 해결

해야 하기 때문이었다. 거의가 굶주림에 시달리는 거지꼴이었다. 동냥질하는 양아치들이나 다름없었다.

1945년 8월 15일 일본이 항복했다. 국민이 기다리고 기다렸던 해방을 맞이하였다. 그런데 한반도에는 또 다른 시련이 들이닥쳤다. 땅덩이가 삼팔선을 경계로 해서 둘로 쪼개어졌다. 장맞이하고 있었다는 듯이 남쪽에는 미군이 북쪽에는 소련군이 들어왔다. 이렇게 해서 국민의 뜻과는 다르게 한민족이 둘로 나뉘어졌다. 명목은 그럴듯했다. 강대국이 유엔군으로서 약소국을 도와준다는 착하고 선한 의미에서였다. 그럴 듯한 아름다운 달콤한 말이었다. 일본이 조선을 강점할 때와 비슷했다. 이것이 약소국의 서러움이었다.

한반도의 북쪽에는 공산주의 국가인 소련군이 들어와 차지하였다. 남쪽에는 자본주의 국가인 미군이 들어와 도와주겠다고 하였다. 이렇게 해서 힘의 논리에 따라 변해갔다. 예상치 않은 분단의 찾아왔다. 북녘에는 공산주의가 남녘에는 자본주의가 자리잡아갔다. 벼르고 있었다는 듯이 북에는 친소주의자가 남에는 친미주의자들이 기득권을 거머쥐었다.

공산주의자였던 진안 댁의 남편은 생각을 바꾸었다. 살기위해 시대의 변함을 좇았다. 자신의 선택도 달라져야 되었다. 남녘에는 친미주의자들이 기득권을 잡았기 때문이었다. 공산당혁명의 동지들을 시나브로 멀리했다. 결혼하고 나서는 공산당을 버렸다. 남한은 미국의 이념을 좇아 완전히 자본주의 사회로 정착되어버렸기 때문이었다.

진안 댁의 남편은 공산당 당원이라는 사실을 감추기 위해 군에 입대했다. 시대상황이 변하였기에 죽지않기위한 방편이었다. 생존을 위한 어쩔 수는 없는 선택이었다. 이념도 자신이 살아있어야 존재했다. 살기위한 수단일 뿐이었다. 인간은 함께 살아야 했다. 인간에게는 욕심이 있었다. 그래서 양심의 가책 같은 것은 느끼지 않았다. 오직 자신의 생명을 지켜야 한다는 그 가치가 다른 무엇보다 훨씬 소중했다.

덕산 댁의 남편은 변하지 않았다. 목숨을 걸고 오직 공산당혁명에 충성을 다했다. 골고루 잘살아야 한다는 그것이 자신에게 있어서 가장 소중한 가치관이었다. 어느 누구도 인격적으로 멸시를 받지 않고 평등하게 살아야 할 권리가 있었다. 그런 삶의 추구가 가슴속에 남아 앙금이 되어 괴롭혔다. 꿈이 아니라 현실로 그런 아름다운 세상을 만들고 싶었다. 언젠가는 그런 날이 찾아오리라는 희망의 끈을 놓지 않았다. 시간이 걸려도 반드시 이루어지리라고 믿었다. 그 신념은 누가 무슨 말로 설득하여도 변하지 않았다. 자본주의가 우월하다고 하면 달콤한 사탕발림이라고 배척했다. 부모님이 일제강점기에 소작인으로서 착취당하며 살아온 것을 보았기 때문이었다. 지어놓은 농사를 소작료와 공출로 모두 빼앗아 가버렸기에 항상 굶주리며 살았었다. 항의 한 마디 못했다. 배고픈 서러움이 뼛속에 박혀 한으로 응고되어 있었다. 더불어 잘살아야 하는 아름다운 세상을 만들기로 결심했다. 그 꿈은 절대로 접을 수 없었다. 배고픈 삶은 죽기보다 싫었다. 정부의 선전은 귀 넘어 들었다. 어느 개가 짖어대느냐는 듯이 고개를 돌려 외면했다. 한 번 박힌 공산주의혁명의 뿌리는 더욱 깊숙이 파고들어 단단히 고정되었다. 자본주의라는 태풍이 불어와도 흔들리지 않았다. 이상세계를 만들겠다는 꿈은 더욱 불타올랐다.

7

1950년 6월 25일이었다. 오늘은 양지편 사람들이 보끼미의 넓디넓은 장구배미 논다랑이에서 품앗이로 모내기를 하는 날이었다. 가멸은 집에서 모내기를 하게 되면 마을에 잔치가 벌어졌다. 동네사람들 대부분이 어렵게 살아가기 때문이었다. 죽지 않고 기나긴 힘들고 어려운 보릿고개를 무사히 넘겼지만 배가 고프기는 여전했다. 부자들은 먹을거리가 넘쳐 배부르지만 가난한 사람들은 굶기를 밥 먹듯이 하였다. 논밭이 없는 사람들은 보리수확 철이지만 씨를 뿌려놓은 땅뙈기가 없기 때문에 거두어들이지 못했다. 보릿고개를 넘어가도 굶주리기는 마찬가지였다. 먹을거리가 없기 때문에 동냥아치처럼 배고픔으로 허우적거렸다. 배메기 농사를 짓고 싶어도 얻어 지을 전답이 없었다. 고자품이라 팔아야 하는데 주어지질 않았다. 노인이나 애들은 비렁뱅이처럼 모내기하는 논으로 모여들어 곁두리나 점심을 얻어먹었다. 이웃사촌이라는 핑계로 동냥질하여 굶은 배를 채웠다.

못자리에서 모판의 모를 다 쪄낼 무렵이었다. 새참 때가 되었다. 동네쪽에서 아낙들이 먹을거리를 머리에 이고 나왔다. 뒤에는 어린이들 떼를 지어 몰려왔다. 애들의 떠드는 소리가 보끼미들에 가득했다. 한 어린이와 할머니가 애를 업고 회두리에서 힘겹게 따라왔다. 갓난애에게 젖을 먹이기 위해서였다.

진안 댁과 덕산 댁은 못자리 논에서 나와 달려갔다. 애를 받아 품에 안고 위쪽 논둑으로 갔다.

"덕산 댁, 종아리에 거머리가……."

진안 댁은 깜짝 놀라며 호들갑을 떨었다.

"거머리들도 살겠다고……."

덕산 댁은 태연하게 종아리에 붙은 거머리를 떼어냈다. 피가 주르르 흘러내렸다.

"거머리들도 제철을 만났으니 포식하려고……."

진안 댁은 안타까워 혀를 찼다.

두 아낙은 나란히 바투 앉아 앙가슴의 옷고름을 풀었다. 젖꼭지를 애의 입에 물렸다. 애들은 배가 고팠는지 젖꼭지를 힘껏 빨아댔다. 목구멍으로 젖 넘어가는 소리가 요란스러웠다. 진안 댁은 한손으로 애의 이마를 쓰다듬었다. 덕산 댁은 탐스럽게 익은 복숭아 같은 아들의 볼을 입술로 빨았다. 탐진강 쪽에서 시원한 바람이 불어왔다. 제비들은 물이 남실거리는 논배미 위를 날아다녔다. 보끼미에서 맴돌다가 빈재들로 향해 날아갔다. 석곡으로 들어가는 입구의 하늘바라기에서는 간밤에 내렸던 소나기로 물을 담아 쟁기질을 하고 있다. 천둥지기라도 비가 자주 내리면 벼가 잘 자라는 논배미이었다. 물이 좋은 문전옥답 못지않았다. 천수답이라고 해서 무시할 논다랑이가 아니었다.

"전쟁이 났다던데……?"

덕산 댁은 진안 댁의 얼굴을 살피며 조심스럽게 말을 꺼냈다. 아침에 일을 나오기 전에 남편에게 들은 말이었다. 덕산양반은 이 말을 남기고 부린 살처럼 사립문을 나가버렸다.

"무슨 소리여. 아닌 밤중에 홍두깨라고 하더니……."

진안 댁은 깜짝 놀랐다. 홍두깨로 뒤통수를 얻어맞은 것처럼 정신이 몽롱해졌다. 군대 간 남의 모습이 아른거렸다.

"인민군이 남한을 해방시키려고 밀고 내려온다나?"

덕산 댁은 서둘러 집을 나가는 덕산양반을 걱정했다. 전쟁이 났는데

146

무어가 그렇게 급한지 허둥대고 있었다.

"인민군이 내려온다고?"

진안 댁은 갓난 아들을 들여다보았다. 군인인 남편을 생각하며 한숨을 몰아쉬었다.

"진안양반이야 별일이 있겠어. 마음씨가 좋아……."

덕산 댁은 남편이 빨치산으로 활동하고 있기에 진안 댁을 바라보지 못하고 고개 숙였다.

"마음씨와 무슨 상관이 있어. 사람을 죽이는 것이 전쟁인데……."

"어쩌다 한반도가 남과 북으로 갈라져……. 이제는 싸움질을 하기 시작하네. 해방과 통일을 하기 위해서라고 하던데?"

"해방은 무엇이고 통일은 힘으로 밀어붙여야만 되는가?"

"통일이 무어가 그렇게 급해서 전쟁으로 같은 동족을 죽여가면서……."

"꼭 전쟁으로 상대방을 굴복시켜서 합쳐야만 되는지 모르겠어?"

"서로 도와주며 무람없이 지내다 보면 자연스럽게 통일이 될 텐데……."

"싸움질을 할 것이 아니라 너나들이 하며 띠앗머리 있게 지내는 것이 먼저야."

"통일이야 언제 되던 상관이 없어, 꼭 동족을 힘으로 짓밟아 이겨야 하는가? 그렇게 중요한 것이 아닐 것 같은데……. 국민을 죽이는 전쟁을 해서는 절대로 안 되는데……."

"입은 두었다 어디다 쓰려고. 세상천지에 싸우는 것 같이 덩둘한 짓거리가 없어."

덕산 댁과 진안 댁은 애에게 젖을 먹이며 상대방을 걱정했다. 어떻게 살아갈 것인가 하는 생각이 다르다 보니 친구였던 자신들의 남편이 적이 되어있다. 이제는 죽마고우가 아니라 상대방을 죽여야 하는 원수가 된 처지였다. 그 사실이 참으로 안타까웠다.

"우리는 이웃사촌이제?"

진안 댁은 남편이 군인이기에 국군의 가족이었다. 서로의 남편이 적이 되어 있다는 사실이 마음에 걸려 다짐하고 있었다.

"그것을 말이라고 한가. 지금도 우리는 이웃에서 품앗이하며 살고 있는 한 식구가 아니가?"

덕산 댁은 남편이 빨치산이니 자신은 공산당의 가족이었다. 허물없이 지내던 이웃이 어쩔 수 없이 적으로 변해버렸다.

덕산 댁과 진안 댁은 서로를 뚫어지게 바라보았다. 뙤록거리는 눈빛으로 무엇인가를 약속을 하고 있었다. 가슴이 뭉클하여 눈물이 나오려고 했다.

"좌익 우익이 무엇이기에……."

"우리는 그런 것 필요 없어. 품앗이 하듯이 죽을 때까지 서로 도와주며 살자고!"

덕산 댁과 진안 댁을 다짐하듯 몇 번을 힘주어 말했다.

"새댁들, 애에게 젖을 먹였으면 어서 와서 새참 먹어요. 아침은 대충 때웠을 텐데……."

산자락에 옹기종기 모여 앉아 곁두리를 먹고 난 한 아주머니가 자리에서 일어나며 소리쳤다.

"아침 못 먹었지?"

진안 댁은 애를 안고 일어섰다.

"……."

덕산 댁은 대답을 못하고 빙긋이 웃었다.

"어서 가세. 곁두리라도 배불리 먹어두어야 애에게 먹일 젖이 나올 테니까."

진안 댁은 앞장섰다. 저쪽에서 기다리고 있는 늙으신 시어머니께 아기를 넘겼다.

"그래야지. 죄 없는 애를 굶겨 죽일 수는 없어."

덕산 댁은 애를 보는 큰댁 조카의 등에 아이를 업혔다.

"쩌쩌 이랴 자랴."

쟁기꾼은 위쪽 논배미에서는 써레질을 하느라 소를 재우쳐 몰아댔다. 모춤이 좇아오니 마음이 바빠졌다. 모쟁이는 바지게로 못자리에서 모를 져왔다. 논둑에 작대기로 받쳐놓았다. 바지게의 발채 위에 얹어있는 모춤을 내려 써레질이 되어 있는 논다랑이에 던졌다. 듬성듬성 성기게 흩뿌려 놓았다. 물이 찰랑찰랑 담겨있는 계단식 논배미가 그림처럼 아름다웠다. 신작로에서는 빈재를 넘어온 화물차가 희부연 먼지를 뿌려대며 읍내를 향해 달려가고 있었다. 저수지 밑 논에서는 뜸부기가 서글프게 울어댔다. 뒷동산의 산등성이에 있는 다복솔에서는 송홧가루가 날려 흩뿌려졌다. 산비탈에는 철쭉꽃이 반발하여 불이 활활 타고 있는 것 같았다.

8

전쟁 중인 어두운 밤중에는 사람을 잡아먹는 악마의 괴물들이 설쳐대고 있었다. 인간을 저승으로 데려가는 저승사자가 돌아다니고 있는 것 같기도 했다. 힘없는 서민들은 무시무시한 나락 속에 빠져 허우적거려댔다. 살아남기 위해 몸부림쳤다. 아무런 죄 없이 적이라는 핑계로 살해되었다.

어느새 해거름이 되었다. 해가 뉘엿뉘엿 저갈 무렵부터 남산과 뒷동산에서 서로를 죽이겠다는 총질이 시작되었다. 앞산에서는 뒷산을 향했고 뒷산에서는 앞산을 향해 쏘아댔다. 밤이 이슥해질수록 더욱 요란스러웠다. 상대방을 죽여야 한다며 독기를 품어댔다. 새벽이 되어서야 총소리가 멈추었다.

양지편 사람들은 총소리가 무서워 잠을 이루지 못했다. 죽을 것만 같았다. 겁에 질려 벌벌 떨었다. 총탄이 날아와 몸에 박힐 것만 같았다. 사람을 죽이는 전쟁에 시달려 몸서리쳤다. 적이라도 같은 인간이기에 대낮에 살해하는 것을 꺼렸다. 거의 캄캄한 밤중에 이루어졌다. 같은 사람의 목숨을 빼앗는 것이 좋은 일이 아니었다. 살인하는 것은 분명히 나쁜 일이었다. 남의 눈에 띄지 않는 이슥한 밤중에 살인행위가 행해졌다. 산골짜기나 도린곁으로 끌고 가서 총살시켰다. 며칠 사이에 동네사람들이 여러 명 끌려가 당했다. 어디서 죽였는지 시체를 찾지 못했다. 이 동네 저 마을에서 많은 사람이 죽었다. 잔인하게 살해되었다는 소문이 전설처럼 떠돌아다녔다. 집에 불을 지르고 먹을거리를 빼앗아 갔다. 소나 돼지도 잡아갔다. 저쪽에서는 이쪽 편을 들었다고 하고 이쪽에서는 저쪽 편을 들었다고 하여 복수했다. 대부분이 이념이 무엇인지도 모르는 무식한 서민들이 당했었다. 왜 분단이 되었는지 통일이 무엇인지도 생각해보지도 않았던 무지한 사람들이었다. 먹고 살아가기가 바빠서 알 필요도 없었다. 알려고도 하지 않았다. 살기 위해 농사만 짓는 지고지순한 농민들이었다.

'오늘 밤에는 동네에 무슨 일이 없어야 하는데…….'

덕산 댁은 애를 안고 마당에서 바장이었다. 저녁노을이 지고 뒷동산에서 내려온 땅거미가 짙어져가는 것을 눈으로 보며 음미하고 있었다. 하늘에는 별들이 하나둘 얼굴을 내밀었다. 며칠 새에 붙잡혀가 돌아오지 않은 동네사람들을 생각하며 헤아려보았다. 제암산 위에서는 파란 샛별이 떠올라 소년의 눈동자처럼 뙤록거리고 있었다.

'잔인한 밤이 되었구나. 사람을 죽이겠다는 총소리…….'

덕산 댁은 무섭고 두려워 고개를 저어댔다. 며칠 전에 뒷동산과 남산에서 상대방을 죽이겠다고 총질을 해댔었다. 그 총소리가 귓속에 남아 메아리처럼 울려대며 괴롭혔다. 무섭고 소름이 끼쳐 몸을 바르르 떨었다.

'아무것도 모르는 애는 고의 잠들었는데…….'

덕산 댁은 애를 다독이며 방으로 들어갔다. 조심스럽게 아랫목에 놓여있는 담요 위에 눕혔다.

'오늘 밤은 유난히도 무서운데……. 덕산양반은…….'

덕산 댁은 잠든 애의 가슴을 다독거리며 남편을 기다리고 있었다. 세상이 전쟁으로 어수선하니 어느 누구도 삶을 장담할 수 없었다. 자신이 살아남기 위해 모두가 적이 되어있었다. 이웃사촌인 동네사람들도 믿을 수가 없었다. 죽음의 순간을 모면하기 위해 모든 핑계를 이웃에게 돌렸다. 자기만 총부리 앞에서 벗어나려고 수단과 방법을 가리지 않았다.

'죽기는 싫다. 내가 왜 희생되어야 하는가? 가족과 함께 행복하게 살고 싶은데……'

덕산 댁은 무서워 몸을 바르르 떨었다. 총성이 가슴을 뚫고 들어왔다. 밤이 깊어갈수록 죽음의 공포는 악마가 되어 온몸을 감쌌다. 마음을 진정시킬 수 없었다. 방구석에 몸을 웅크리고 앉아있었다.

마당에서 발소리가 들렸다.

'누굴까?'

덕산 댁의 귀는 방문 밖으로 나갔다.

"여보!"

덕산양반이 잰걸음으로 사립문을 들어오며 작은 목소리로 다급하게 불렀다. 토방에 서서 헐떡거리며 숨을 몰아쉬었다.

"밤중에 무슨 일이요?"

덕산 댁은 벌떡 일어났다. 다리가 후들거려 몸이 샐그러지려고 했다. 떨리는 손으로 조심스럽게 문을 열었다.

"뒷집 진안 댁에게 빨리 가 봐요."

덕산양반은 쫓기는 사람처럼 뒤를 돌아보았다.

"무슨 일로?"

"진안 댁에게 가서 가족들과 함께 빨리 피하라고 해요."

"그것이 무슨 소리요?"

"지금 청년당원들이 진안 댁 가족을 잡아 죽이겠다고 몰려오고 있어요. 내가 앞질러 왔으니까 곧 들이닥칠 거요. 친구의 가족들이 희생 되면 안 되지 않소."

덕산양반은 친구인 진안양반이 군에 입대할 때에 헤어지면서 했던 약속이 떠올랐다. 자신이 군인이 된 것은 살기 위한 수단이라고 했다.

우정은 변하지 말자고 다짐했었다. 공산당혁명도 함께 잘살아보자고 하는 것이니 서로가 도와야 한다고 맹세했었다. 그 언약을 지켜야 되었다. 자신도 사람을 죽이기 위해 공산당 당원이 된 것이 아니었다. 살아가는 생각과 방법이 달랐을 뿐 친구의 정은 그대로였다. 척이 진 일이 없기 때문에 변할 수 없었다.

"그것이 무슨 소리요. 군인가족이라고 하여 공산당원들에게 붙잡혀 끌려가게 되면 죽는다고 하면서……. 엊그제 시부모님과 함께 피난 간다고 하면서……. 어두워지자 남몰래 읍내로 갔는데……."

"조금 전에 신고가 들어와서……. 해거름에 가족이 집에 왔다는……."

덕산양반은 다급하여 말을 못하고 더듬거렸다. 친구의 가족을 살려내야 하는데 어떻게 해야 좋을지 몰랐다. 붙잡히면 후미진 곳으로 끌고 가서 죽일 것이다. 적이라고 하여 살해한다는 사실은 그믐날 한밤중에 불을 보듯이 뻔했다.

'내가 혁명을 하는 것은 사람을 죽이기 위한 것이 아니지.'

덕산양반은 마음속으로 다시 곱씹으며 다짐했다. 서로 이념이 틀릴지라도 함께 아우러져 골고루 잘살아보자는 것이었다. 사람마다 얼굴이나 생김새가 다르듯이 살아가는 방법이 같을 수가 없었다. 더불어 잘살아보자는 것이지 상대방을 적으로 만들어 죽이자는 것은 아니었다. 전쟁하여 사람을 죽이는 것은 혁명이 아니라 앙갚음하는 분풀이였다. 악을 선으로 돌려주는 아름다운 사랑의 혁명도 있을 것이다.

'통일을 위한 이 전쟁도 잘못된 짓거리야. 동족인 같은 국민을 살해하면서까지 정치적인 통합을 이루자고?'

덕산양반은 고개를 저어댔다. 통일을 빌미로 같은 동족을 적으로 여기고 살상하는 행위는 죄악이었다. 남과 북으로 갈라져 이념이 다르다고 하지만 함께 살아가야 할 이웃이었다.

'같은 민족인데……. 땅덩어리가 갈라졌다고……. 어느 한쪽을 짓밟고 합치게 된다면……. 통일이 된다할 지라도 그 상처가 너무 커 아물지 않을 텐데…….'

덕산양반은 마른침을 삼켰다. 전쟁으로 상처를 입은 사람들의 앙금은 영원히 남기 때문이었다. 상대방을 이해하고 도와주면서 자연스럽게 합쳐져야 진정한 하나를 이룰 수가 있었다. 정치적 통합을 위한 전쟁은 악마 같은 괴물이었다. 크나큰 죄악이었다. 정치적인 합병이 아니라 국민이 서로를 도우며 살아가는 것이 진정한 통일이었다.

"알았어요."

덕산 댁은 깜짝 놀라 후다닥 토방으로 뛰어 내렸다. 부린 살처럼 뒷집으로 날아갔다. 이웃사촌이 당하면 안 되었다.

'살붙이보다 더 가까운 사이가 아닌가.'

덕산 댁은 입술을 깨물었다. 보끼미들의 장구배미에서 함께 모내기하던 때가 떠올랐다. 우리는 함께 품앗이 하며 살아가는 영원한 이웃이라고 약속했다. 자신들은 이념에 상관없이 허물없이 지내왔었다. 진안 댁 가족이 당하면 그것은 자신의 탓이었다. 남편이 공산당 당원이기 때문이었다.

9

덕산 댁은 토방을 내려서며 지름길을 생각했다. 사립문을 향해 가지 않고 뒤란으로 갔다. 고샅으로 가면 다른 사람의 시선이 있었다. 빠른 시간 안에 아무도 모르게 전해주어야 되었다. 다른 사람이 눈치채면 반동으로 몰렸다. 남편은 물론 가족이 몰살당할 수 있었다. 여름장마철에 담이 허물어진 곳으로 냅다 뛰었다. 담을 넘으면 진안 댁의 텃밭이었다. 돌이 발에 걸려 넘어졌다. 벌떡 일어났다. 몸은 새처럼 날아갔다. 어느새 마당을 지나 토방 밑에 서있었다.

"진안 댁, 진안 댁!"

덕산 댁은 숨을 몰아쉬며 헐떡거렸다. 금방이라도 숨이 넘어갈 것처럼 불러댔다.

"덕산 댁이 이 밤중에……?"

"빨리 피하시요. 잡으러 와요."

덕산 댁은 마른침을 삼켰다.

"누가?"

"누구긴 누구겠어요. 공산당원들이……."

"잡으러 온다고?"

시어머니와 시아버지가 인기척을 듣고 놀라 툇마루로 나왔다.

"애 아빠가 그러던데 곧 들이닥친답니다. 머뭇거리면 잡혀 죽습니다."

덕산 댁은 무서웠다. 어떻게 말하고 있는지 몰랐다. 떨지 않고 태연한 체 하려고 애를 썼다.

"응애, 응애. 응애……."

어린애는 잠에서 깨어나 울기 시작했다.

"애가 우는데 이 일을 어떻게 하지……?"

진안 댁은 겁에 질려 허둥대었다.

"애는 내가 맡을 테니까 어서 피해."

덕산 댁은 자신도 모르게 엉겁결에 하는 말이었다. 자신이 당할 수 있다는 걸 모르는 것은 아니었다. 어떻게 해서든 살려내야 한다는 생각 때문에 무심코 뱉어버렸다.

"덕산 댁이 내 새끼를 맡는다고?"

진안 댁은 혼란스러웠다. 자식을 살리고 자신도 살고 시부모님도 살아남아야 되었다. 마음은 벌써 집을 나가 저만큼 달아나고 있었다.

"우는 애를 데리고 가면 가족 모두가 붙잡히게 될 텐데……. 돌아온 장날 애를 업고 장에 갈 테니 쇠전머리에서 만납시다."

덕산 댁은 어떻게 이런 생각을 했는지 이해가 되지 않았다. 자신도 모르게 중얼거리고 있었다. 왜 이렇게 덩둘한 짓을 하고 있는 알 수 없었다.

"그렇게 해라. 그래야 우리도 애도 살 수 있을 것 같으니……."

시아버지가 듣고 동의했다. 자신과 가족이 살아야 된다는 생각으로 마음이 급했다. 다른 계책을 마련할 시간이 없었다. 어느새 마당으로 내려가서 뒤란으로 돌아가고 있었다.

"어서 가요. 애는 내가 데려갑니다."

덕산 댁이 고무신을 신고 방으로 들어가 애를 안고 나왔다.

"부탁해요."

진안 댁은 아무것도 챙기지 못하고 빈손으로 시부모님과 함께 뒤란으로 돌아갔다. 어느새 대밭으로 들어갔다. 캄캄하여 앞이 보이지 않았다. 더듬거리며 살길을 찾아가고 있었다.

"푸드득."

깊은 잠에 빠져 꿈을 꾸고 있던 산새들이 놀라 날아갔다.

"울지 마라. 내가 너를 살릴 것이다."

덕산 댁은 애를 안고 허물어진 담을 넘어 집 뒤란으로 왔다. 방으로
들어갔다.

"갓난 네가 무슨 죄를 지었다고……."

덕산 댁은 보채며 우는 애를 품에 안았다. 적삼의 옷고름을 풀었다.
젖가슴을 까발려 젖꼭지를 물렸다. 애는 울음을 그치며 젖을 빨기 시작
했다.

10

세상은 급박하게 돌아가고 있었다. 시간이 멈추지 않는 것처럼 사회
의 상황은 또 바뀌어 갔다. 사람이 늙어 가듯이 변화를 계속했다. 유엔
군이 서울을 탈환했다는 소문이 돌았다. 사람들은 인민군이 북쪽으로
도망쳤다고 숙덕거렸다. 공산당의 권력은 영원할 것처럼 기고만장했었
다. 그런데 힘에 밀려 쫓겨나는 상황이 되었다.

덕산양반은 군당위원장으로부터 후퇴하라는 명령을 받았다. 당분간
몸을 피해 숨어 있으라는 지령이었다. 전열을 정비하여 다시 되찾을 것
이라고 다짐했다. 그 약속은 믿지 않았지만 다른 방법이 없었다. 살기
위해서는 아무도 모르는 도린곁으로 찾아가 박혀있어야 되었다. 붙잡히
면 공산당 당원이라는 이유로 처형당해야 되었다.

"어쩌면 마지막이 될지 모르니 아내와 어린 자식을 보고 가야지."

덕산양반은 부산면사무소에서 나왔다. 해는 뉘엿뉘엿 저가고 있었다. 반산의 비탈진 신작로를 달음질하듯 걸어갔다. 숨이 턱까지 차올라 헐떡거렸다. 읍내에 경찰들이 들어왔다는 연락을 받았기 때문이었다. 살기 위해서는 어디로든 달아나 숨어 있어야 되었다.

　"덕산 댁!"

　덕산양반은 사립문을 들어서며 아내를 찾았다.

　"인민군이 북쪽으로 후퇴했다면서요?"

　덕산 댁은 툇마루에 앉아서 어린애에게 젖을 먹이고 있었다. 남편을 보자 반가워 벌떡 일어났다. 걱정되어 애타게 기다리고 있었다. 불안하고 초조하여 어찌할 바를 몰랐다.

　"그렇게 되었답니다."

　덕산양반은 아내를 물끄러미 바라보며 힘없이 말했다.

　"그럼, 당신은……?"

　덕산 댁은 남편의 죽음이 떠올라 눈물바람부터 했다.

　"나는 당분간 유치 산속으로 피신해야 할 것 같아요."

　덕산양반은 더듬거리며 얼버무렸다.

　"나와 어린 자식은……?"

　덕산 댁의 눈가는 어느새 축축하게 젖어있었다. 눈물방울이 볼을 타고 흘러내렸다.

　"조금만 참아요. 곧 인민군이 밀고 내려올 테니까."

　덕산양반은 불안에 떨고 있는 아내를 달래려고 태연하게 말했다.

　"인민군이 다시 내려온다고요?"

　덕산 댁의 남편의 표정을 살피며 흘쩍거렸다. 어쩐지 믿어지지 않았다.

"그런답니다. 그때까지 몸조심하여 합니다."

덕산양반은 어린애를 아내의 품에서 빼앗아 안았다. 아들을 쓰다듬으며 눈물을 흘렸다. 예쁘고 사랑스러운 어린 자식이었다.

"우리 세 식구가 사람을 죽이는 전쟁이 없는 무인도 같은 곳으로 도망가면 안 될까요?"

"그런 곳이 있을까? 인간은 함께 살아야 할 사회적 동물이고……."

덕산양반은 고개를 저으며 아내를 물끄러미 바라보았다.

"꼭 사람 죽이는 전쟁을 해야 통일이 되고? 이념이 다르다고 하여 적으로 여기며 상대방을 짓밟아야 골고루 잘사는 공산당의 혁명이 완수되는 겁니까?"

덕산 댁은 손등으로 눈물을 닦았다.

"나도 모르겠소. 이제와 생각하니 모든 게 헛되고 헛된 것 같으니……."

덕산양반은 한숨을 몰아쉬며 뒤를 돌아보았다. 금방이라도 경찰이 들어와 잡아갈 것만 같았다.

"다른 나라들은 전쟁을 하지 않고 잘 살아가는데……."

덕산 댁은 남편을 바라보지 못하고 고개를 숙였다.

"이것이 우리가 받아들여야 할 현실이니까……."

덕산양반은 또 뒤를 돌아보았다.

"알았어요. 이제 와서 후회한들……. 어둡기 전에 빨리 가요. 머뭇거리고 있다가……."

덕산 댁은 애를 빼앗았다. 남편이 걱정되었다. 경찰이 들이닥칠 것만 같았다.

"몸조심하고 애 잘 돌봐요."

덕산양반은 애를 아내에게 돌려주고 돌아섰다.

"당신도 꼭 살아서 돌아와야 합니다."

덕산 댁은 집을 나서는 남편을 바라보며 눈물을 훔쳤다. 뒤에는 저승 사자가 따라가고 있는 것 같았다. 죽어서는 안 된다고 빌고 또 빌었다.

"나는 절대로 죽지 않습니다. 살아서 만나요."

덕산양반은 사립문을 나서면서 뒤를 돌아보았다. 입술을 깨물며 울 먹거렸다. 다시 돌아보며 고샅으로 나갔다. 어디선가 수탉의 울음소리 가 들려왔다.

11

"이놈의 세상이……. 어떻게 돌아가고 있는 거야? 또 숨어서 혁명을 하자고?"

덕산양반은 아내와 어린 자식을 집에 놔두고 양지편을 나섰다. 신세 타령을 하면서 하늘을 쳐다보았다. 태양이 해넘이로 기어들어가는 해거 름 녘에 빈재의 된비알을 넘어갔다. 어느새 저녁노을이 곱게 물들었다. 산골짜기에는 땅거미가 깃들고 있었다.

'경찰에게 붙잡히면 죽게 된다. 살아있어야 혁명도 할 수 있어.'

덕산양반은 재 꼭대기에 올라서며 숨을 몰아쉬었다. 어둠이 드리워 지고 있는 것처럼 자신의 앞날이 캄캄했다.

'언제까지 숨어서 살라고……. 사람을 죽이는 전쟁을 하려고 혁명을 한 것은 아닌데…….'

덕산양반은 자신을 채찍질했다. 미친 사람처럼 중얼거리며 빈재의 비 탈길을 따라 내려갔다. 누군가 따라와 목덜미를 잡는 것 같았다. 무서

워 냅다 달렸다. 샛길을 나와 신작로로 접어들었다. 대리 앞 다리를 건
넜다. 보름모퉁이를 돌았다. 단산마을 지나쳤다. 시커먼 어둠이 내려와
짙어져 장벽처럼 가로막고 있었다.

'여기는 유치 땅이니…….'

덕산양반은 마음이 놓여 잠시 지정거렸다. 하늘을 쳐다보았다. 별들
이 모습이 눈알 속으로 파고들었다. 동산에는 달이 희끄무레한 빛을 뱉
어내며 떠오르고 있었다.

"어서 가서 주린 배를 채워야 살 수 있어!"

덕산양반은 중얼거리며 다시 발을 재우쳤다. 송정마을 지나갔다. 피
재 옆을 지나 보림사에 다다랐다. 달빛 사이로 불에 탄 보림사의 절터
가 보였다.

'분명히 잘살아보자고 한 짓거리인데……. 왜 죽음의 공포에 쫓기어
도망치고 있는가?'

덕산양반은 뒤를 돌아보았다. 저승사자가 따라오고 있는 것 같아 무
서웠다. 온몸은 땀으로 흥건히 젖어있었다.

'혁명의 목적은 생각이 다르다고 하여 적을 만들어 죽이자는 것이 아
니라 모든 사람이 아우러져 더불어 잘살아보자고…….'

덕산양반은 발을 재우치면서 이 말을 여러 번 곱씹어댔다.

'나는 왜 이렇게 불쌍하게 되었을까? 우리나라는 왜 땅덩이가 둘로
나뉘어졌을까? 무엇 때문에 이념까지 나뉘어졌을까? 통일은 꼭 전쟁을
하여만 이루어지는가? 나누어진 땅덩이를 힘으로 밀어붙여만 하나가
되는가? 앞으로 얼마나 많은 사람들이 희생 되어야 하는가? 나는 전쟁
의 희생물이 되어서는 안 되는데…….'

덕산양반은 달빛 사이로 보이는 별들을 살펴보며 서러움을 곱씹어

삼켰다.

'내가 살아남기 위해서는 어느 귀신도 찾지 못할 후미진 곳이나 외딴 도린곁으로 꼭꼭 숨어야 한다.'

덕산양반은 자신의 처지를 곱씹으며 서러움을 삼켰다. 칠흑 같은 어둠이 시멘트벽처럼 단단히 응고되어 있는 깊은 계곡을 찾아가고 있었다. 어느 누구도 찾을 수 없는 곳이어야 되었다.

'아마도 혁명동지들이 숨어있는 곳은 안전하겠지?'

덕산양반은 앞이 보이지 않았다. 달빛이 희끄무레하게 비추고 있는데도 캄캄했다. 발을 헛디뎠다. 주르르 미끄러졌다. 벌떡 일어났다. 다시 산등성이의 된 비탈길을 오르기 시작했다. 지난날 숨어서 활동했던 깊은 산중을 생각했다. 동지들도 국사봉의 깊은 산골짜기로 모여들었을 것이다. 살아남기 위해서는 그곳으로 찾아가야 되었다. 다른 방법이 없었다.

'이제는 어쩔 수 없이 이 한 몸 다 바쳐서……'

덕산양반은 아내와 어린 자식을 생각하며 서러움을 삼켰다.

"혁명이 무엇인데?"

덕산양반은 수없이 자신에게 물어보았다. 혁명이라는 미명 아래 전쟁의 희생자는 되기 싫었다. 경찰이나 군인에게 붙잡히며 죽게 되어있었다. 그러나 이제 와서는 어쩔 수 없었다. 상부의 지시에도 따라야 되었다.

'죽어서는 안 되지, 어떻게 해서든 살아남아야 하는데……'

덕산양반은 죽음이라는 불안에 휩싸여 종잡지 못했다. 몸을 숨기고 있다가 살아서 집으로 돌아가야 한다고 수없이 다짐했다. 그러나 기약할 수 없었다.

'더불어 잘사는 세상을 만들자는 것이지 사람을 죽이자는 것은 아니데……'

덕산양반은 된비알을 올라가다가 발을 잘못 디뎌 또 주르르 미끄러졌다.

12

며칠 전부터 빗감도 하지 않던 경찰이 가끔 양지편을 들락거렸다. 마을에 온 순경은 해거름이 되기 전에 지서로 가버렸다. 해가 져 어두워지면 입산한 공산당원들이 유치에서 내려왔다. 이집 저집을 뒤지고 다니며 먹을거리를 가져갔다. 돼지나 소를 잡아가기도 했다. 그래서 동네사람들에게 야경을 시켜 지키게 하였다. 언젠가는 빨치산이 빈재를 넘어와 야경하는 사람들을 잡아갔다. 그 후 밤이 되면 찾아왔던 산사람들의 모습을 볼 수가 없게 되었다. 어디로 갔는지 흔적도 없이 사라졌다.

진안 댁은 시부모님을 모시고 양지편으로 돌아왔다. 집으로 찾아온 지 며칠 되지 않은 어느 날 밤이었다. 그믐날이어서 칠흑같이 어두웠다. 초저녁인데 어두운 한밤중 같았다.

"안 되지. 잡혀가면 안 되지. 안 되고말고."

진안 댁은 어웅한 고샅을 뛰어가며 미친 사람처럼 중얼거렸다. 헐레벌떡 덕산 댁의 집으로 달려갔다.

"덕산 댁, 덕산 댁!"

진안 댁은 토방 앞에 서며 작은 목소리로 불렀다.

"진안 댁이 무슨 일이여?"

덕산 댁은 애를 품에 안고 누워 있다가 깜짝 놀라 벌떡 일어났다.

"오늘 밤에 순경들이 덕산 댁을 잡으러 온다고 합니다. 지금 빨리 피해야……."

진안 댁은 시아버지에게 들었던 말을 이웃사촌인 덕산 댁에게 전해주었다. 덕산 댁을 빨리 피신 시켜야 살려낼 수 있었다.

"순경들이 나를 잡으러 온다고?"

덕산 댁은 올 것이 왔다는 생각이 들었다. 태연하게 받아들이고 싶었다. 남편의 덕택에 언제 잡혀가게 될지 모른다는 불안 속에서 하루하루를 보내고 있었다. 어딘가로 피난을 가야 한다고 하면서도 마땅한 곳이 없어 망설였다. 잡혀가면 징역살이하거나 총살을 당하여 죽게 될지도 몰랐다. 살얼음판을 걷고 있는 것 같은 나날들이었다.

"해거름에 지서에서 누군가가 찾아와 시아버지를 데려갔는데……. 방금 돌아오신 시아버지께서 하신 말씀이……."

진안 댁의 시아버지는 해 설핏할 때에 지서로 불려갔다. 덕산양반의 이름을 들먹이며 숨어있는 곳을 알면 알려달라고 했다. 마을에 빨갱이가 누구며 빨치산을 도와주는 자를 신고하라고 꼬치꼬치 캐물었다. 군인집안이니 협조하라는 강요였다. 피난을 가 마을에 살지 않았기에 아무것도 모른다고 했다. 알아도 말할 수 없었다. 이웃사촌을 죽게 만들어서는 안되었다. 조사가 끝나갈 무렵이었다. 그때에 한 순경이 들어왔다. 덕산 댁이 집에 있으니 잡아다가 족치자고 했다. 아내이니 남편이 숨어있는 곳을 알 것이라고 속삭였다. 불지 않으면 총살시켜버리자고 숙덕거렸다. 시아버지가 지서를 나올 적에 뒤따라오는 것을 보았다며 알려주라고 했다. 덕산 댁을 피신시켜 살려야 한다며 부린 살처럼 달려왔다.

"무어라고 하시던가요?"

덕산 댁은 몸을 바르르 떨었다.

"덕산양반이 숨어있는 곳을 덕산 댁은 알고 있을 것이라고…… 아내를 잡아다가 족치면 불게 될 것이라고……"

진안 댁은 무서워 더듬거리며 말 끝을 흐렸다.

"이 일을 어떻게 하지?"

덕산 댁은 죽을지 모른다는 두려움에 휩싸여 허둥대었다. 눈앞이 어두운 밤중처럼 캄캄해졌다. 아무것도 보이지 않았다. 저승사자가 찾아와 붙잡아갈 것만 같았다.

"보성에 친정이 있다면서……"

진안 댁은 자신이 도망갈 때의 모습을 떠올리며 동정했다.

"친정에 피해가 될 것 같아…… 하는 수 없지요. 그런데 이 밤중에…… 애가 울면……"

덕산 댁은 친정을 생각하지 않는 것은 아니었다. 부모님이나 다른 가족에게 피해가 될 것 같아 망설이고 있었다. 당장 피할 곳은 그곳뿐이었다.

"애는 내가 보아줄 테니……"

진안 댁은 주저하지 않았다.

"그렇게 해준다면……"

덕산 댁은 마른침을 삼키며 반겼다.

"당연히 그렇게 해야지. 이렇게 품앗이하면서 살아가는 것이 인간의 삶인데……"

"애가 잠들었는데……"

"어서 도망가. 애는 내가 데려갈 테니까."

"오는 장흥장날 쇠전머리에서 만나자고……."

덕산 댁은 머뭇거리지 않았다. 힐끗 돌아보며 뒤란으로 돌아갔다. 담을 넘어 도망쳤다. 자신이 진안 댁의 애를 보아주었던 것처럼 진안 댁도 그렇게 해 주리라고 믿었다. 서로 돕고 살아야 인간의 도리였다. 척이 져서 미워하고 복수하는 것은 짐승만도 못한 짓거리라고 여겼다.

'누구를 위한 전쟁인가? 이념? 혁명? 통일? 모두가 사람들이 더불어 잘살아보자고 하는 짓거리들인데…….'

덕산 댁은 중얼거리며 뒷동산 있는 쪽으로 향했다. 동네 앞으로 나가면 순경들과 마주칠 수 있기 때문이었다. 산자락의 자드락길을 따라 내려갔다. 큰 묘가 있는 벌 안을 지나쳤다. 토다리의 징검다리를 건너기 위해서 보끼미로 향했다. 왜 서로가 적이 되어 사람을 죽이는 전쟁을 하는지 도무지 이해가 되지 않았다. 사람의 생명이 소중하다는 것을 알면서 살인을 스스럼없이 자행하고 있었다. 남을 도와주고 착하고 선한 아름다운 것이 사람이요, 잔인하고 요망스럽고 모질고 사악한 것도 우리 인간이었다.

13

밤은 시나브로 이슥하게 깊어갔다. 밖에서는 칼바람이 몰아치고 있었다. 진눈개비는 바람에 흩날리며 날아와 유리창에 붙었다. 저승사자가 찾아와 누군가를 데려가려고 두드리며 창문으로 들여다보고 있는 것 같았다.

"……."

두 사람은 말을 못하고 머뭇거렸다. 잠시 침묵이 끼어들었다. 상대방의 모습을 바라보고 있으니 너무 늙었다는 생각이 들어 두려워졌다. 한밤중의 적막은 무서운 죽음을 부르고 있는 것 같았다.

"죽기 전에 만났으니 원을 풀었는데……."

덕산 댁은 눈치를 살피다가 말문을 열었다. 고요함을 깨뜨려야 되었다. 말을 하지 않으니 영락없는 송장이었다.

"마주하고 앉아있으니 꿈을 꾸고 있는 것 같아."

진안 댁과 덕산 댁은 잠자려는 생각은 하지 않았다. 기다리고 기다렸던 반가운 사람을 만났으니 잘 수가 없었다.

"꿈속이 아니라 분명한 사실이여."

"나는 생시가 아닌 것 같아서……."

대화를 시작하니 옛날로 돌아갔다. 거칠 것이 없었다. 밤이 깊어 갈수록 정신은 더욱 맑아졌다. 도란도란 이야기꽃이 활짝 피었다. 시간 가는 줄 몰랐다. 정담을 나누며 지새워도 부족할 것 같았다.

"반가운데 자꾸 눈물이……."

진안 댁은 한참동안 말을 하다가 목이 메여 울먹였다. 샘물처럼 치솟는 눈물이 목구멍을 막았다.

"좀 더 젊어서 만났으면……."

덕산 댁은 낯에 주름이 가득하고 바싹 말라 해골 같은 진안 댁을 바라보니 안타까워했다. 좀 더 젊어서 만났으면 있는 정 없는 정 모두 주며 살았을 것이다. 이제는 걷기도 어려운 노파리가 되어 몸도 제대로 가누지 못하는 형편이었다.

"덕산 댁은 고향인 양지편 마을에 오고 싶지 않던가?"

진안 댁은 덕산 댁을 물끄러미 바라보았다. 곱던 얼굴에 검버섯이 덕지덕지 붙어있었다. 추레하게 늙어 저승길을 재촉하는 것 같았다. 해골처럼 마른 구부정한 등 위에는 정승사자가 업혀있었다.

　"갈 수가 없었지. 아이 아빠가 빨갱이라서……."

　"덕산양반은 어떻게 되었어?"

　"전쟁 때에 양지편 집에서 덕산양반과 헤어진 후로 만나지 못했어."

　"혼자 살았겠네?"

　"아들 하나 바라보고……."

　"그놈의 잔인하고 살천스럽고 악마 같은 전쟁이……."

　진안 댁은 눈가에 젖어있는 서러움을 닦아냈다. 6·25전쟁 때의 일을 생각하니 또 서러움이 복받쳤다.

　"진안양반은……?"

　"애기 아빠도 군대에 가서 돌아오지 못했어. 휴전이 된 한참 후 유골로 왔어."

　"진안양반이 전쟁통에 죽었다는 거야?"

　"그랬으니 유골이 왔겠지."

　"그랬었구나. 나는 진안 댁은 진안양반과 함께 행복하게 사는 줄 알았지."

　"그랬으면……."

　진안 댁은 남편을 생각하며 서러움을 삼켰다.

　"마음씨 고왔던 시부모님은?"

　"시어머니, 시아버지는 자식의 유골을 보고나서 몇 년 못사시고 자식따라 갔어."

　"제 명을 못사셨네?"

"그런 셈이지. 그 징그러운 전쟁이 부모 자식을 모두 삼켜버렸으니……."

"진안 댁도 나처럼……."

덕산 댁은 양쪽 볼에 얹혀있는 서러움의 덩어리를 손등으로 쓱쓱 문질렀다.

"우리는 남편 몫까지 살고 있나봐. 구십을 넘긴 나이니. 죽을 때가 지난 것 같은데……."

"그런 것 같아. 미수가 지났고 백수를 바라보고 있으니. 이제 죽어도 여한이 없는데. 죽지 않는 걸 보니……."

두 노파는 서로를 바라보며 고개를 끄덕거렸다. 죽기는 싫은데 살아가는 것이 너무 힘들고 괴로웠다. 지나온 삶의 궤적이 뜬것처럼 나타나 눈앞서 아른거리며 괴롭혔다.

14

한밤중이 지난 것 같았다. 두 사람은 피곤하여 침대에 몸을 눕혔다. 잠이 오지 않아 천장을 물끄러미 쳐다보았다. 자꾸만 과거의 흔적이 찾아와 아른거리며 괴롭혔다. 서러움도 아우러졌다. 자꾸만 눈물이 솟아났다.

"혼자서 어떻게 살았어?"

진안 댁은 누워 있다가 일어나 앉았다.

"어떻게 살았냐고……?"

덕산 댁은 말을 못하고 또 눈물을 글썽거렸다. 비렁뱅이가 되어 동냥질하던 때가 떠올랐다. 서러움이 울컥 솟아올랐다.

"나도 죽지 못해 살았지만 덕산 댁의 삶이 궁금해서……?"

"그래도 나보다는…….."

"그래서 알고 싶고……?"

"친정에서 계속 살 수가 있어야지. 부모님께 짐이 되는 게 싫어서……. 덕산양반이 빨갱이잖아!"

"이념이 밥 먹여준다고…….."

"친정에 피해주는 것이 싫고……. 나도 살고 자식도 살려야 되고……. 자식의 앞날도 생각해서 아무도 모르는 곳으로 가서 살아야 하겠기에……. 휴전이 되자 어린 아들과 함께 서울로 왔지."

"무작정?"

"아는 사람이 있어야지. 남편이 빨갱이 이었으니까 고향에서 사는 것이 정말로 무서웠어. 자식의 앞날도 걱정되고. 남모른 데에서 마음 편히 살고 싶었어. 그래서 부모님 몰래 야반도주를 했어."

덕산 댁은 눈물을 닦으며 입술을 깨물었다.

"고생 많이 했겠네?"

"말도 마. 서울에 와서 동냥이치 노릇을 했으니까."

"구걸하며 살았다고?"

"한동안은 다리 밑에 거적을 치고 기거했으니까."

"비렁뱅이였다고?"

"죽을 수는 없잖아. 배가 고파서 자살을 여러 번 생각했었지. 불쌍한 어린자식이 눈에 밟혀서……. 죽을 각오로 독한 마음을 먹고 사니까……."

덕산 댁은 눈물이 목구멍을 막아 더듬거렸다.

"정말 고생 많이 했겠네?"

"뼛속까지 파고드는 겨울의 모질고 매서운 추이는……."

덕산 댁은 몸을 바르르 떨었다. 생각도 하기 싫은 지난날들이었다.

"그래도, 살려고 하니 죽으라는 법은 없네."

"껌팔이도 하다가……. 동대문시장에서 심부름을 하기도 하고……."

"……."

"순댓국밥 집에서 설거지해 주고 허드렛일하며 간신히 밥만 얻어먹으며……."

덕산 댁은 목이 막혀 말을 맺지 못했다.

"그것이 전쟁이 가져다주는 축복인가?"

"축복?"

"잘났다는 높으신 양반들은 통일해서 국민이 잘살게 해준다고 허세 부리며 미화시키지 않던가?"

"잘살게 해주는 통일? 꼭 싸워서 이겨야만 통일이 된다고 하던가? 화해하여 서로 상대방을 이해하고 도와주며 사랑하게 되면 통일이 안 되는 건가? 전쟁은 악마가 가져온 저주지!"

덕산 댁은 힘주어 말했다.

"아들 교육은?"

"구걸하는 거지새끼가 교육을 제대로 받았겠어. 초등학교는 가는 등 마는 등. 중고등은 야간학교에 보내고……."

덕산 댁은 서러움과 분노를 야금야금 씹어 삼켰다.

"아들은 뭐 하는데?"

"지금은 아들이 갈빗집을 하여 잘살고 있어."

"그래도 말년은……."

"자식 놈이 당한 고통을 생각하면……."

덕산 댁은 지난날을 회상하며 괴로워했다. 상상도 하기 싫은 궤적이었다. 서러움이 복받쳐 흘쩍거렸다. 살아있으니 그것도 아름다운 추억인지 몰랐다. 벽에 붙어있는 시계가 두 시를 가리키고 있었다.

15

두 사람 사이에 서글픈 침묵이 끼어들었다. 입술을 굳게 다문 채 서럽게 흐느끼고 있었다. 조용한 방 안은 적막으로 단단히 응고되었다. 한반도를 갈라놓은 두터운 휴전선의 철책 같아 가슴이 답답해졌다. 정신이 혼미해져 머리가 어지러웠다. 분단된 이후 지금까지 남과 북은 하루도 빠지지 않고 상대방에게 핑계를 대며 전쟁하고 있었다. 정신이 어지럽고 혼란스러웠다. 무섭고 불안하고 초조했다. 서로가 자신들만 잘했다고 하면서 국민을 공포 속으로 몰아넣었다. 뒤통수에 총을 겨누고 있는 것 같아 두려웠다. 평화는 먼 옛날의 꿈이었다.

"진안 댁은 어떻게 서울까지 왔어?"

덕산 댁은 고통스럽게 살아온 지난날을 떠오르게 하는 고요함이 무서웠다. 가슴이 답답하여 불쑥 말을 꺼냈다. 지금까지 살아오면서 이웃사촌인 진안 댁을 잊은 적이 없었다. 잘 살고 있겠지 하면서도 어떻게 살아가고 있을까 하는 걱정을 하기도 하였다. 건강한 몸으로 꼭 한번 만났으면 좋겠다고 날마다 기원했었다. 이제 만났으니 궁금증을 풀어야할 차례였다.

"나는 고향에서 살았으니까. 덕산 댁에 비하면 편안하고 행복한 삶이었지."

진안 댁은 조심스럽게 말을 꺼냈다. 덕산 댁에 비하면 자신은 호화로운 귀족생활을 했었다. 괜히 부끄러워졌다.

"그랬겠지. 남편이 군인이었으니까……."

덕산 댁은 입술을 빨며 진안 댁을 바라보았다. 남편이 빨갱이였던 자신에 비하면 호의호식하는 삶이었을 것이다.

"시부모님은 아들의 유골을 받아 묻고 나서 시난고난 앓기 시작했어. 몇 년이 지나서 시어머님은 자식 곁으로 가셨고……. 시아버님도 이태 후에 아내를 따라 가셨어."

진안 댁은 긴장되어 마른침을 삼켰다. 죽음을 말하니 입술이 바르르 떨렸다. 자신의 이야기를 하고 있는 것 같았다.

"자식이 부모님을 모두 데려갔네."

덕산 댁은 진안 댁을 바라보며 자신도 모르게 흘러내리는 눈물을 닦았다. 마음씨 고운 두 분의 모습이 눈앞을 스쳐지나갔다.

"아들이 자라서 장흥읍내에 있는 중고등학교를 졸업했어. 대학은 서울에서 다녔고. 서울에서 공무원으로 직장생활을 하게 되었지. 그때에 아들을 따라 상경해서……."

진안 댁은 자신이 살아온 과거를 덕산 댁에게 말하는 것이 죄스러웠다. 더듬거리며 얼버무렸다. 고향집에서 살았기에 덕산 댁에 비해서는 어려움이 없었다. 한데 잠을 하지는 않기 때문이었다. 동냥치가 되어 문전걸식을 하지 않는 것만으로도 큰 행복이었다.

"큰 어려움은 없었겠네?"

"자식 학자금 걱정하는 것밖에는……."

"다 팔자소관이니까……."

덕산 댁은 눈물을 닦으며 한숨을 몰아쉬었다. 어느 누구든 인간의 삶은 결코 만만치 않았다. 남편이 없어 외로움과 서러움은 많이 받았을 것이다. 그래도 배고픈 서러움과 고통 없이 살아온 진안 댁의 삶은 참으로 다행스러운 일이었다.

"날이 새어가네. 눈 좀 붙여야……."

진안 댁은 베개를 끌어당기며 누웠다. 자신의 궤적을 말하고 나니 덕산 댁에게 미안한 감정이 치밀어 올라왔다. 멋쩍어서 얼굴을 들 수가 없었다. 전쟁의 상처를 가슴에 담고 평생 동안 괴로워하며 살아왔다. 눈 감을 때까지는 잊을 수 없었다.

"벌써 그렇게 되었나?"

덕산 댁은 몸을 눕히며 이불을 끌어당겨 덮었다. 갑자기 한기가 온몸을 감쌌다.

"밤새는 줄 모르고……."

"정말 날이 밝아오네!"

어느새 여명이 찾아와 유리창에 달라붙어있었다. 밝은 빛이 깃들면서 어둠은 걷히었다. 지난밤도 소리 없이 빠르게 지나가버렸다. 가고 있는 시간은 누구도 붙잡을 수 없었다.

16

며칠 동안은 하늘이 푸르고 날씨는 조금 쌀쌀한 가을이었다. 시원한 바람이 부는 생량머리가 되었나 싶더니 어느새 겨울로 건너 뛰어버렸다. 노인들을 모질게 괴롭히는 한파가 찾아왔다. 연일 삭풍이 몰아치는 차가운 날씨가 계속되었다. 어제는 종일 잿빛 하늘로 끄느름하더니 밤새에 눈이 내렸다. 아침에는 세상이 바뀌어 있었다. 대지는 하얀 솜이불로 덮고 있었다. 겨울잠에 빠져 편안히 잠들었다. 햇빛이 반사되어 눈이 부셨다. 된바람이 불었다. 나뭇가지에 얹혀있던 눈송이가 흩날리며 흩어졌다. 세상이 꽁꽁 얼어붙게 만드는 매서운 추이가 찾아왔다. 노인들은 따뜻한 방 안에 갇혀 지냈다.

"깍 깍 까악······."

때까치 몇 마리가 뒷산에서 내려왔다. 정원의 단풍나무 우듬지에 앉아 인사를 하였다. 반가운 손님이 올 것이라고 소리높이 외쳐댔다. 잠시 머물다가 날아가 버렸다.

"아들이 온다고 했었는데······."

진안 댁은 며칠 전부터 창밖을 내다보며 아들을 기다리고 있었다. 손자들도 보고 싶었다. 요양원에 있으니 가족들이 그리웠다. 보고 싶은 사람이 많아졌다. 자식이 어미를 버려둔 것 같아 섭섭하기도 하였다.

"아들이 온다고?"

덕산 댁의 귀가 번쩍 띄었다. 자신도 은근히 자식을 기다리고 있었다. 손자들이 눈앞에서 뛰어놀며 재롱을 부렸다.

"요사이 뜸해서······."

"자식들은 다 마찬가지여."

"덕산 댁의 아들도 보고 싶은데······."

진안 댁의 시선이 덕산 댁에게 향했다.

"말로는 자주 다녀가겠다고 했는데······. 이놈이 바쁘다는 핑계로······."

덕산 댁은 혀를 찼다. 늙은 어미를 요양원에 쳐넣어 놓고 외면한 것 같아 섭섭했다. 요양원이 고려장이라고 하더니 틀림없었다.

그때였다. 방문이 열렸다. 호랑이도 제 말하면 나타난다고 하더니 누군가가 찾아왔다. 반가운 얼굴임에 틀림없었다.

"어머니, 저 왔습니다."

나이가 지긋하여 머리가 샌 건장한 틀거지를 한 사내가 들어왔다. 구두에 묻은 눈을 털었다. 덕산 댁에게 다가가 인사했다.

"늦었구나. 얼마나 기다렸다고."

덕산 댁은 눈을 흘기며 꾸짖었다.

"일이 바빠서……."

"아무리 일이 바쁘다고……."

덕산 댁은 혀를 찼다.

"……."

나이 지긋한 사내는 대거리하지 못하고 고개 숙였다.

"진안 댁, 내 아들이요. 진안 댁에게 인사드려라!"

"덕산 댁 아들!"

진안 댁은 헌칠하게 생긴 사내를 찬찬히 살펴보았다. 머리가 희끗희끗 한 것이 환갑은 지난 것 같았다. 생김새가 영락없이 덕산양반이었다.

"6·25전쟁 때에 나를 살려냈다는 양지편의 어머님의 옛 친구?"

덕산 댁 아들은 진안 댁을 물끄러미 바라보았다.

"그래. 내가 입술이 닳도록 말했었지. 우리를 살려낸 그분이다."

덕산 댁은 아들을 바라보며 힘주어 말했다.

"별일도 아니데……."

"별일이 아니라니……. 쇠락한 진안 댁의 도움이 아니었더라면 우리는

176

이미……."

덕산 댁은 눈물이 나오려고 하여 말 끝을 흐렸다. 목숨을 구해준 생명의 은인이었다. 미안하고 고맙고 감사한 자비로운 사람이었다.

17

그때였다. 또 방문이 열렸다.

"갑자기 날씨가 차가워졌습니다."

한 사내가 들어오며 혼자말로 중얼거렸다.

"잘 왔다. 어서 와라!"

진안 댁의 음성에는 힘이 가득 담겨있었다. 호들갑을 떨며 반겼다.

"진안 댁의 아들!"

덕산 댁이 장승처럼 서서 물끄러미 바라보았다.

"여기서 귀한 분 만났다. 전쟁 때에 너와 우리 가족을 살려낸 어미 친구 덕산 댁이다. 인사드려라."

진안 댁은 당당하게 말했다. 흥분하여 어찌할 바를 몰랐다. 약속이라도 하고 함께 찾아온 것 같았다.

"우리 가족을 살려냈다는 양지편의 어머니 친구!"

진안 댁의 아들은 알아듣고 덕산 댁 앞으로 가 큰절을 올렸다.

"덕산 댁의 지혜와 자약하고 웅숭깊은 배려가 아니었으면 우리 가족은……."

진안 댁은 고마움을 어떻게 표현해야 좋을지 몰라 얼버무렸다. 또 눈물이 앞을 가렸다.

"인간의 도리를 했을 뿐인데……."

덕산 댁은 멋쩍어서 고개를 숙였다. 괜히 부끄러웠다. 별로 해준 일이 없는데 큰 은덕을 입은 것 같이 추어올리고 있었다.

"그래, 우리는 인간의 도리를 다하기 위해서 서로 품앗이로 도와주어 귀중한 생명을 구했다."

진안 댁은 가뭄에 소나기를 맞은 푸새처럼 팔팔하게 살아났다. 이념은 아무것도 아니었다. 생각이 다르더라도 함께 살아가야 되었다. 서로 도우며 더불어 살아가야 하는 인간의 생명을 가장 소중히 여겼을 뿐이었다.

"어머님께 말씀 많이 들었습니다. 고맙고 감사하고……."

진안 댁 아들은 꿇어앉아 눈물을 글썽거렸다.

"저도 어머니께 6·25전쟁 이야기를 귀가 닳도록 들었습니다. 저와 어머니를 살려주셔서……."

덕산 댁의 아들은 진안 댁에게 다가가 살며시 꿇어 안았다. 몸은 연약해도 어머니의 품처럼 포근하게 느껴졌다.

"두 자식이 오니 힘이 나네!"

덕산 댁은 덩실덩실 춤이라도 추고 싶었다. 침침했던 눈앞이 환하게 밝아졌다.

"두 아들을 보니 새 세상을 사는 것 같아!"

진안 댁의 얼굴에는 붉은 핏기가 번져갔다.

"이제 죽어도 여한이 없어. 소원풀이 했으니까. 덩둘하게 구순을 살아온 뒤듬바리 같은 삶이……. 날강목 친 것은 아니겠지?"

덕산 댁은 하늘을 훨훨 날아다니고 있는 것 같았다. 가슴 속에 쌓여 있던 원한이 따뜻한 봄볕에 눈 녹듯이 한꺼번에 사라져버렸다.

"강목 치다니? 결코 버력더미만 쌓아 두지는 않았어."

"버르집어 보면 무지하고 못나서 버르적거리며 몸부림친 삶!"

"아니라니까. 버력탕에 버려진 버력더미 속을 거랑하여보면……?"

"감돌을 몇 개 찾을 수 있을까?"

"남들은 뒤넘스럽다고 말할지 모르지만……. 아니지, 힘없고 무식한 푸새 같은 우리는 인간으로서 할 일을 다 하고 살았어!"

진안 댁은 또 흐르는 눈물을 닦았다. 자식들을 보니 감추어 두었던 서러움까지 치밀어 올랐다. 내 자식은 내 자식이고 네 자식도 내 자식이었다.

18

텔레비전에서는 뉴스를 하고 있었다. 북한이 핵실험할 준비를 하고 있다고 떠들어댔다. 조금 있으니 애국자들이 나타났다. 국가에 충성한다고 북한을 맹비난했다. 한반도에 비핵화가 이루어져야 한다고 설쳐댔다. 당연히 옳은 말이었다. 다음 문제는 미국이 남한에 사드 배치에 관한 이야기였다. 반대하는 자는 극좌파 매국노로 몰아붙였다. 무어가 무엇인 이해할 수 없었다. 이렇게 날마다 전쟁이 끊임없이 이어졌다.

"사드로 미사일을 요격하여 한반도 상공에서 핵폭탄이 터지면 대한민국은 어떻게 될까?"

"어떻게 되긴 어떻게 되요. 핵을 덮어 쓰는 거지요."

"이놈의 나라꼴을 보면……."

진안 댁 아들이 텔레비전의 뉴스를 보며 한숨을 몰아쉬었다.

"이쪽이고 저쪽이고 하는 짓거리들이······."

덕산 댁의 아들이 장단을 맞추었다.

"한반도가 왜 이렇게 되었지?"

"우리나라 땅덩어리를 누가 갈라놓았어요?"

"미국과 소련 아니요."

"우리는 남이 갈라놓은 땅덩어리에서 살아가고 있으면서 날마다 싸움질하고 있으니······."

"6·25전쟁 때에 통일이라는 명목으로 동족을 몇 백만 명을 살상한 것도 부족해서······."

"휴전선을 만들어놓고 서로를 잡아먹겠다고 으르렁거리며 한시도 쉬지 않고 전쟁을 하고 있으니······."

"핵폭탄이니 사드니 해가면서······. 금방이라도 전쟁이 벌어질 것 같으니······."

"휴전중이니까. 전쟁이 끝난 것이 아니지요. 지금도 싸움을 하고 있는 거요."

"6·25전쟁은 우리가 미쳐서 꼭두각시가 되어 춤을 추듯 총질을 해댔던 어리석은 짓거리였어요. 그 싸움으로 적이 되어······."

"강대국들은 구경하면서 재미보고······."

"참으로 기가 막힌 일이야."

"국민을 얼마나 더 죽여야 직성이 풀릴까요?"

"앞으로는 어떤 이유에서든 전쟁을 해서는 절대로 안 되지요."

"통일보다는 평화가 먼저입니다. 훨씬 중요하고. 정치적인 통합이야······."

"전쟁하여 국민을 모두 죽여 놓고 통일이 되면 무엇 합니까? 국민 없는 국가는 존재하지 않습니다. 그리고 주권은 국민에게 있습니다."

"동족으로서 서로 감싸주고 사랑하고 도와주고 허물없고 무람없고 다정하게 지내다보면 자연스럽게 평화로워질 것이고……."

"어쨌든지 흠잡아 상대방을 비방하여 정치적으로 이용하면서 정권만 유지하면……."

"자신의 입맛에 맞는 대로 떠벌리면서 국민을 조롱하고……."

"독재정권들은 국민이 어떻게 되든 상관할 것이 없지요. 겉으로는 국민을 생각하는 체 하지만 속으로는 자기들의 잇속만 챙기면서……."

"이쪽이고 저쪽이고 한 발 양보하면서……."

"우리 어머님들이 품앗이하여 사람의 목숨을 구하듯 남과 북이 이웃 사촌으로서 우애 있게 지내다보면 저절로 하나로 합쳐지게 될 것 같은데……."

"그것이 진정한 통일이 아닙니까."

"그렇지요. 그래서 통일이 먼저가 아니라 평화가 우선입니다. 앞으로 전쟁은 절대로 안 됩니다."

진안 댁 아들과 덕산 댁 아들은 뙤록거리는 눈알을 굴리며 텔레비전을 보았다. 엇구수한 말로 주고받으며 무당이 굿판을 벌이듯이 만수받이 하며 곱씹어댔다. 두 사람은 마음이 통하여 상대방을 이해하고 있었다. 군침을 삼키며 고개를 끄덕였다. TV 화면에서는 국민들이 촛불을 들고 청와대로 향하는 모습이 나타났다. 자신도 모르게 긴장 되어 마른 침을 삼켰다.

"저거 보시요. 추운 날씨에도 대통령은 물러나라고 국민들이 촛불을 들고 시위하고 있잖아요."

"대통령이라는 사람이 자격도 없으면서……. 나라꼴이……."

뉴스특보, 국회 대통령 탄핵 가결

텔레비전 화면에는 큼직한 글자가 나타났다.
"이것이 바로 위대한 국민의 명예혁명이요. 주권은 국민에게 있고!"
진안 댁의 아들이 흥분하여 자리에서 벌떡 일어나며 소리쳤다.

19

오늘도 하루가 눈 깜짝할 사이에 지나갔다. 자식들과 함께 정담을
나누며 오순도순 보내다 보니 시간 가는 줄 몰랐다. 생의 끝자락에서
맞이하는 행복한 순간이었다. 어느새 해가 지고 땅거미가 드리워져 어
두웠다. 저녁밥을 먹고 말 몇 마디 나누다보니 벌써 밤도 이슥하게 깊
어졌다.
"어머니."
진안 댁 아들이 덕산 댁과 진안 댁을 번갈아가며 바라보았다. 밤이
깊었으니 집으로 돌아가야 되었다.
"왜? 집에 가려고?"
진안 댁이 아쉬운 시선을 아들에게 보냈다.
"육십 년을 넘게 서로를 기다리며 살아 왔다면서요?"
"애타게 기다렸지."
"정말 반갑겠네요. 이제 만났으니 침대를 이쪽과 저쪽에 나누어 놓고
떨어져서 주무실 게 아니라 합쳐 놓고 바투하여 나란히 누워 손잡고 생
활하는 것이 좋지 않을까요?"

182

"그게 좋겠네."

덕산 댁이 듣고 얼른 말했다.

"좋다 마다냐. 그렇게 하자."

진안 댁도 반겼다. 머뭇거릴 것이 없었다.

"그럼 당장 합쳐요."

덕산 댁의 아들은 어머니가 누워있는 침대로 다가갔다.

"우리는 침대를 합쳐놓고 갈게요. 꼭 껴안고 주무세요. 한풀이 하면서……."

진안 댁 아들은 어느새 침대를 밀고 왔다.

두 침대가 유리창 밑에 다붓이 붙어 놓여졌다.

"떨어지지 않도록 단단히 동여매어라. 아무도 뗄 수 없게."

덕산 댁은 꾸부정한 허리를 펴며 힘주어 말했다. 또 눈물이 나오려고 하였다.

"알았어요. 접착재로 단단히 붙어 놓을게요."

진안 댁의 아들은 빙긋이 웃으며 덕산 댁에게 다가가 손목을 꼭 잡았다.

"밤이 깊었으니 우리는 갑니다."

덕산 댁의 아들은 어머니의 슬픈 표정을 알아차리고 얼른 돌아섰다. 문의 손잡이를 잡아 돌렸다. 뒤를 돌아보았다. 눈물이 나오려고 하여 밖으로 나갔다.

"좋은 꿈꾸세요. 다음에 올게요."

진안 댁의 아들은 뒤를 따라가며 고개 숙였다.

"언제 애어멈과 손자들을 데려와라. 한 가족 같은 두 식구 한 자리에 모여 잔치를 크게 벌여보자."

"남보라는 듯이 구순 잔치를 하게요?"

"미리 통일 잔치를 합시다."

덕산 댁의 아들이 문을 닫지 못하고 돌아보며 서러움을 삼켰다. 비렁뱅이가 되어 어머니와 함께 동냥질하던 어린 시절이 떠올랐다. 눈물이 주르르 흘러내렸다.

"통일 잔치와 구순 잔치를 합하여 둘 다 함께 하자. 저승으로 갈 날도 얼마 남지 않았는데……. 눈감기 전에 남과 북이 화해하여 평화스럽게 살았으면 얼마나 좋겠니."

진안 댁은 눈물을 글썽거렸다.

"잔치도 잔치지만 자주 들러라. 얼굴을 마주하고 함께 있는 것이……."

덕산 댁은 꾸짖고 있었다.

"알았습니다."

두 아들은 문 앞에서 머뭇거리다가 문을 닫았다.

"함께 자고 갔으면 좋을 텐데……."

덕산 댁과 진안 댁은 자식들의 뒤를 따라갔다. 그대로 보내는 것이 못내 아쉬웠다. 자식과 영원히 헤어지는 것 같았다. 밤새에 어떻게 될지 알 수 없었다.

20

덕산 댁과 진안 댁은 자식들이 나가자 문 밖까지 따라 나갔다. 자가용을 타고 가는 것을 보고 방으로 돌아왔다. 텅 빈 방 안이 허전했다.

무덤 속처럼 조용했다. 입술을 굳게 다물고 서로를 바라보았다. 때꼽재기가 낀 것 같은 침침한 눈알이 뙤록거렸다. 시선으로 죽음을 이야기하고 있었다.

"잠이나 자세."

"편안하게 잠들었으면……."

덕산 댁과 진안 댁은 꾸부정한 몸을 움직여 침대로 갔다. 뭉그적거리며 다가가 나란히 누웠다. 부부가 된 것처럼 손을 마주잡았다. 다시는 놓지 않겠다는 듯이 꼭 쥐었다. 밖에서는 삭풍이 세차게 불어댔다. 창문이 흔들렸다. 저승사자가 찾아와 유리창을 흔들어대는 것 같았다.

"나란히 붙어 누워있으니 한반도가 통일이 된 것 같네."

덕산 댁은 빙긋이 웃으며 고개를 돌렸다. 옆에 있는 진안 댁을 바라보았다.

"그러게……."

진안 댁은 덕산 댁의 얼굴을 쓰다듬었다.

"통일도 좋지만 전쟁이 없는 세상이 되어야지. 어쨌든 우리나라가 평화적으로 통일이 된 것처럼 기분이 좋은데."

"그러게 말이야. 우리나라도 다른 나라들처럼 남이고 북이고 모든 국민이 평화스럽게 살아간다면 더 바랄게 없겠지?"

"국민 몇 백만 명을 살해한 그놈의 6·25전쟁!"

덕산 댁은 몸서리쳤다. 생각할수록 무섭고 억울하고 분하고 서러웠다.

"다시는 우리 같은 피해자가 생겨서는 안 되지."

"당연히 그래야 되는데……."

"애들 말마따나 통일이 무어가 그렇게 급해. 평화가 훨씬 값이 있고 소중하지. 통일보다는 전쟁이 없는 평화가 우선이야."

"그래, 통일도 해야 되지만 평화롭게 살면서 서로를 사랑하고 감싸주면…… 또 전쟁을 하게 되면 결국 그 앙금이 남아 영원히 서로를 미워하고…… 6·25전쟁 때문에 남과 북이 완전히 원수가 되어버렸어. 그래서 화해하지 못하고 지금까지 티격태격 싸우고 있잖아."

"남의 나라 사람들이 보면 비웃으며 손가락질할 짓거리지. 짐승들도 우리가 지금 남북이 싸움질하는 꼬락서니를 보며 비웃을 거야."

"우리는 애타게 기다리다가 버커리가 되어 만났으니…… 앞으로는 절대로 떨어지지 말자고."

"그것을 어떻게 알아…… 손잡고 함께 저승으로 가야 하는데……."

"죽음의 고통도 함께 품앗이해서 편안하게 가면 좋으련만……."

"저승사자에게 부탁해서 꼭 함께 데려가라고 할까?"

"그렇게 할 수만 있다면……."

"잠자듯이 편안하게 저승으로 갈 수 있는 방법은 없을까?"

진안 댁과 덕산 댁은 이웃에서 품앗이하며 살았듯이 나란히 누워 죽는 일을 함께 걱정하고 있었다. 잠시 놓았던 손을 다시 잡았다. 저승으로 같이 가겠다는 듯이 눈을 감았다. 죽음 같은 깊은 잠속으로 빠지고 싶었다. 정신은 더욱 맑아졌다. 소녀의 눈망울처럼 초롱초롱 반짝이고 있었다.

(한국소설 2018년 4월호에 발표)

야경꾼들

—

야경꾼들은 입산한 동네사람의 이야기가 나오니 표정이 굳어졌다.
모두가 입술을 굳게 다물었다. 선주를 바라보며 눈치를 살폈다.
이상한 분위기가 감돌았다. 긴장하여 서로의 눈치를 살폈다.

🌾 야경꾼들

1

1952년 섣달이었다.

한해를 보내는 그믐날이 가까워졌다. 희망의 새해가 다가오고 있었다. 부푼 꿈을 가득 안고 즐거운 설맞이 준비를 하느라 들뜬 나날을 보내야 할 시기였다. 그러나 국민들은 총부리 앞에서 죽임을 당하지 않으려고 공포, 두려움, 불안, 초조에 떨고 있었다. 한반도에 무서운 6·25전쟁이 벌어졌기 때문이었다. 남과 북이 원수가 되어 치열하게 싸우고 있는 중이었다. 살갑게 지내던 사람들이 편 가르기를 하였다. 좌익 우익하며 적으로 변해버렸다. 무작정 죽이고 죽임을 당했다. 피비린내가 삼천리 반도에 가득했다.

오늘도 불안한 하루가 지나가고 있었다. 무서운 전쟁의 밤이 가까워졌다.

하늘은 종일 먹구름이 덮고 있었다. 해거름이 되었다. 수리봉 고스락 위쪽에서 구름이 벌어지면서 작은 틈새가 생겨났다. 황톳빛 색종이 같은 저녁노을이 낯을 내밀었다. 어느새 사라져버렸다. 끄느름했던 날씨라 그런지 땅거미가 드리워지는가 싶더니 깜깜해졌다. 기나긴 섣달의 밤이 시작되었다. 뒷동산에서 내려온 어둠이 양지편 마을을 덮었다. 탐스러운 함박눈이 어둠속에서 흩날리며 떨어졌다. 수인산 성을 지나 덤밭재를 넘어온 칼바람이 며칠째 불어오고 있었다. 매섭고 모질고 잔인한 한겨울의 차가운 날씨였다. 설이 지나면 봄이 올 텐데…….

"오늘밤 야경꾼들은 옷을 여러 겹 포개 입고 야경하러 나오시오!"

양지편 마을리장이 고샅을 돌아다니며 소리쳤다. 그 외침을 뒷동산에서 받아 남산으로 보냈다. 메아리는 범종의 맥놀이처럼 울어대며 멀리멀리 퍼져나갔다.

"야경을 정위치에서 제대로 하지 않으면 모두 빨갱이로 몰아 총살시킬 테니까 그렇게 알아!"

이장의 귓속에서는 경찰에게 지시 받았던 말이 울림으로 남아 괴롭혔다. 경찰이 낮에 양지편에 왔었다. 야경을 철저하게 하라는 지시를 하였다. 밤이면 유치 깊은 산골에서 빨치산들이 빈재를 넘어 양지편으로 내려왔다. 무작정 먹을거리를 가져갔다. 큰 황소를 빼앗아 끌고 간 적이 있었다. 주민을 데리고 산골짜기 같은 도린곁으로 가서 죽이기도 하였다. 그래서 지서에서 마을 사람들을 오륙 명씩 조를 편성하여 야경을 하도록 만들었다.

'무지렁이 같은 녹록한 마을사람들에게 총알받이를 하라고.'

이장은 집으로 돌아가며 중얼거렸다. 야경할 집을 찾아다니지 못하고 골목에서 외치는 이유도 어쩔 수 없이 자신의 책임에 대한 흔적을 남긴 것뿐이었다.

2

"허섭스레기인 서민들은 이래도 죽고 저래도 죽는데……."

김선준은 솜을 두툼하게 넣어 만든 바지와 저고리를 입고 방에서 나왔다. 툇마루에 서서 함박눈이 내리고 있는 하늘을 쳐다보며 투덜거렸다.

'오늘 밤을 무사히 넘길 수 있을까?'

선준은 선뜻 나서지를 못했다. 어떻게 해야 좋을지 몰라서였다.

'이러지도 저러지도 못하고……'

선준은 토방으로 내려섰다. 양지편 사람들은 울며 겨자 먹기로 마지못해 야경을 해야 되었다. 야경을 하지 않으면 빨갱이라고 경찰이 잡아갔다. 야경을 하면 산사람들이 내려와 끌고 갔다.

"여보, 나 오늘 밤 야경이니까 다녀올게."

선준는 마당에 서서 부엌문을 바라보았다.

"조심해요. 며칠 전에 유치에서 빨갱이들이 내려와 야경한 사람을 잡아 갔잖아요?"

아내는 부엌에서 설거지를 한 개숫물을 통에 담아 들고 나왔다. 구정물통에 부었다. 마당을 나서는 남편을 물끄러미 바라보았다.

"알았어, 오늘 밤에는 눈까지 내리고 있네."

선준는 아내를 힐끗 돌아보며 투덜거렸다. 빨치산이 내려와 붙잡아 가면 죽을 수 있기 때문이었다. 야경하는 것이 두렵고 무서워 싫었다. 마지못해 사립문을 나서고 있었다. 장승처럼 서서 돌아보았다.

'죽지는 않겠지?'

선준은 자신을 위로하며 달래었다. 다리가 후들거려 떨어지질 않았다. 어쩌면 다시 돌아올 수 없기 때문이었다. 작별인사를 하고 있는지도 몰랐다.

3

주막거리 마당에 화톳불이 활활 타고 있었다. 불의 붉은 혀는 널름거리며 어둠속으로 파고들었다. 따뜻한 봄볕에 피어오르는 아지랑이처럼 너울너울 춤을 추는 것 같기도 했다. 어둠을 뚫고 내려온 탐스러운 눈송이가 흩날리며 불꽃 속으로 떨어졌다. 하늘에 총총 박혀 반짝이던 별들도 가뭇없이 사라져 모습을 감추었다. 캄캄한 어둠만이 가득한 음침한 밤이었다. 저승사자는 시커먼 장막 속에 숨어 야경꾼들을 잡아가겠다고 지켜보고 있었다.

야경꾼들이 불가에 둘러 앉아 따뜻한 불기운을 음미하며 추위를 잊었다. 한 겨울의 성난 눈보라의 바람 끝은 날카로운 면도날이었다. 온몸에 화톳불의 온기가 축축하게 베어들었다. 어머니의 품속에 안긴 것처럼 포근해졌다.

"도대체 이놈의 전쟁은 언제까지 계속 되는지?"

"무지렁이인 우리가 알겠는가."

"무엇 때문에 전쟁을 하는 거야?"

"한반도 땅덩이가 갈라진 것 때문이겠지?"

"한반도는 누가 갈라놓았는데?"

"미국과 소련이……."

"이념은 아니고?"

"그것이 그거지. 미국과 소련의 속셈이 다르듯 그들을 따라다니는 사악한 악마 같은 것이 이념이라는 것 아니겠는가?"

"이념은 사람이 살아가기 위해서 인간이 만든 것인데 흡혈귀로 변해 우리를 죽이고 있으니……."

"그러게 말이야."

"땅덩이는 강대국이 나누어 놓고……."

"우리의 위대하신 지도자님들은 통일하자고 국민을 죽이는 전쟁하고 있으니……?"

"참으로 한심스러운 짓거리를 하고 있어."

"전쟁하지 않으면 통일이 안 되는가?"

"그러게 말이야."

"대화로 하면 자존심이 상하나보지. 힘겨루기를 해서 승리하자는 수작을 부리고 있는 것을 보면……."

"통일을 명분으로 내세운 위대하신 지도자님의 영웅심 때문에 벌어진 전쟁이 6·25전쟁이야."

"자기만 잘났다는 거지. 국민은 그들의 하수인인 똘마니이고?"

"녹록한 국민을 모두 다 죽이고 통일이 되면 무엇해?"

"난들 알겠는가? 그렇게 하겠다고 하니."

"전쟁으로 통일잔치 제대로 벌이고 있는 거겠지?"

"동족끼리 무슨 짓거리를 하고 있는 건지? 참으로 가관이야."

"전쟁하여 국민을 죽이는 것이 통일을 위한 애국인가?"

"평화가 무엇인지도 모르는 놈들!"

"서로 사랑하여 너나들이 하면서 살아가는 평화는 역적인가?"

"툭 터놓고 구순하게 지내다 보면 자연스럽게 하나를 이룰 수 있을 것 같은데……."

"통일이 무어가 그렇게 급하다고……."

동네사람들은 화톳불 가에 둘러 앉아 한 마디씩 하며 한숨을 쉬었다. 원망과 하소연으로 만수받이 하면서 기득권을 잡은 위대하신 훌륭한 애국자 양반님들께 욕설을 퍼부어댔다. 힘없고 불쌍한 국민들을 편 가리 하여놓았다. 좌익우익 하며 적이 되었다. 상대방을 죽이겠다는 전쟁 놀음 빠져 즐기고 있다며 울분을 토했다. 죽음이 바로 앞에 있으니 아무것도 보이지 않았다. 하고 싶은 말이나 해보자는 심사였다. 산에서 빨치산이 내려와 총을 쏘아대면 죽을 수밖에 없었다.

4

밤이 이슥해졌다. 눈이 제법 내려 쌓였다. 화톳불은 사그라졌다.

"살아있는 동안이라도 따뜻하게 지내더라고."

선준은 뒤란으로 돌아가 장작개비 몇 개를 가져와 불 속에 넣으면 중얼거렸다. 불꽃이 살아났다. 토닥거리며 활활 타올랐다. 불의 혀는 널름거리며 춤을 추었다. 불꽃 속에서 빨간 불티들이 치솟아 하늘로 올라갔다. 높이 오르지 못하고 꺼져버렸다. 어디로 갔는지 가뭇없이 사라졌다. 야경꾼들은 다시 뒤로 물러앉았다.

"내동 마을에서는 입산한 머슴이 밤에 내려와 주인집에 불을 놓았다고 하던데……."

"사람이 사는 집을 대보름날에 쥐불놀이 하며 달집 태우듯이 하고 있으니……."

"지푸내 마을에서는 머슴이 주인을 살렸다고 하는 소문이 있어."

"소문이 아니라 사실이여!"

누군가 힘주어 말했다.

"머슴이 주인을 살려냈다고?"

"나도 들었어. 입산한 머슴이 빨치산들과 함께 마을에 와서 주인을 잡았는데 남몰래 빼돌려 도망치도록 만들었다고 하더라고."

"더부살이할 때에 주인이 잘 해 주었나보지?"

"그랬는지 어쨌는지 모르지만……."

"집안이 가난하여 어릴 적부터 그 부잣집에서 꼴머슴살이를 하였다는 말도 있어."

"무식한 머슴이 인간의 도리를 다했네. 함께 살면서 좋은 일만 있는 것은 아닐 텐데……."

"머슴이 부자보다 슬겁네."

"미운 놈 떡 하나 더 준다고……."

"무지하다고 해도 인간은 인간이지. 짐승도 자기들끼리는 아끼며 곰살갑게 살아가는데……."

"그런데 사회적 동물인 인간이 더불어 살아가야 할 동족끼리 총부리를 겨누며 전쟁하고 있으니……."

"인간의 추악하고 더러운 살똥스러운 욕심이……."

"자기만 잘났다고 뻐기는 작자들을 보면 똥물이 넘어오려고 하여……."

야경꾼들은 밤이 이슥하도록 화톳불 가에 둘러앉아 전쟁 이야기를 하고 있었다. 같은 처지라 술상에 둘러앉아 막걸릿잔을 돌리며 마시듯이 구순하게 즐겼다. 주어진 위치로 야경하러 가야 할 시간이 지났다. 따뜻한 불기 취하여 화톳불 가를 떠나지 못하고 머뭇거렸다. 한밤중의 매운바람이 불가를 떠나지 못하도록 만들었다. 뼛속까지 파고드는 모진 추이가 싫었다. 밤새워 동태처럼 얼고 나면 몸뚱이가 주검으로 변했다.

5

"김선준."

송영경은 친구를 작은 목소리로 불렀다.

"무언가?"

선주는 작은 막대기로 불이 붙어 타고 있는 장작개비를 쑤셔대며 뒤적거렸다.

"입산한 동생 현준이 소식은 듣는가?"

"모르겠어, 뒤듬바리 같은 놈! 입산하지 말라고 그렇게 타일렀는데……. 뒤넘스러워 말이 먹혀들어야지."

현준은 화를 내며 혀를 찼다.

"며칠 전에 지와몰에 찾아 왔다고 하던데?"

"그 못된 놈은 언제 철이 들려나? 덩둘한 빨갱이 자식!"

선준은 빨치산이 된 동생의 이야기가 나오면 욕부터 해댔다. 요사이는 동생 때문에 죽은 사람처럼 살아가고 있었다. 언제 어떻게 될지 몰라 항상 불안했다. 자신의 명줄을 위협하는 뭇따래기가 되어 괴롭혀댔다. 지서에 끌려가서 조사를 받은 적도 있었다. 차라리 남남이 되었으면 좋겠다는 생각을 하며 저주를 퍼부어 댔다.

6

야경꾼들은 입산한 동네사람의 이야기가 나오니 표정이 굳어졌다. 모두가 입술을 굳게 다물었다. 선주를 바라보며 표정을 살폈다. 이상한 분위가 감돌았다. 긴장하여 서로의 눈치를 살폈다.

'이바지를 나누어 먹으며 한 가족처럼 살아왔던 이웃사촌이 적이 되었으니⋯⋯.'

선준은 동생 대신 빨갱이가 되어 고개를 숙였다. 어둠은 시커먼 장막이 덮고 있는 것처럼 더욱 짙어졌다.

"휘잉- 쏴아-."

눈보라가 세차게 지나갔다. 대밭의 대나무를 흔들렸다. 옷 속으로 파고 차가운 밤공기가 바늘처럼 찔러댔다.

그때였다.

"당신들 무엇 하는 거야?"

현준은 어둠을 뚫고 뜬것처럼 나타났다. 동네사람들에게 총부리를 겨누며 소리쳤다. 식량이 떨어진지 여러 날 되었다. 전쟁하는 동지들의 먹을거리를 찾으려고 산에서 내려왔다. 마땅히 갈 곳이 없었다. 무작정 빈재를 넘었다. 양지편으로 가기 전에 주막거리에 들렀다. 언젠가 소 한 마리를 끌고 갔던 적이 있었다. 혹시 돼지가 남아있을지 모른다는 기적을 바라며 주막으로 들어왔다.

'호랑이도 제 말을 하면 온다고 하더니⋯⋯.'

선준은 동생의 인기척을 듣고 깜짝 놀라 벌떡 일어났다.

"경찰 앞잡이 놈들. 야경하고 있네!"

윤동선은 뒤를 따라오며 엄호했다.

"현준이가 왔구나."

선준은 총부리를 가로막으며 동생 앞에 섰다.

"형님은 무언데 나서는 거요?"

현준은 형님을 알아보고 밀쳤다.

"땅!"

동선이 하늘을 향해 총을 쏘았다. 위협하여 반항하지 못하도록 만들었다. 야경꾼들의 수가 많아 두 사람이 당해내지 것만 같았다. 총을 가지고 있으니 총으로 제압하는 수밖에 없었다.

"당신이 현준 동지의 형님이요?"

동선은 총부리로 쿡 찌르며 위협했다.

"제 친형님 맞아요."

현준은 황급하게 달려들어 말렸다. 형님을 죽이면 안 되었다.

"경찰의 앞잡이 노릇을 한 야경꾼들을 모두 잡아끌고 가서……."

동선은 당장 총살을 할 것처럼 설쳐댔다.

"양지편은 내 마을이라 동네사람들 모두 이웃사촌인데……."

현준은 낯이 익은 사람들을 확인하며 행동거지를 자제했다.

"김 동지의 동네라 할지라도 경찰의 앞잡이들은……?"

"묶어서 데려가자고?"

현준은 머뭇거렸다. 끌고 가고 싶지 않았다. 형님을 데려가 죽이는 짓거리를 해서는 안 되었다. 개망나니도 그런 막된 행동은 하지 않았다. 인간의 생명은 단 하나밖에 없는 아주 귀중하고 소중한 명줄이었다.

7

야경꾼들은 죽음이 두려워 온몸을 바들바들 떨고 있었다. 누구도 나서지 못했다. 서로의 눈치만 살폈다. 죽게 될지 모른다는 죽음의 공포에 휩싸여 잔뜩 움츠렸다.

"양지편 야경꾼 나오라고 전달."

아랫마을에서 야경꾼의 외침이 첫닭의 홰치는 소리처럼 아스라하게 들려왔다.

"누가 아무 일 없다고 전달해!"

동선은 총을 겨누며 지시했다.

"양지편 야경꾼이다. 말하라고 전달!"

선준이 나섰다.

"무슨 총소리냐고 전달!"

"양지편에서 난 총소리가 아니라고 전달!"

선준은 함흥수작을 부렸다. 시키는 대로 해야 생명을 구할 수 있었다.

"총소리가 어디서 났냐고 전달!"

아랫마을에서 소리쳤다.

"보끼미 쪽에서 난 것 같은데 잘 모르겠다고 전달."

"알았다고 전달!"

야경꾼들은 전달을 끝냈다. 이렇게 해서 지서까지 전해졌다.

"경찰들이 올지 모르니 빨리 서둘러!"

동선이 급하게 지시했다. 경찰에게 붙잡혀 죽기 싫었다.

"지정거리다 붙잡히면 안 되는데 묶어서 끌고 가게?"

현준은 고개를 저었다.

"경찰이 오기 전에 빈재를 넘어야 하니까 그냥 데려가지!"

동선은 고개를 끄덕였다. 빈재의 비탈을 오르려면 묶인 채로는 안 될 것 같았다. 눈이 와서 쌓여있으니 된비알을 오르려면 여간 힘든 일이 아니었다. 야경꾼들을 묶고 있는 순간에 경찰이 와서 덮치면 붙잡힐 수도 있었다.

8

"빨리빨리 가자고!"

동선은 마음이 급해졌다. 경찰에게 붙잡힐 것만 같았다. 쟁기꾼이 무논에 써레질하고 있는데 뒤에서 모춤을 던져지며 모꾼들이 바씩 따라붙어 모내기할 때에 소몰이 한 것같이 황급하게 재우쳤다. 마음은 어느새 빈재를 넘어 유치 땅에 가 있었다.

"눈길이라 미끄러워서……?"

영경은 끌려가기 싫어 뭉그적거렸다. 기회가 생기면 도망칠 계산으로 지정거렸다.

"경찰의 앞잡이 놈들이 말이 많다."

동선이 채찍질을 하듯이 소리쳤다.

"우리는 경찰이 야경하라고 시켜서 어쩔 수 없이……."

누군가가 앞에서 언턱거리 하듯 말했다. 핑계가 아니라 사실이 그랬다.

"시킨다고 야경을 해. 통일과 혁명을 하는 공산당을 도와야지!"

동선은 영경의 등에 총부리로 쿡 찔렀다.

"녹록한 불쌍한 무지렁이들만 동네북이 되는 것 아닙니까?"

누군가가 억울하다며 뒤에서 두런거렸다.

"아이고야!"

영경은 눈이 쌓인 사품에 미끄러워 넘어졌다.

"빨리 일어나!"

동선은 총을 쏘듯이 악을 썼다. 경찰이 따라오고 있는 것 같았다. 뒤를 돌아보며 발을 동동 굴렸다. 빈재를 넘어온 눈보라가 가는 길을 막았다. 그믐이 가까워진 밤의 어둠이 눈앞을 가렸다. 마음이 급하니 더욱 깜깜하여 보이지 않았다.

9

"현준아!"

선준은 옆에 동생이 있는 것을 알아차리고 조금은 큰 목소리로 불렀다. 동생과 함께 온 산사람도 들어보라는 심사에서였다. 어떻게 해서든 끌려가서는 안 되었다.

"예!"

현준의 머릿속에는 형님을 살려야 한다는 생각으로 가득했다. 도망치도록 만들어야 하는데 기회가 주어지질 않았다.

"이놈의 6·25전쟁은 도대체 무엇을 위한 전쟁이냐?"

"……"

"혁명이냐 한반도의 통일이냐?"

"……"

"조국 통일이라는 미명 아래 높으신 양반이 영웅심에 도취되어 자기 과시를 하려고 일으킨 전쟁이냐?"

"……"

"도대체 출세라는 것이 무엇이냐? 전쟁을 일으켜 국민을 죽이는 것이……"

"……"

"그래서 형을 죽일 참이냐?"

선준은 동생에게 쟁기질을 처음 가르치는 소에게 채찍질하듯이 닦달했다. 동생의 총부리에 죽임을 당할 수는 없었다.

"형님을……"

현준은 얼버무렸다. 형님을 죽일 생각은 전혀 없었다. 형님이 억지를 부리고 있었다.

"지푸내 마을에서는 입산한 머슴이 주인을 살렸다고 하던데……?"

"……"

"적이라도 사람을 죽이는 일은 해서는 안 된다. 전쟁이라고 하지만 가장 잔인하고 사악한 못된 짓거리는 남의 생명을 빼앗는 것이야."

"……"

"매욱한 미친 짓거리 하지 말고 뇌락하게 행동해라!"

"나도 모르겠습니다."

현준은 형을 피하려고 고개를 돌렸다.

"혁명이나 통일은 무엇 때문에 해야 되는 거냐?"

"왜 그러십니까?"

현준은 형을 외면했다.

"국민이 편안하게 잘살아보자는 것이 아니겠냐? 그런데 전쟁을 벌여 국민을 죽이고 있으니……."

"……."

"걱정가마리가 되지 말고 마지막으로 어거하는 형의 충고다. 가납기 언해라. 모두가 양지편 마을에서 구순하게 더불어 살아온 이웃사촌들 아니냐? 인간은 혼자서 살 수 없는 사회적 동물이야. 도와주지는 못할 망정 해코지를 해서는 안 되지. 내 목숨이 중요하듯 남의 생명은 더 소중한 거야. 전쟁을 핑계로 무고한 사람 죽이지 마라. 국민을 모두 죽이고 나서 통일이 되면 무엇 할 거냐. 국민 없는 국가는 존재하지 않아. 독불장군이 없듯이!"

선준은 아버지처럼 꾸짖었다.

"……."

현준은 입술을 지그시 깨물었다. 동네사람들은 아무 죄가 없다는 걸 알고 있었다. 죽지 않으려고 시킨 대로 따랐을 뿐이었다. 그러나 혁명을 하는 빨치산의 입장에서는…….

"내 말이 너에게는 골틀리겠지. 몇 번을 곱씹어 생각해서 따져보아야지. 웅숭깊게 행동해라. 적이라고 하여 인간의 가장 귀중한 생명이 빼앗는 전쟁 중이다만……."

"……."

현준은 모른 체 하면서도 귀담아 듣고 있었다. 어떻게 해서 형님을 살려야 할까를 궁리하는 중이었다.

어느새 빈재를 넘는 된비알 바로 밑에 다다랐다.

"여기서 잠깐 쉬어갑시다."

현준은 무슨 생각을 했는지 동지인 동선에게 다가가 말했다. 야경꾼들을 데려가야 할 이유가 전혀 없었다.

"비탈이고 눈이 쌓여 미끄러울 테니……."

동선은 반대하지 않았다.

<h1 style="text-align:center">10</h1>

"나 좀 봅시다."

현준은 동선에게 다가갔다.

"그렇지 않아도……."

동선은 야경꾼들을 데려오면서 여러 가지 생각을 했다. 현준의 형님이 동생에게 충고하는 말도 귀여겨들었다. 옳은 말이었다. 인간은 더불어 살아가야 하는 사회적 동물이 분명했다. 그런데 싸움을 하면서 적이라는 이유로 살해하고 있었다. 전쟁이기 때문에 당연한 것으로 여겼다.

"야경꾼들을 어떻게 할 생각이요?"

"지금 나도 그 생각을 하고 있어요?"

"무고한 사람들을 죽일 수는 없잖아요?"

"돌려보내 줍시다."

"그럽시다."

"나는 야경꾼들을 돌려보내고 산속 본부로 가지 않을 거요."

"다른 곳으로 도망치겠다는 겁니까?"

"산으로 가봐야 굶어 죽게 생겼으니……."

"우리가 마을로 내려 온 것도 식량 때문에……."

"야경꾼을 놔주었다고 첩자로 몰려 죽게 될지도 모르고……."

"이래 죽으나 저래 죽으나……."

"사람을 죽이는 전쟁은 정말로 싫어요."

"전쟁은 미쳐 날뛰는 잔인한 악마보다 더 모진 흡혈귀!"

"지도자란 놈들은……. 전쟁보다는 평화가 좋다는 걸 알면서도……."

"인간의 출세가 무언지……."

"출세가 무엇일까?"

"정치란 싸우지 않고 함께 평화롭게 더불어 잘살아보자는 것인데……."

"우리는 애국을 하는 것이 아니라 누군가의 똘마니 노릇을 하고 있어."

"그 알량한 혁명과 통일이란 이유로 함께 살아야 할 동족을 죽이는 짓거리를 하면서……."

두 사람은 어느새 마음이 통했다. 엇구수하여 구순하게 만수받이하며 괴로움을 달래었다. 전쟁에 시달리고 나니 만사가 싫었다. 많은 주검들을 보았기 때문에 자신의 목숨도 믿을 수 없었다. 차라리 편안하게 죽고 싶었다.

11

"동네사람들 미안하게 되었습니다. 집으로 돌아가시오."

현준은 당당하게 말했다.

"우리를 놔주는 거냐?"

선준은 반가워 큰소리로 말했다.

"제가 형님에게 거짓말 하겠습니까?"

"현준이 너는?"

"저는 입산하지 않고 다른 곳으로 갈 겁니다."

"집으로 갔으면 하는데?"

"갈 수가 없지요. 빨갱이인데……. 붙잡히면……. 가족이 피해를 당하게 되고……."

현준은 단호하게 거절했다.

"그래 너는 빨갱이였으니까 붙잡히면 죽게 되고……."

"그믐날 밤에 불을 보듯 하는데……."

"어디로 가려고?"

"모르겠어요. 다시는 입산하지 않을 겁니다. 양아치가 되어 빌어먹더라도!"

현준은 단호했다. 사람 죽이는 전쟁은 이 세상에서 영원히 사라져야 되었다.

"내일모레가 설날인데……."

선준은 돌아서지 못하고 동생을 바라보았다.

"머뭇거리지 마시고 빨리 가세요. 저는 찾지 마시고……."

현준은 빈재를 넘어가지 않았다. 그렇다고 집으로도 갈 수도 없었다. 기역산 쪽으로 발을 돌렸다.

"빨리 와!"

동선은 어느새 저만치 달아나며 소리쳤다.

"같이 가자고!"

현준은 냅다 달렸다. 눈이 쌓여 미끄러졌다. 벌떡 일어났다. 어둡고 눈 덮인 길인데도 더듬거리지 않았다. 눈보라가 앞을 가려 보이지 않아도 갈 길을 찾아가고 있었다.

다음날이었다.

지서에서 경찰이 양지편을 찾아왔다.

지난밤에 야경을 했던 다섯 사람을 끌고 갔다.

야경하면서 빨갱이에게 붙잡혀 끌려갔는데 어떻게 풀려났는지 그 이유를 조사하기 위해서라고 했다. 산사람들과 내통하였기에 야경꾼들을 살려주었다는 것이다. 빨갱이들과 한 패거리니 처벌하겠다고 했다. 녹록한 국민들은 이렇게 하든 저렇게 하던 무서운 총부리 앞에서 죽어야 되었다. 서럽고 불쌍하게 목숨까지 빼앗기며 당하고 있었다. 그것이 전쟁이었다.

(펜문학 2018년 9, 10월호에 발표)

오월의 도시

—

군인은 어디로 갈까? 어깨에 걸어 메어져 있는 M16의 총부리는 누구의 심장을
겨눌 것인가? 가슴에 매달려 있는 수류탄은 어디를 폭파시킬 것인가? 병사들은
누구를 위해서 저런 전쟁을 하는가? 국민의 가슴에 총질을 하는 국군!

🌿 오월의 도시

1

　오월인데 대지 위는 펄펄 끓고 있는 가마솥 같았다. 태양은 이글거리는 햇볕을 흩뿌리며 도시를 뜨겁게 달구고 있었다. 계절의 여왕인 싱그러운 봄날은 아직 끝나지 않았는데 성난 삼복의 더위 같은 땡볕이 몽니를 부려댔다.

　1980년 오월은 유난히도 더웠다.

　교도소 보안과 옥상에서는 여러 명의 교도관들이 광주 시내를 바라보고 있었다.

　"시민군이 정말로 교도소를 습격할까?"

　교도관들은 데모대가 교도소로 쳐들어온다는 소문 때문에 지켜보고 있었다.

　"교도소를 공격한다고? 말도 안 되는 소리!"

　"전과자 몇 명이 선동한다는 거야."

　"유언비어네?"

　"당연하지."

　"시민들이 더 당해서는 안 되는데……."

　한 교도관은 시민들을 걱정하며 가슴을 조였다.

　"이건 전쟁보다 더한 짓거리야!"

　누군가는 자들어지게 한숨을 쉬었다. 계절이 좋은 오월에 광주 시내가 뒤집혀 전쟁터로 변해 있었다. 군인과 시민이 맞붙어 총질하며 전쟁을 하였다.

"세상이 어떻게 되어가려고?"

"대통령이 무엇이라고."

"정권도 좋지만 할 짓들을 해야지?"

교도관들은 가슴을 조이며 한 마디씩 하였다. 가족과 시민을 걱정하며 애를 태웠다.

까치독사의 껍질처럼 생긴 얼룩무늬 군복을 입은 군인들이 고속도로의 산모퉁이에서 나타났다. 넓은 도로의 양편 길섶을 따라 느릿느릿 걸어왔다. 따가운 햇볕 속을 뚫고 엉금엉금 걷고 있는 모습이 독기가 가득 든 살무사 모습 그대로였다. 점점 가까워지고 있었다. 선두의 모습이 하나둘 확실하게 드러났다. 가까워질수록 그들의 위세가 더해져 무서웠다.

그날따라 유난히도 뜨거워진 오월의 햇살이었다. 눈부신 햇빛이 특전사의 까만 베레모 위에 흩뿌리며 기승을 부리고 있었다. 보무도 당당한 공수부대원들, 귀신도 그들 앞에선 살아남지 못한다는 그 힘이 먼발치에서부터 서서히 다가오고 있었다.

국민들은 국군에게 조국을 지켜주는 방패라 했다. 공산당을 쳐부수는 용감한 용사들이었다. 먼 이국 월남까지 쫓아갔다. 두더지처럼 땅속에 숨어 웅크리고 있는 베트콩을 찾아 박살냈다. 불가능이란 있을 수 없다는 용감한 특수부대였다. 사람들은 그들을 지켜보며 우러렀다. 조국의 방패라고 무언의 성원을 아끼지 않았다.

그런데 지금은 아니었다. 광주시민과 국군이 죽고 죽이는 살육전을 벌이고 있었다. 시민들은 군인들이 무서워 벌벌 떨었다. 무엇 때문에 이렇게 되었을까? 국민과 군인이 서로 적이 되어 싸우고 있는 이유는 무엇일까? 누가 이렇게 만들었을까?

선두가 고속도로를 벗어났다. 방향을 바꾸어 교도소 쪽으로 휘어들었다. 길을 따라 들어오는 모습이 아스팔트를 야금야금 삼키는 것 같았다.

"땅—!"

한 방의 총성이 함성을 지르듯이 들려왔다. 오수에 졸고 있는 들판에 찬물을 쫙 뿌려놓고 메아리를 남기며 사라졌다.

"총소리다."

정현은 깜짝 놀랐다. 몸을 웅크렸다. 시선은 교도소 앞의 도로를 응시하고 있었다.

총소리에 놀란 군인들이 잽싸게 도로에 바싹 엎드렸다. 어떤 군인은 몸을 빙그르르 돌려 반대편 도랑으로 굴러 떨어지기도 하였다. 또 다른 병사들은 신속한 낮은 포복으로 길 위에서 벗어났다. 이것은 순식간에 일어난 기습이었다. 용감한 특수부대의 용사들도 총에 맞아 죽고 싶지는 않았던 모양이었다.

"땅, 따당, 따다다……"

특전사의 반격이 시작되었다.

"……"

시민군은 대거리하지 못했다. 단 한 방의 총성이 울렸을 뿐이었다.

"따다, 따다다, 땅……"

군인들의 총소리만 요란하게 들렸다.

"도망치는구나!"

교도소 보안과 옥상에서 바라보고 있던 한 교도관이 중얼거렸다. 시민군 세 사람이 건너편 마을 옆 논두렁 밑으로 도망가고 있었다. 엎드려 기었다. 일어나 달리기도 하였다. 둑에 몸을 감추다가 냅다 뛰었다. 군인들과 멀리 떨어지려고 안간힘을 쓰고 있었다.

도망간 사람들이 보이지 않았다. 보리고랑에 엎드린 모양이었다.

총소리도 뚝 그쳤다. 언제 총질을 했냐는 듯이 조용했다. 휑뎅그렁한 들녘의 공간에는 햇빛만 가득했다.

'누가 여기까지 쫓아와서 총질을 할까? 민간인 세 명이 이렇게 많은 군인들과 싸워서 어쩌겠다는 것일까? 얼룩무늬 군복을 입고 검정 베레모를 쓴 이 군인들과 총질해 당할 수 있단 말인가? 군인들이 가지고 있는 총은 성능이 좋은 신형인데 구식 총 칼빈을 들고 싸우겠다고? 그것도 단 세 사람이 특전사의 여단 병력을 상대하겠다고? 죽으려고 작정했지. 무엇 때문에 여기까지 따라 왔을까? 시민군의 정찰병들일까?'

정현은 마음속으로 중얼거리며 날카로운 시선으로 집중했다. 한 장면도 놓치지 않고 똑똑히 보아 머릿속에 고의 간직해두고 싶었다.

"따당, 따따따……"

총소리가 다시 여기저기에서 콩 볶듯이 볶아댔다. 성능 좋은 M16을 갈겨대고 있었다.

한 시민군이 총을 들고 도망치다가 푹 꼬꾸라졌다.

'한 시민군이 실탄에 맞았네.'

정현은 입술을 깨물었다. 다른 두 사람은 뒤도 돌아보지 않은 채 부린 살처럼 도망쳤다. 메마른 보리밭을 냅다 뛰었다. 발을 옮길 적마다 흙먼지가 일어났다. 도망가는 시민군은 점점 작아지더니 언덕 너머로 사라져 보이지 않았다.

'시민군이 죽었구나.'

정현은 무서워 몸을 바르르 떨었다. 군인 두 명이 마구 기어 도로를 넘어갔다. 논으로 내려서더니 뛰었다. 머리가 땅에 닿을 것처럼 허리를 구부렸다. 꼬꾸라져 있는 사람에게 다가갔다. 밑을 내려다보았다. 피가 논바닥에 흥건히 흘러내렸다. 총을 등 뒤로 메었다. 넘어져 있는 사람의 발목을 잡았다. 질질 끌고 왔다. 피가 흘러내렸다. 끌려가는 땅 위에 붉은 궤적을 남겼다.

2

교도소 보안과 옥상 위에는 참호가 있었다. 그 속에서는 두 교도관이 서서 바라보았다. 그 옆에서도 여러 명의 교도관들이 함께 지켜보았다. 세 명의 시민군과 특전사의 여단 병력이 교전하는 장면이었다. 마치 영화를 보고 있는 것 같았다.

"교도소에서도 한판 버러질 모양이지?"

경석은 군인들이 교도소 쪽으로 휘어들자 정현을 힐끗 쳐다보았다.

"무어가?"

정현은 흥분하여 무슨 말을 하고 있는지 몰랐다. 병사의 총에 맞은 시민군이 눈앞에 아른거려 알아듣지 못했다.

"시내에서 있었던 일들이……."

경석은 마른침을 삼켰다.

"무슨 일이 있었는데?"

"군인과 데모대들이 벌이는 전쟁……."

"글쎄?"

정현은 기가 막혀 할 말을 잃었다. 생각만 해도 소름이 끼쳤다.

"그 소문들은 사실일까?"

"무슨 소문?"

"거 있잖아? 임신한 여자를 대검으로 찔렀다고 하던가?"

"……!"

정현은 말을 못했다. 무섭고 잔인한 소리는 입술에 올리기도 싫었다.

"아니 땐 굴뚝에서 연기 나겠어?"

경석의 귓속에는 유언비어 같은 이상한 소문들이 맴놀이처럼 울려대며 후벼 팠다. 생각하지 않으려고 하면 할수록 메아리치며 괴롭혔다. 눈앞에서는 잔혹하게 죽어 가는 시민의 모습이 나타나 괴롭혔다.

'국군이 광주에서 무슨 짓거리들을 하고 있는 거야!'

정현은 이를 갈았다. 금방이라도 오열을 토할 것처럼 온몸이 떨렸다. 교도소로 오고 있는 군인들을 보고 싶지 않았다. 옥상에서 조금이라도 빨리 내려가고 싶었다. 특전사를 보지 않으면 불안감에서 해방될 것 같았다. 금방 보았던 살상의 장면도 영화의 화면처럼 눈앞에서 아른거렸다.

'정치란 국민들을 편안하게 살도록 하는 것인데……'

정현은 반짝이는 눈알을 크게 뜨고 굴려댔다. 시선을 날카롭게 세워 앞을 주시했다. 죽은 사람의 얼굴은 확실하게 보지 않았다. 총질하던 장면이 전쟁영화의 한 장면처럼 전개되었다. 눈앞에서 아른거리며 괴롭혔다.

"군인들을 보면 무서워서……!"

정현의 눈동자 속에는 시민이 총에 맞고 쓰러지는 장면이 나타났다. 상상도 하기 싫었다. 눈을 딱 감아버렸다. 그러나 산모퉁이에서 나타났던 얼룩무늬의 군인들이 보였다. 들판에서 끌려온 시체가 바로 자신의 앞에 던져놓은 듯했다.

"내려가 볼까?"

경석은 옆에서 정현의 팔을 잡아 당겼다.

"무어라고?"

정현은 눈을 번쩍 떴다. 깜짝 놀라 몸을 움츠렸다. 옆을 보았다. 여러
명의 직원들이 함께 서 있었는데 언제 가버렸는지 보이지 않았다.

"모두 갔어. 우리도 내려가자고?"

"가만히 있어봐."

정현은 경석이의 손을 뿌리쳤다. 여전히 고속도로를 날카로운 시선으
로 응시했다. 놓쳐서는 안 될 귀중한 장면이었다. 아직도 군인들이 산모
퉁이에서 꾸역꾸역 기어 나오고 있었다.

"빨리 가. 군인들이 외정문을 들어오고 있어."

경석은 모래주머니를 쌓아놓은 참호에서 정현을 끌어냈다. 이곳은
북한에서 빨갱이들이 침투했을 때의 유사시를 대비하여 만들어놓은
진지였다.

"아니야, 군인이 얼마나 오는지 보고 가려는데……."

정현은 얼버무리다가 진지에서 나갔다. 담 너머 외정문을 바라보았
다. 얼룩무늬를 입은 특전사들이 꼬리를 물고 이어져 들어왔다.

"특전사부대가 오니 다른 군인들은 철수하려나 보지?"

외정문을 앞에서는 국방색 옷을 입은 일반군인들이 지키고 있었다.
공수부대가 들어오자 떠날 준비를 하느라 바빴다. 벌써 몇몇 사병들은
대기해 있는 군용차에 오르고 있었다.

"빨리 내려가 보자니까!"

경석은 정현의 옷깃을 잡아 끌어당겼다.

"조금만 더 있다가."

정현은 여전히 머뭇거렸다. 특전사들과 가까이서 대면하게 되면 기절
할 것 같았다. 대한민국을 지키는 국군인데 두렵고 무서웠다. 군인들도

형제가 분명한데 사악한 괴물처럼 보였다.

"잔소리하지 말고 빨리 따라와. 접근해야 볼거리가 더 많이 생겨."

경석은 정현의 팔을 움켜쥐고 끌어당겼다.

"보채기는……!"

정현은 눈을 흘기며 두런거렸다. 진지에서 나왔다. 어쩔 수 없이 끌려가듯 따라갔다.

"데모대들이 교도소를 쳐들어온다고 하던데 특전사에서 접수했으니……."

"광주시민이 북한 간첩의 사주를 받아서 폭동을 일으켰다고?"

"광주시민을 빨갱이로 몰아가는 유언비어야!"

정현은 경석과 함께 아까부터 보안과 옥상에 올라가 시내를 주시하고 있었다. 시민군이 교도소를 침공할지 모른다는 소문을 들었기에 시내에서 교도소로 오는 길목을 지켜보았다.

교도소 담 안의 가장 높은 곳은 보안과 옥상이었다. 그곳에는 모래주머니로 쌓아놓았다. 유사시 전쟁용 참호로 사용하기 위해서였다. 민방공 훈련 시에는 철모를 쓰고 기관단총을 메고 올라가 전쟁연습을 했다. 방금 총성이 들렸을 때에도 모래주머니 위에서 지켜보다가 뛰어내렸다. 참호 속에 몸을 감추고 있었다. 두려워 머리까지 처박았다. 실탄에 맞아 죽기 싫어서였다. 살며시 고개를 쳐들고 총격전을 구경했다.

"빨리 따라와!"

경석은 먼저 내려가며 재우쳤다.

"가만히 있어. 가고 있잖아!"

정현은 사다리에 발을 디디며 머뭇거렸다. 다리가 사시나무 떨듯 했다. 밟고 있는 발판이 마구 흔들렸다. 서둘러 내려오다 발이 미끄러졌다. 몸이 추락할 것만 같았다. 양쪽 손으로 사다리를 움켜쥐었다. 떨어지지 않도록 힘껏 붙잡았다. 자세를 바로잡고 조심스럽게 내려왔다. 평상시에는 이런 일이 없었다. 왜 이렇게 떨고 있는지 몰랐다.

'교도소에서 무슨 일이 벌어질까?'

정현은 옥상에서 내려와 휴게실로 들어가며 속으로 두런거렸다. 어쩐지 얼룩무늬의 옷을 입은 군인들을 대면한다는 것이 두려웠다. 마주 대하고 있을 수 없을 것 같았다.

'군인들도 다 내 동포 내 형제인데 왜 이럴까?'

정현은 몽둥이를 휘두른 공수부대를 생각하며 가슴을 조였다.

"휴게실에 있지 말고 담 밖으로 나가보자?"

경석은 휴게실로 들어가면서 정현의 옷깃을 잡아당겼다.

"싫어!"

정현은 경석의 손을 뿌리쳤다. 비어 있는 의자로 가 털썩 주저앉았다.

"좋은 볼거리가 생길 것 같은데……?"

경석은 머뭇거렸다. 혼자서라도 담 밖으로 나가 봐야 할 것 같았다. 그런데 공수부대들이 두려워 결정하지 못하고 망설였다.

3

'우리나라가 어떻게 되려고……?'

정현은 몸을 의자 등받이에 기대며 한숨을 쉬었다. 눈을 감았다.

'총질하는 전쟁터에서도 이런 짓은 하지 않았을 텐데……?'

정현은 아침에 출근할 때의 일을 생각했다. 되새겨 곱씹어 음미하고 있었다.

'어젯밤에 무슨 일이 생겼는지 모르고 출근을 하였는데······.'

정현은 다른 날보다 일찍 집을 나섰다. 터벅터벅 걸었다. 아무것도 모르고 평상시처럼 출근하고 있었다. 비탈진 언덕의 골목길을 내려왔다. 큰길에 다다랐다. 도로에는 자동차들이 한 대가 보이지 않았다.

"결국 뒤집어졌구나?"

정현은 두리번거리며 주변을 살폈다. 많은 시민들이 도로 안에 모여 웅성거렸다. 몇몇 사람씩 군데군데 모여서 쑥덕거렸다. 표정은 굳어 있고 눈빛에는 긴장감이 돌았다. 잔뜩 겁에 질린 것 같기도 했다. 입술을 굳게 다물고 멍하니 서서 한숨을 쉬기도 하였다.

"무슨 일이 생겼습니까?"

정현은 지나가는 한 아저씨를 붙잡고 물었다.

"어제 저녁에 난리가 났어요."

"무슨 난리가 났다는 겁니까?"

"드디어 광주시민들이 들고 일어났습니다."

"시민들이 일어나다니요?"

"시민들이 합세하여 군인들을 몰아내고 도청을 점거했답니다."

아저씨는 상기된 목소리로 당당하게 말했다. 흥분하여 어찌할지 몰랐다.

"결국 판이 크게 벌어졌구나."

정현은 돌아서며 머뭇거렸다.

'이 일을 어떻게 할까?'

정현의 머리끝이 섬뜩했다.

'직장엔 어떻게 나가지?'

정현은 망설였다. 그런 생각은 잠시뿐이었다.

그때였다.

까만 소형 승용차 한 대가 오고 있었다.

"저 지프는?"

정현의 눈동자를 크게 뜨고 한 곳을 응시했다.

시내에서 지프가 까치고개의 비탈이 힘에 겨운지 느릿느릿 기어 올라오고 있었다. 군중들은 도로가로 비켜 서주었다. 차가 지나가자 모두 고개를 숙여버렸다. 어떤 이의 눈에서는 눈물이 주르르 흘러내렸다. 지프 위에 설치되어 있는 확성기에서는 절절한 여자의 목소리가 울려나왔다.

"시민 여러분! 죽은 시민의 시체를 보십시오! 누가 왜 무고한 시민을 죽였습니까? 이제는 국민 모두가 민주주의 쟁취를 위해서 일어서야 합니다."

여자의 낭랑한 목소리가 시민들의 가슴을 두들겼다. 이 광경을 두 눈을 부릅뜨고 똑똑히 보아달라고 외쳐댔다. 이 시체는 같은 내 동포 내 형제의 한 사람이라고 했다. 독재를 타도하고 민주주의를 찾자고 울분을 토해냈다. 광주시민을 학살한 자가 누구냐고 물었다. 어째서 피를 뿌리며 죽어야만 했느냐고 울부짖었다. 이분들은 저 세상으로 가셨지만 결코 죽은 게 아니라고 했다.

"시민 여러분! 우리의 밝은 미래와 후손의 자유로운 삶을 누릴 수 있도록 모두가 일어납시다. 이 민족의 파멸을 막기 위해서 모든 힘을 결집시켜야 합니다. 그러면 승리는 우리 민중에게 돌아오고야 맙니다. 이 비극을 잊지 말고 영원히 기억해두어 다시는 이런 일이 없도록 국민의 힘으로 민주주의를 쟁취합시다."

그녀는 목구멍에서 피를 토해내 흩뿌려댔다.

지프가 점점 가까이 다가왔다.

정현의 앞을 지나갔다.

"저건 죽은 사람의 시체!"

정현은 자신도 모르게 비명을 지르고 있었다. 지프 뒤에는 손수레 하나가 매달려 있었다. 손수레 위에는 돼지를 잡아 털을 벗겨 놓은 것 같은 하얀 주검 두 구가 놓여있었다. 실오라기 하나 걸쳐지지 않은 채 발가벗겨져 이었다. 한 주검에는 군데군데 핏자국이 무늬처럼 얼룩졌다. 다른 송장엔 붉게 물들은 선지덩이가 말라붙어 있었다.

"저게 무어야?"

한 시민이 보지 못하고 얼굴을 돌렸다.

"저 시체는 데모대들이 역전 화장실에서 찾아낸 것이라던데."

다른 사람은 눈을 번득이며 서서 그 시체를 응시했다.

"누가 저런 짓거리를 했어?"

"세상에 저럴 수가 있을까?"

"국민은 군인을 믿고 사는데. 저래도 되는 건가?"

"그래서 시민들이 나섰던 것 아니야?"

"처음에는 학생들에게 욕했었지. 세상을 시끄럽게 하여 장사를 못하게 한다고. 살아가기를 어렵게 만든다며 꾸짖었는데……. 나라꼴이 잘못 되어 간 줄 알고 있지만 입에 풀칠이 원수라고 말 한 마디 못했었지. 망할 놈의 세상!"

이렇게 말하고 난 중년 신사는 혀를 찼다.

"내 자식이나 형제자매가 저렇게 당하는데 가만히 보고만 있을 사람이 어디 있어. 이건 강 건너 불구경이 아니야. 내 발등에 떨어진 불덩이야. 학생들이 잘못한 것은 하나도 없어."

한 사람은 길에다 가래침을 탁 뱉었다.

"더러운 세상! 국민을 죽이고 정권을 잡으면 무엇해? 국민 없는 국가는 없는 법이야."

정현은 입술을 깨물었다. 교도소에서 징역살이 하는 살인, 절도, 강도, 사기꾼들을 생각하며 중얼거렸다.

'유신정권을 더럽고 추잡한 놈들이라고 했는데…… 이것이 정치구나!'

정현의 가슴은 뭉클해졌다. 알 수 없는 이상한 전율이 치솟아 올랐다. 온몸으로 번지면서 사시나무처럼 떨었다. 거대한 바위덩이가 누르고 있는 것 같아 숨을 쉴 수가 없었다.

'죽은 시민의 하얀 몸뚱이에 엉켜 있는 마른 피!'

정현의 눈에는 눈물이 핑 돌았다. 한편으로는 무서워 겁이 났다. 감정을 주체하지 못했다. 어떻게 해야 할지 몰라 당황했다.

'이 장면은 내 눈에 흙이 들어갈 때까지 잊지 못할 거야.'

정현은 눈동자를 크게 부릅떴다. 손수레에 실린 송장이 까치고개를 넘어 가 보이지 않을 때까지 날카로운 시선으로 응시했다.

"누가 누구를 죽인 시체일까?"

정현은 작은 목소리로 중얼거렸다. 손등으로 흐르는 눈물을 쓱 닦아냈다. 고개를 숙이며 서러움을 곱씹어 삼켰다.

"저 사람만 죽은 것이 아니지?"

"도청 앞에 가봤어?"

"시체가 늘비하게 놓여있는 것이……."

"……!"

시민들은 할 말을 잃어버렸다. 입을 굳게 다물고 장승처럼 멍하니 서

있었다. 늘킴으로 서러워했다. 지프는 보이지 않았다. 확성기에서 나온 그녀의 목소리는 메아리가 되어 골목골목을 휘저으며 파고들었다. 가정집의 대문을 두들기며 시민들을 불러댔다.

4

"빠아앙―."

버스 한 대가 저 아래쪽에서 경적을 울려대며 나타났다. 성난 황소처럼 빠르게 달려왔다. 유리창이 모두 깨어져 흉물스러웠다. 뼈대만 앙상하게 남아 영락없는 괴물이었다.

우리의 소원은 민주, 꿈에도 소원은 민주, 이 목숨 다 바쳐 민주, 민주여 오라. 이 나라 살리는 민주, 이 겨레 살리는 민주, 민주여 어서 오라. 민주여 오라.

청년들이 차창 밖으로 얼굴을 내밀었다. 두 주먹을 쥐고 휘저으며 노래를 불렀다. 이 나라 이 겨레 살리는 민주가 어서 오라고 불러댔다. 목놓아 외치며 울부짖었다. 선혈을 토하여 흩뿌렸다. 까치고개를 넘어가면서 목이 터져라 소리쳤다. 지구가 들썩거리는 함성 같은 합창이었다.

"또 오네!"

정현은 도롯가에 가로수처럼 서있었다. 이번에는 화물차가 나타났다.

사랑도 명예도 이름도 남김없이, 한평생 살자 하던 뜨거운 맹세, 임들은 간데없고 깃발만 나부껴, 세월은 흘러가도 산천은 안다, 깨어나서 외치는 뜨거운 함성, 앞서서 나가니 산 자여 따르라, 앞서서 나가니 산 자여 따르라……

화물차에는 젊은이들이 입추의 여지없이 가득 타고 있었다. 그들은 주먹을 불끈 쥐고 흔들어대며 합창을 했다.

"짝짝짝……"

시민들은 도롯가에 서서 손뼉을 쳐댔다. 전쟁에서 승리하고 돌아온 개선장군을 맞이하는 환영 같았다. 손뼉 치는 소리도 함성이었다.

화물차 한 대가 또 꼬리를 물고 따라왔다.

"독재 타도 민주 쟁취, 독재 타도 민주 쟁취, 살인마 처단, 민주 쟁취……"

차에 타고 있는 젊은이들이 울부짖음은 하늘을 흔들어댔다.

"정말로 뒤집혀졌나?"

정현은 자신에게 물어보았다. 대답은 할 수 없었다.

'어찌 되었던 직장인 교도소로 가야 하는데……'

정현은 흥분 된 가슴을 진정시켰다. 그대로 서 있을 수가 없었다. 도로에 붙어 있는 발을 슬그머니 떼어냈다.

'나도 광주시민이다.'

정현은 걷다가 발을 멈추었다. 마음속으로 주먹을 불끈 쥐고 흔들며 합창했다.

"또 화물차가 오네!"

정현은 넋을 잃고 바라보았다. 시민을 가득 실은 화물차였다. 가면을 쓰고 총을 들고 있는 사람들이 보였다. 어떤 이는 몽둥이로 차를 두들기며 악을 써댔다.

"사랑도 명예도 이름도 남김없이……."

젊은이들은 미친 듯이 소리쳤다. 머리에는 흰 띠를 질끈 동여맸다. 이마 쪽에는 '민주 쟁취'라고 쓴 붉은 글씨가 선명하게 보였다. 총을 추켜들고 두 팔을 벌리며 승리감을 만끽했다. 흥분하여 훨훨 날아다녔다. 연속으로 '임을 위한 행진곡'을 합창했다. 몽둥이로 차체를 두들겨 장단을 맞추며 악을 썼다. 길가에서 보고 있던 한 시민이 차 위로 담배 한 갑을 던졌다.

차가 갑자기 멈추었다.

한 아주머니가 빵이 가득 든 봉지를 차 위로 얹어주었다. 아저씨는 음료수가 두 상자를 가져와 실었다. 다른 사람은 알 수 없는 상자 몇 개를 가져와 건넸다. 라면 상자도 올라갔다. 모두가 데모대들의 먹을거리였다. 직접 참여하지 않는 사람들은 이렇게 자신의 마음을 표시했다. 주먹밥처럼 똘똘 뭉쳐 한 덩어리가 되어 있었다.

그 뒤로 소형 짐차가 달려 왔다.

"시민 여러분, 도청 앞으로 모입시다. 민주로 광장에 모여 총궐기합시다. 광주시민을 무차별 학살한 살인마들을 몰아내고 우리의 권리를 찾읍시다. 주권은 국민에게 있습니다. 모든 권력은 국민으로부터 나옵니다. 주인이 되어 독재자들을 몰아내고 주권을 찾아야 합니다."

핸드마이크를 손에 든 청년이 이렇게 외쳐댔다.

'광주시민 모두가 나왔구나!'

정현은 또 발을 멈추고 두리번거렸다. 사람들이 골목골목에서 넓은 도로로 나오고 있었다. 차도에는 인산인해였다. 사람들에게 막혀 걷기가 어려웠다.

"시민 여러분, 여러분의 자녀인 학생들이 모두 죽어가고 있습니다. 국민이 나서서 그들을 보호합시다. 여러분 학생들이 정권을 잡겠다고 독재와 싸우고 있습니까? 독재자들이 국가와 국민을 위해서 정권을 잡으려고 합니까? 출세하겠다는 자신의 사욕을 채우기 위함이 아닙니까?"

청년이 시민들을 향해 외치는 그 목소리는 울분과 분노와 한이 가득 서려있었다. 서러워 흐느꼈다.

'아ㅡ. 누가 이 도시를 이렇게 만들어 놓았는가? 왜 학생들이 나서야만 했을까? 시민들이 노도로 변해야만 했던 이유는? 그들이 말한 것처럼 국민이 자신의 사리사욕을 채우기 위하여 이렇게 만들어 놓았단 말인가?'

정현의 머릿속은 헝클어진 실타래처럼 복잡해졌다. 생각할수록 괴로웠다. 마치 새로운 삶을 찾으려고 어둠으로부터 헤쳐 나오려는 몸부림 같았다.

'지금 내 눈으로 보고 있는 이 광경은……'

정현은 갑자기 무서워졌다. 뒤에서 누군가 지켜보고 있는 것 같았다. 이 모든 것들을 내 마음속 깊숙한 곳에 고의 간직해 두어야 하는데…….

'앞으로 어떻게 될지 모르는 무서운 세상……'

정현은 눈알을 크게 뜨고 주변을 두리번거렸다. 중앙정보부 요원들이 깔려 지켜보고 있는 것 같았다. 누군가가 잡아 갈 것만 같은 두려웠다. 눈에 보이지 않는 모질고 잔인한 괴물이 낚아채갈 것만 같았다.

"어떻게 해서든 직장에는 나가야 한다."

정현은 그냥 걸었다. 건널목에 다다랐다. 교차로 한가운데에서는 하얀 완장을 찬 젊은이가 교통정리를 하고 있었다. 시민들은 그의 지시에 따르며 질서를 유지했다. 아무도 반항하는 사람이 없었다. 혼란스러운 도시는 시민들의 솔선수범으로 평온을 찾아가고 있었다. 상점이 털리거나 약탈자는 보이지 않았다.

'버스가 불타버렸네!'

정현은 발을 멈추었다. 다 타서 뼈대가 새까맣게 그을려 있는 버스 한 대가 도로 한쪽에 을씨년스럽게 누워있었다. 마치 괴물의 시체처럼 흉측스러웠다. 흥분하여 노도로 변한 데모대들의 모습이 연상되었다.

"저것은?"

정현의 눈동자는 더욱 커졌다. 조금 떨어진 곳에는 지프가 불에 타버린 채로 아무렇게나 놓여 있었다.

"어젯밤 치열하게 싸웠나보다."

정현은 걸을 수 없어 한참동안 멍하니 서있었다. 두렵고 무서웠다. 성난 시민들을 대하기가 민망스러웠다. 아스팔트 위에는 불에 탄 자국이 여기저기에 널려있었다. 아직도 매캐한 최루탄의 냄새가 공기 중에 남아 눈과 코를 괴롭혔다.

"직장인 교도소를 찾아 빨리 가야 한다."

정현은 샛길을 찾아 들어섰다. 눈앞에서 전개되고 있는 모든 사실들을 낱낱이 눈여겨보았다. 하나도 놓칠 수 없었다. 이 비참한 광경을 하나도 빠뜨리지 않고 똑똑히 바라보았다. 필름으로 찍어 저장하겠다는 듯이 응시했다. 보고 또 보며 그 현장을 머릿속에 갈무리했다. 주시하며 응시하고 있노라니 자신도 모르게 현실의 속으로 빠져 들어갔다. 공포와 분노 사이에 서서 홀로 맴돌고 있는 자신의 모습이 부끄러워졌다.

"직장은 버릴 수 없어. 나와 내 가족이 살아야 하니까."

정현은 고개를 숙이고 총총 걸었다. 어쩔 수 없었다. 살고 싶었다. 현실을 외면하며 밥벌이를 향해 발길을 재우쳤다.

'누가 누구에게 총부리를 겨누고 누가 누구를 향해 돌과 화염병을 던지고 있는가?'

정현의 동공 속에는 얼룩무늬 제복을 입은 군인과 노도로 변한 시민들의 모습이 번갈아 떠올랐다.

5

"이것이 오월의 좋은 날에 광주라는 도시에서 벌이는 잔치인가?"

정현은 미친 사람처럼 중얼거리며 걸어갔다. 여왕의 계절 오월에 전쟁의 굿판이 벌어졌다. 그래서 광주를 오월의 도시라고 부르고 싶었다. 오월에 전쟁의 잔치를 벌이고 있는 도시!

그때였다.

"톳, 톳, 톳……"

시내 상공에 헬리콥터 한 대가 나타났다. 프로펠러 돌아가는 소리가 유난히도 거칠고 시끄러웠다. 정신 사나웠다.

"시민 여러분, 여러분들의 자식이며, 동생이며 형인 군인들을 보호해줍시다. 군인들은 자신의 의무를 이행하고 있을 뿐입니다. 공산괴뢰도당의 꾐에 빠지지 말고 각성하여 이성을 되찾읍시다."

여자의 가느다란 목소리가 시끄러운 헬리콥터의 소음 사이로 새어나왔다. 시내의 상공에서 확성기로 시민을 향해 설득 방송을 하고 있었다. 진정하고 군인을 보호해달라고 호소했다.

"시민 여러분, 간첩들과 불순분자들의 선동에 넘어가서는 안 됩니다.

군인들은 국민과 국가를 위하여 자신의 의무를 다하고 있을 뿐입니다. 사회를 혼란시켜 침략하려는 북한 괴뢰공산당의 계략에 넘어가면 안 됩니다. 절대로 속지 마십시오. 나라가 혼란하면 이득을 보는 것은 북한 괴뢰도당입니다."

헬리콥터의 확성기에서 끊임없이 흘러나왔다. 날개 돌아가는 소리와 어우러져 어지럽게 흩날렸다. 정신없이 떠들어대지만 귀를 기울이는 사람은 아무도 없었다. 헬리콥터의 날개 소리에 무슨 말을 하는지 알아들을 수가 없었다. 귀를 세워 기울려야 어렴풋이 알아들을 수 있었다.

"또 북한 공산당이 술책을 부린다고? 자신들의 잘못은 인정하지 않고……. 국민이 떠들면 항상 그렇게 핑계를 대며 탄압했으니……. 옳은 말이지. 옳고말고!"

정현은 무슨 말을 하는지 들어보려고 귓구멍을 크게 벼렸다. 소란스러워 정신이 사나웠다. 한 단어 한 단어를 찾아내어 문장을 만들었다.

"자식이며, 동생이며, 형인 군인들이 분명하지. 그렇다면 시민은 누구란 말인가? 동생이요, 형이며, 부모님이 아닌가?"

정현은 중얼거리며 하늘을 쳐다보았다.

'국가의 위대하신 영도자이시며 지도자님들이 잘못하여 국민들이 떠들면 간첩이 선동하는 언행이라고 짓밟아 뭉갰지. 금방이라도 북한 공산당들이 침략할 것처럼 공갈 협박했고.'

정현의 입술에는 조소가 묻어 있었다. 헬리콥터에서 흘러나오는 소리가 야속스러웠다.

'군인은 명령에 죽고 산다고 했는데. 그렇다면 이 명령을 내리시는 위대하신 그 분은 누구이실까?'

정현의 머릿속은 복잡해졌다.

'학생들의 외침은 무엇이었던가? 시민들이 흥분해서 나서지 않으면 아니 되었던 이유는? 그들은 시민들이 외치는 함성에 귀를 기울여 들어 봤던가? 이런 싸움을 붙여 이득을 보겠다는 양반이 분명히 있다. 장막 뒤에 숨어서 음흉한 눈을 번뜩이며 때가 되기를 장맞이 하고 있을 것이다.'

정현은 혼란스러운 생각들을 나름대로 정리해보았다.

'교도관도 공무원이라고……'

정현은 교도소 보안과에서 근무하는 교도관이었다. 공무원이기 때문에 행동거지를 조심해야 되었다. 야간근무를 하는 교도관들은 교도소 안에서 24시간 근무하고 다음날 비번을 받아 집에서 휴식을 취하였다.

'문제는 위대하신 대통령 박정희야. 유신하여 영구집권을 꾀하더니……'

정현은 유신을 반대하고 긴급조치로 교도소에 수용 된 운동권의 지식인과 학생들을 많이 상대했었다. 박정희는 헌법을 무시하고 유신에 반대하는 사람들을 힘으로 제압했다.

'결국 부하인 중앙정보부장에게 암살당하니 잘난 놈들이 대통령을 하려고……'

대통령이었던 박정희는 측근 몇 명과 어느 비밀스러운 장소에서 술을 마시고 있는 도중에 중앙정보부장인 부하가 권총으로 쏜 실탄을 맞아 사살되었다. 그 후 사회가 정권싸움으로 어수선해졌다. 기득권이 누구에게 들어갈 것인가 불투명했다. 그래서 시국은 더욱 불안했다. 신군부의 출현으로 시국은 안개 속이었다. 시내에서는 학생들의 시위가 그치는 날이 없었다.

'데모하는 학생들 주장이 틀리지 않아.'

정현은 비번 날이면 하루도 빠지지 않고 시내로 나갔다. 시위가 있으면 옆에서 지켜보며 구경했다. 학생들의 외침을 들었다. 경찰의 시위진압도 보았었다. 집회는 대체적으로 평화롭게 진행되었다.

'군인이 투입되면서부터 분위가 험악해졌어.'

정현은 고개를 갸웃거렸다. 군인이 데모를 진압하면서부터 정세는 급변했다. 광주 시내는 전쟁터로 바뀌었다. 며칠 전에 얼룩무늬를 입은 특전사들이 시내에 들어왔었다. 그들이 데모를 진압하고 나섰다.

'공수부대는 제정신이 아니었어.'

정현은 특전사의 진압과정을 반추하여 음미했다. 공수부대의 군인들 손에는 기다란 몽둥이가 들려져 있었다. 데모하는 사람들을 보면 무작정 달려들어 몽둥이로 두들겼다. 미친 개잡듯이 휘둘러댔다. 도망가면 끝까지 따라 붙었다. 넘어지면 달려들어 몽둥이로 내리치며 군화발로 짓이겼다. 머리, 몸뚱이, 다리를 가리지 않고 마구 패댔다. 쭉 뻗을 때까지 계속되었다. 그래도 분이 풀리지 않은지 질질 끌고 갔다. 다른 쪽에서는 옷을 벗기고 있었다. 팬티만 걸치게 하고 짐차에 실었다. 데모하다가 쫓기면 급한 나머지 멈추어 있던 버스 안으로 들어간 사람이 있었다. 출발하고 있는 차를 세웠다. 특전사들이 몽둥이를 들고 버스 안으로 들어갔다. 먼저 운전기사를 향해 덤벼들었다. 총의 개머리판으로 내리찍었다. 다음은 차 안에 있는 사람들을 향해 돌진했다. 미친 듯이 마구잡이로 휘둘러댔다. 버스 안은 한바탕 아수라장으로 변해버렸다.

'이건 전쟁보다 더 잔인한 행위야!'

정현은 보지 못하고 눈을 감았다. 무서워 도망을 쳤다.

'다행히 나는 공무원이서 무사했어.'

정현은 다시 돌아보니 무모한 짓을 했던 게 분명했다. 자신이 군인에게 붙잡히지 않은 것은 머리가 짧았기 때문이었다. 교도관은 제복을 입은 공무원이어서 항상 두발을 단정하게 깎고 다녔다.

'도청 앞으로 가볼까?'

정현은 일단 몸을 골목으로 감추었다. 그리고 도청 앞으로 가기 위해 지름길을 택하여 살금살금 기었다. 조금 안으로 들어갔을 때였다.

"학생 그쪽으로 가면 안 돼."

한 경찰관이 서서 다가오는 학생을 제지하고 있었다. 도로 저쪽에는 공수부대가 있다면서 다른 곳으로 가라고 안내했다.

'걸음아 날 살려라.'

정현은 도청 앞으로 가는 것을 포기하고 돌아섰다.

"도청 앞에는 시민의 시체가 산더미처럼 쌓여있다고 했는데……."

정현은 포기할 수 없었다. 다른 길을 찾아 도청 쪽으로 향했다. 시민의 시체가 쌓여있다고 하니 두 눈으로 똑똑히 보고 싶었다.

6

"이 사람아, 무엇하고 있어?"

경석은 휴게실로 돌아왔다. 의자에 앉아 눈을 감고 있는 정현의 어깨를 탁 쳤다.

"귀찮게 왜 그래?"

정현은 도청 앞에서 보았던 시민들의 주검들을 눈앞에 펼쳐놓고 다시 살펴보고 있었다.

"밖에 야단이 났네!"

"무어가 어쨌다고 난리인가?"

정현은 머리를 흔들며 신경질을 냈다.

"차가 왔어. 데모대를 가득 실은 군용차가 왔어."

"그게 어쨌다는 거야?"

"혹시 거기에 아는 사람이 있는지도 모르지?"

경석은 언제 다녀왔는지 담 밖의 사정을 잘 알고 있었다.

"정말?"

정현의 귀가 번쩍 띄었다.

"정말이야 내가 무어라고 거짓말하겠어. 데모대들이 트럭에 가득 실려 있어."

"그렇다면……?"

정현은 경석의 말을 듣고 벌떡 일어났다. 乙대학에 다니는 조카가 있었기 때문에 걱정이 되었다. 휴게실을 나왔다. 정문을 향해 뛰듯이 걸어갔다. 정문을 나갔다.

"어디야?"

정현은 뒤에 따라오는 경석을 돌아보았다. 마음이 조급했다.

"이쪽이야!"

경석은 정문을 나서며 앞을 섰다. 청사 뒤를 돌아갔다. 접견자 대기실 앞을 지나갔다. 면회를 온 사람이 없어 조용했다. 차고가 있는 쪽으로 갔다. 접견자 대기실을 거쳐 밖으로 나갔다. 등나무 밑에 섰다. 바로 앞에 군용트럭이 주차해 있었다. 위로 포장이 덮혀있었다.

"저 화물차!"

경석은 화장실 앞에 멈추어 있는 트럭을 가리켰다.

군용트럭에서 데모대들이 내려오고 있었다. 그들의 옷은 흙으로 범벅이 되어 시커멓게 물들었다. 얼굴은 검정칠을 하여 놓은 것처럼 먼지로 덮여졌다. 누가 누구인지를 알아보기 어려웠다. 양아치들의 형색이었다.

"이 자식들 봐라. 누가 고개를 빳빳이 세우라고 했어. 목에다 깁스했나!"

한 병사가 차에서 내리는 데모대들 향해 악을 썼다.

"……!"

데모대들은 병사의 눈치를 살피며 머리를 처박고 땅바닥에서 땅강아지처럼 기었다. 교도소의 하얀 담 밑으로 갔다. 군인 한 명이 뒤에서 몽둥이로 마구 내려쳤다.

"행동 봐라. 이렇게 박게 못하겠냐?"

"오열 종대로 정열!"

저쪽에서는 군인 두 사람이 정렬을 시켰다.

"이 자식들아, 빨리 내려!"

차 안에서 발길질하는 소리가 들렸다. 미처 내리지 못하고 굴러 떨어지는 사람도 있었다.

"모두 내렸을까?"

정현은 사람이 내려오지 않아 속으로 중얼거렸다. 가까이 다가가 차 안을 살폈다.

"저 사람들은……?"

정현은 머리끝이 섬뜩하여 뒤로 물러섰다. 피투성이가 된 두 사람이 내려오지 못하고 앉아있었다. 다리를 붙들고 끙끙대며 신음했다. 머리에서 흐르는 피를 손바닥으로 막고 있었다. 정신을 놓았는지 멍하니 천장만 바라보고 있었다.

"다리가 성한 놈들이 이걸 못 내려!"

군인이 지켜보다가 악을 쓰며 발길질했다.

"어이쿠!"

한 사람이 뒤로 나가 떨어졌다.

"사람 살려!"

아픈 다리를 만지고 있던 사람이 워커발을 피하며 마구 기어 굴렀다.

"퍽!"

쌀가마니가 땅에 떨어지는 것처럼 소리가 둔탁했다.

"허허, 이 자식은 아직도 살아있어!"

군인은 차 위에 누워있는 사람을 냅다 들이찼다. 그리고는 팔을 잡아 질질 끌기 시작했다. 시체가 다 된 사람은 돌덩이처럼 차 위에서 내던져졌다.

7

그때였다.

덤프트럭 한 대가 도착했다.

"저것 봐!"

경석은 정현의 팔을 잡아 당겼다.

"저 차는 덤프트럭 아니야?"

정현은 막 도착한 덤프트럭으로 시선을 돌렸다.

"덤프트럭의 앞부분이 들리네!"

"모래나 자갈을 푸듯이……."

멈추어 선 덤프트럭이 엔진소리를 요란하게 냈다. 자갈이나 흙 같은 짐을 푸려는 듯이 앞부분이 조금씩 들리기 시작했다. 위로 올라가 추켜 세워지면서 뒤에서는 사람들이 와르르 쏟아졌다.

"누가 고개를 쳐들고 군인을 보라고 했어. 내 얼굴을 봐두었다가 보복하려고?"

한 병사가 몽둥이를 휘둘렀다.

"행동 봐라. 빨리 기어서 집합!"

또 다른 군인이 합세하여 독기를 품어대며 조져댔다.

"어이쿠, 나 죽네!"

땅에 떨어지는 사람이 비명을 지르며 군인의 눈치를 살폈다. 마구 기기 시작했다. 모두가 무서워 피하느라 정신이 없었다.

"동작 봐라!"

"대가리 심어."

"일어섯!"

"대가리 박아."

"이것밖에 못하겠냐."

한 병사는 앞에서 구령했다. 두 병사는 뒤에서 몽둥이로 설쳐대며 재우쳤다. 짐승 떼도 저렇게 몰아대지는 않았을 것이다.

"다시 오열 종대로 집합."

"호루르르……"

"빨리 집합!"

담 밑에서 인원을 파악하던 병사가 훈련병을 다루듯이 독촉했다.

"……!"

데모대들은 몽둥이를 피하느라 어쩔 줄을 몰라 했다. 정신없이 허둥대었다. 절룩거리며 기어가는 사람들이 병사의 발길에 체이었다. 주먹으로 맞는 사람도 있었다.

"무얼 봐. 고개 숙여! 낯을 봐 두었다가 사회에서 앙갚음하려고!"

한 데모대가 몸을 세우고 고개를 쳐들었다. 병사는 뒤에서 여지없이 몽둥이로 내려졌다. 아무도 머리를 들지 못했다.

8

"거적에 덮인 저것은?"

경석이 깜짝 놀랐다. 무서워 몸을 바르르 떨었다. 작은 목소리는 목구멍으로 기어들어갔다. 도청 앞에서 보았던 데모대들의 주검들이 눈앞에서 아른거렸다.

"데모대의 시체가 분명한데?"

정현의 눈동자는 더욱 커졌다. 차 안에 거적으로 덮여진 것을 똑똑히 보기 위하여 시선을 날카롭게 세웠다.

"송장은 어디다 치우죠?"

병사 두 명이 저쪽에서 가마니로 만든 들것을 가져왔다.

"우선 저쪽 화장실 뒤로 옮겨!"

한 군인이 지시했다.

"알았습니다!"

병사들은 들것에 실어 날랐다. 그들이 돌아왔다. 또 하나가 내려졌다. 그것도 거적으로 덮인 것이었다. 전과 같이 화장실 뒤로 가져갔다. 하나가 더 내려졌다. 그 주검은 완전히 덮어지지 않았다. 옷자락이 보였다. 소매 사이로 하얀 손가락이 나왔다. 그 시체도 변소 뒤로 가져다 놓았다. 아무도 볼 수 없도록 덮었으나 신체의 일부가 드러났다.

"들것으로 나르는 거적에 덮인 것은?"

경석은 넋을 잃어버렸다. 정현을 바라보며 작은 목소리로 물었다. 음성에는 슬픔이 묻어 있었다.

"군인이 송장이라고 하잖아?"

정현은 입술을 열지 못하고 더듬거렸다. 군인들을 행동을 살피며 마른침을 삼켰다. 눈에서는 눈물이 핑 돌았다. 목이 꽉 막혀왔다. 가슴이 답답했다. 무슨 말을 하고 싶은데 입술이 굳어버렸다.

'대학생인 조카가 아닐까?'

정현은 거적을 떠들어보고 싶은 충동을 느꼈다. 대학에 다니는 조카의 모습이 떠올랐다. 혹시 조카일지 모른다는 상상을 지울 수가 없었다.

"세상에 비밀은 없는 법이야."

경석은 하늘을 쳐다보았다.

9

"전체 일어섯!"

한 병사는 정열한 데모대 앞에서 목청을 돋으며 악을 썼다.

"……!"

모두 일어섰다.

"맨 뒤 무엇 하는 거야?"

236

회두리의 몇 사람이 그대로 앉아있었다. 그들은 차에서 내려오면서부터 걷지를 못했다. 옆 사람의 부축을 받으며 겨우 몸을 가누었다.

"앉아. 일어섯. 앉아. 일어섯."

데모대들은 구령에 따라 앉았다가 일어나기를 반복했다.

"이 자식들 봐라. 누가 고개를 들라고 했나!"

두 병사는 뒤에서 몽둥이를 들고 설쳐댔다. 무서운 괴물이었다.

"……!"

데모대들이 고개를 숙였다.

"누구든지 대가리를 쳐들고 군인을 보면 죽을 줄 알아라!"

한 병사의 몽둥이가 한 데모대의 등을 갈겼다.

"……!"

그는 비명을 지르지 않았다. 입술을 깨물며 고개를 숙였다.

"앉아 번호!"

앞에서 지휘하는 병사는 악을 썼다.

"하나, 둘, 셋……"

데모대들은 엉키어 줄을 맞추지 못하고 뭉그적거렸다.

"전체 일어섯!"

데모대들은 지휘자의 구령에 따라 일어섰다.

"앉아 번호."

맨 앞줄부터 앉으며 번호를 붙었다. 다섯 명씩 맞추어 앉았다.

"열아홉, 넷 결!"

맨 뒤에 한 사람이 서 있었다. 멀리서 멧비둘기의 울음소리가 들려왔다.

10

"앉은 채로 오리걸음으로 앞으로 갓!"

한 병사가 각단지게 악을 썼다.

"……!"

데모대들은 지시대로 따랐다. 대열이 움직여다. 열이 흐어졌다.

"이 자식들 봐라. 무엇하고 있는 거야. 여기서 죽을 거야!"

"전체 일어섯!"

"대가리 박아. 대가리 심으라는 소리 안 들리나?"

병사는 훈련병에게 군기 잡듯이 잡도리했다.

데모대들은 일어나 머리를 땅에 대고 대가리를 박았다. 한참동안 대가리를 심고 있었다.

"전체 일어섯. 오리걸음 앞으로!"

병사는 인정사정없이 모질게 다루었다.

데모대들은 병사의 지시에 따라 오리걸음으로 걸어 앞으로 나아갔다.

"아유, 매워!"

경석은 고개를 돌리며 코를 움켜쥐었다. 데모대들이 가까이 오자 최루탄가루가 날아왔다.

"고춧가루처럼 맵고 숨이 막히네!"

정현은 두 손으로 얼굴을 감쌌다. 눈에서는 눈물이 주르르 흘러내렸다. 코에서 나오는 콧물과 범벅이 되었다. 눈동자는 시리고 아팠다. 코를 찌르는 매운 냄새가 기침을 끌어냈다. 속이 울렁거렸다. 매스꺼워 무엇인가를 토해낼 것만 같았다. 창자가 아파서 배를 움켜쥐었다.

"최루탄 가스냄새가 이렇게 매운가?"

경석은 정현의 얼굴을 보더니 코와 입을 수건으로 막으며 중얼거렸다.

"이건 독가스야."

정현은 코를 풀며 얼굴을 찡그렸다.

"이러다 죽는 것 아니야?"

경석은 숨을 쉬지 못하고 어눌하게 말했다.

"응―응!"

정현은 얼버무렸다. 시내에서 몇 번 최루탄 가스냄새를 맡아보았지만 이렇게 독하지는 않았었다. 어떻게 해야 좋을지 몰랐다. 몸부림쳤다. 가슴이 답답하여 터질 것만 같았다. 무겁게 짓누르고 있는 아픔 때문에 숨을 쉴 수 없었다. 부모님이 죽어 서럽게 흐느끼는 연인처럼 하염없이 흘러내리는 눈물을 주체하지 못했다. 눈앞을 가려 아무것도 보이지 않았다. 손등으로 눈물을 닦았다. 눈동자가 시리고 아팠다. 눈까풀을 움직일 수 없었다. 코에서는 콧물이 주르르 흐르며 눈물과 아우러졌다. 어렵사리 눈을 뜨고 바라보았다.

"데모대들 몸에서……."

경석은 말을 할 수가 없어 얼버무렸다.

"데모대들 몸에 최루가루를 뿌려놓은 모양이지?"

정현은 눈물과 콧물을 닦으며 눈을 떴다. 바로 앞에 데모대들이 오리걸음으로 뭉그적거리며 지나가고 있었다. 그들의 옷에 묻어 있던 최루탄 가루가 떨어져 바람에 날려 흩뿌려졌다. 몸에다 최루탄 가루를 퍼부어 놓은 모양이었다.

"저리로 가지?"

경석은 수건으로 흐르는 눈물을 닦았다. 괴롭고 고통스러워 견딜 수가 없었다.

"빨리 가!"

정현은 고개를 숙였다. 이곳에서 벗어나고 싶었다. 공기가 맑은 다른 곳으로 피하지 않으면 숨 막혀 죽게 될 것만 같았다. 가슴을 찢어 발기는 듯한 고통스러움은 참으로 참기가 어려웠다. 하염없이 흘러내리는 눈물과 콧물을 주체하지 못했다. 정신을 차릴 수가 없었다.

"교도소에 최루탄이 터진 것도 아닌데……?"

"잡혀온 데모대들 몸에서 떨어진 가루가 날린 거야."

"데모대들은 면역이 생겼을까? 저 사람들은 아무렇지 않은데……?"

데모대들은 오리처럼 앉아서 어기적거리며 태연하게 기어가고 있었다.

"말로만 들었던 최루탄가스가 이런 것인 줄은 몰랐어. 정말 지독하구면!"

경석은 저만치 달아났다. 앞이 보이지 않아 걷지를 못했다. 턱석 쪼그리고 앉으며 고개를 숙였다. 한참동안 그대로 엎드려 있었다. 눈을 끔벅이며 눈물을 쏟아냈다. 계속 코를 풀며 콧물을 닦았다.

"데모를 할 때에 맞은 최루탄 가스가 지금까지 옷에 묻어 있을까?"

정현은 일어났다. 기어서 청사 앞으로 갔다. 거기에는 서무과에서 나온 직원들이 손으로 얼굴을 감싸며 숨을 몰아쉬고 있었다. 사무실까지 날아 들어간 모양이었다.

"글쎄, 옷에다 퍼부어 놓았나 보지!"

경석은 코를 풀며 따라갔다. 입을 제대로 벌릴 수가 없었다. 손등으로 흐르는 눈물을 닦아내려고 눈시울 문질렀다. 동공이 시리고 아려왔다. 눈물은 여전히 하염없이 흘러내렸다.

"천막을 쳐놓은 차 안의 좁은 공간에다가 최루탄을 터뜨렸나?"

240

정현은 서러워 얼마나 울었는지 몰랐다. 슬픔을 시원하게 쏟아내고 나니 눈앞이 조금씩 밝아지기 시작했다. 하늘을 쳐다보며 심호흡을 했다. 멀리 고속도로 너머로 보이는 산이 두 개로 보였다. 몇 번 더 긴 호흡을 하고 나니 산등성이 위에 걸려 있던 태양이 모습이 보였다. 하루의 의무를 끝내고 사라지고 있었다.

교도소의 정문인 큰 철문이 열렸다. 데모대들은 오리걸음으로 교도소 안으로 들어갔다.

"오늘도 이렇게 하루의 징역살이가 끝나네."

정현은 정신을 가다듬으며 하늘을 쳐다보았다. 어느새 하늘에는 저녁 노을이 붉게 물들었다. 대지 위에 땅거미가 살그머니 내려앉고 있었다.

"이제는 살 것 같네!"

경석은 눈물을 닦고 옷을 털었다. 모든 사물이 제대로 보였다. 멀리 어두워져 가고 있는 창공에 이름을 알 수 없는 새 한 마리가 날아갔다. 핏덩이 같은 붉은 해가 산 속으로 기어 들어가고 있었다.

11

조금 있으니 군인 육칠 명이 나타났다. 손에는 야전삽을 들고 있었다.

"어두워 보이지 않으니 빨리 해치워야지!"

야전삽을 든 군인들이 변소 뒤로 가며 중얼거렸다.

"씹할, 좆같이. 내가 왜 이런 짓을 해?"

"군인의 졸병이니까?"

"죽은 놈만 서럽지!"

"이것은 전쟁이야. 정권을 잡기 위한 전쟁?"

"나라를 지키는 군인이기에 어쩔 수 없어!"

"남과 북이 싸우듯이 동족간의 전쟁이라……?"

"다른 생각할 것 없어. 병사는 명령에 죽고 사니까!"

"그래도 그렇지, 이게 할 짓이야?"

"제정신으로는 못하지!"

"모든 건 명령권자가 책임지겠지?"

"빨리 거적으로 덮어 놓은 송장이나 처치하자!"

"더러워서. 왜 우리가 끼어들어 뒤치다꺼리야?"

병사들은 자기들끼리 불만을 토로하며 지나갔다. 무슨 말인지를 알아들을 수 없는 이상한 소리를 하며 사라졌다.

"이리 와봐. 화장실로 가서 보자."

경석은 대담하게 나서며 군인들의 뒤를 따라 갔다.

"무엇 하려고?"

정현은 무서워 머뭇거렸다. 어쩔 수 없이 뒤를 쫓아갔다. 땅거미는 교도소의 담 밑에서 기어 나와 제법 깜깜해졌다.

"어떻게 하는지 보려고……!"

"보아서 무엇 하게?"

"잔소리하지 말고 따라와!"

경석은 허리띠를 풀며 화장실로 들어갔다. 소변을 보는 체 했다. 시선은 열려 있는 창 너머를 응시했다.

"더럽게 무겁네!"

한 병사가 투덜거렸다. 거적으로 싸 놓은 것을 두 명이 하나씩 들고 가는 것이 보였다. 무거웠던지 밑이 땅에 질질 끌렸다.

"밖으로 나가서 보자!"

경석은 정현의 옷깃을 잡아당겼다.

"통도 크네. 민주투사나 된 것처럼……!"

정현은 투덜거리며 끌려갔다.

"우리의 증언이 필요할 때가 올 거야. 그때에는 동족 간에 벌인 살생의 비참한 광경을……!"

경석은 말 끝을 흐렸다.

그때였다.

감시대의 수은등에 불이 들어왔다. 어둠이 짙어지며 보이지 않던 교도소의 주변이 환하게 밝아졌다. 감추려고 하는 모든 것을 들추어냈다.

"저기 간다."

"하나는 소장 관사 뒤로 가고, 다른 하나는 간부들이 살고 있는 관사 쪽으로 가는 게 보이지?"

"감시대를 돌아가는 것도 보인다."

모두가 이렇게 흩어져 어디론가로 가버렸다.

"아까 우리가 보았던 세 구 맞지?"

"다행히 감시등의 불빛이 환하게 비추어 주어서 확실하게……!"

두 사람은 눈동자를 크게 떴다. 놓치지 않겠다는 듯이 시선을 날카롭게 세워 뚫어지게 응시했다. 한참동안을 멍청하게 서서 지켜보았다.

"이제 돌아가지?"

정현은 두려웠다. 뒤에서 누군가가 지켜보고 있는 것 같았다.

"가만히 있어봐!"

경석은 뿌리치듯이 거절했다.

"내일 근무를 하려면……?"

정현은 핑계를 대며 졸랐다. 저녁을 먹고 일찍 자야 내일 근무에 임할 수 있었다.

"나는 더 확인해 볼 것이 있어."

경석은 반대했다. 시내에 돌아다니는 유언비어와 이 얼룩무늬의 군인들과 관계를 두 눈으로 똑똑히 보아 확인하고 싶었다.

"저녁을 먹고 일찍 자야 할 텐데?"

정현은 마지못해 따라갔다.

"잠을 못 잘까봐 그래?"

경석은 돌아보며 영절스럽게 꾸짖었다.

"무섭기도 하고……!"

정현은 지정거리며 주변을 살폈다.

"어떻게 해서 민주화가 되는지 똑똑히 봐두라니까 그러네!"

"언젠가는 사실대로 밝혀지게 되어 있어."

"보았던 사람이 진실을 말할 때에 그렇게 되는 거지!"

경석은 힘주어 말했다.

"그렇기는 하는데……!"

정현은 고개를 끄덕였다.

"지금까지 얼마나 많은 희생을 치렀는데……?"

"그렇다고 여기서 밤을 새울 거야?"

"조금만 더 있다가 소장관사 뒤로 가보자."

"군인들이 왔다 갔다 하는데 들키면 어쩌려고?"

"순찰을 돌고 있는 것처럼 하면 되지 않겠어!"

"그랬다 공칙스럽게 되면 더 큰일이……?"

정현은 죽게 될지도 모른다는 두려움에 떨고 있었다. 빨리 이곳을 피하고 싶었다. 군인들의 행동을 지켜보겠다고 나서는 것이 위험한 모험이었다.

"내가 알아서 할 테니까 따라 오기만 하면 돼!"

"통도 크다."

"이것은 우리 눈으로 확인해 두어야 할 필요가 있어. 너나 나가 증언해야 할 시기가 분명히 돌아올 거야!"

경석은 정현의 손을 움켜쥐고 끌어당겼다. 두 사람은 금실 좋은 부부처럼 붙어 다녔다.

"광주 때문에 정권을 잡겠지만 바로 이것 때문에 망하게 될 거야!"

정현은 바늘에 실 가듯이 따라가며 중얼거렸다. 그렇게 될지도 모른다는 예감이 들었다.

아니, 꼭 그렇게 되어야 되었다. 국민이 다시는 이런 짓거리를 하지 못하도록 만들 것이다.

12

두 교도관은 발소리를 죽이며 살금살금 기어 소장관사 뒤로 갔다. 태연하게 걸으려고 했는데 발이 자꾸 헛디뎌졌다. 관사 모퉁이를 돌다가 발을 멈추었다. 교도소 밖의 바로 담 밑의 도로에는 천막들이 다닥다닥 붙어 처져 있었다. 바로 담 밑의 순찰로를 따라 교도소를 에워쌌다. 마치 담 안의 죄수를 보호하겠다는 듯이 튼튼한 방어벽을 이루었다. 외곽 철조망 밑에서는 어둠도 아랑곳하지 않고 참호를 파느라 야단들이었다. 감시대에서 비치는 수은등이 그들의 모습을 환하게 드러냈다.

"조용히 따라와!"

경석은 도둑고양이처럼 살금살금 기어가면서 뒤를 돌아보았다.

"……!"

정현은 입술을 굳게 다물고 따라갔다. 오금이 절였다. 다리가 후들거렸다. 어둠 속에서도 눈동자는 반짝거리며 빛이 났다.

그들은 감시대 밑을 지나 소장관사 뒤로 돌아갔다. 두려움에 떨지만 눈망울은 어둠 속에서 보물을 찾으려는 것처럼 크게 떴다.

"누구냐?"

희끄무레한 어둠 저쪽에서 실탄 같은 음성이 날아와 찔렀다.

"순찰입니다."

경석은 떨리는 목소리로 간신히 대답했다.

관사 뒤 비탈 밑에서는 군인 두 명이 땅을 파고 있었다. 거의 다 파 놓았는지 어둠 사이로 보아도 상당히 깊게 보였다.

"기웃거리지 말고 빨리 가시오!"

두 사람이 거적으로 덮은 것을 끌어내리면서 말했다. 구덩이 속에 있던 두 사람이 밖으로 나왔다.

"교도소는 요새야. 일개 군단 병력이 쳐들어와도 막아낼 수 있어."

"데모대 제까짓 것들이 무슨 힘이 있다고?"

저쪽 철조망 밑에서는 군인들의 두런거리는 소리가 들려왔다. 참호를 파느라 두 명씩 한 조가 되어 군데군데에서 삽질을 하고 있었다.

"빨리 가지 않고 무엇하고 있소?"

감시등의 불빛을 뚫고 대검의 비수 같은 말이 날아와 찔렀다.

"갑니다."

경석은 어눌하게 더듬거렸다. 도망치듯이 소장 관사를 돌아 나왔다.

'세상에 이럴 수도 있을까. 무슨 짓들을 하고 있는 걸까. 이래도 되는 가?'

정현은 발을 멈추고 뒤를 돌아보았다. 가슴이 미어지는 것 같아 차마 발길이 떨어지지 않았다.

'소장 관사 뒤 느릅나무 옆에 파인 구덩이에 묻힌 송장!'

정현은 속으로 이렇게 곱씹어 댔다. 거적에 덮인 시체가 그 속으로 빨려들 듯이 끌어내려졌었다. 흙으로 덮은 것을 보았었다. 데모대의 시체가 암매장 되는 현장이 분명했다. 그것은 확실한 사실이었다.

'암매장을 감추려고 밤중에……'

정현은 이성을 잃고 허둥댔다. 데모대의 시체가 묻히고 있는 현장을 머릿속에 갈무리하려고 다시 떠올리며 음미했다.

"시체 한 구는 이쪽으로 갔거든!"

경석은 앞에 서서 길을 인도했다.

두 교도관은 간부들이 기거하고 있는 관사 쪽으로 방향을 틀었다. 비탈을 내려갔다. 비탈진 나무 밑에서는 벌써 흙을 덮고 있었다. 아직 덮어지지 않는 사이로 거적이 드러나 보였다. 옆에서는 아카시아 나무가 내려다보고 있었다. 아카시아 꽃 냄새가 최루탄 가스처럼 짙은 향기를 물씬 풍겨댔다. 그 향내는 시체의 썩은 악취와 흡사하게 느껴졌다. 잔인한 인간의 마음속에서 품어내는 독가스 같았다.

'아카시아 나무 밑에 묻힌 거적에 덮인 것은?'

정현은 미친 듯이 중얼거렸다.

"여기는 어두워도 잘 보이지?"

경석은 구덩이 옆을 지나가며 속삭이듯이 중얼거렸다. 그리고 감시대를 휘돌아 사라진 데모대의 주검을 상상해보았다.

'시내에서 들었던 이상한 소문과 이 얼룩무늬를 입은 군인들?'

'두부 모처럼 잘리어진 처녀의 젖가슴?'

'임신한 여자의 배를 찔렀다는 대검?'

'모두가 유언비어라고 했지?'

'시민들은 이 유언비어를 듣고 울분을 터뜨렸었지?'

시민들은 인간들이 사는 이 세상에서는 있을 수 없는 무지막지한 행동이라고 하면서 흥분하고 분노했다. 죽음을 각오하고 악착같이 덤벼들었다.

'보리가마니처럼 던져서 군의 트럭에 실려졌다는 데모대의 시체?'

'발가벗겨진 채 구둣발에 채여 죽었다는 학생들의 몸뚱이?'

'지금 땅속에 묻힌 거적에 덮인 송장들?'

두 사람은 입술을 굳게 다물고 똑같이 이런 생각을 하고 있었다.

"사는 것이 무어라고?"

정현의 몸은 겨울바람에 떨리는 문풍지처럼 떨고 있었다.

사랑도 명예도 이름도 남김없이, 한평생 살자하던 뜨거운 맹세, 임들은 간데없고 깃발만 나부껴…….

정현의 귓속에는 출근할 때에 들었던 〈임을 위한 행진곡〉이 생생하게 되살아났다. 목구멍이 막히며 눈물이 주르르 흘러내렸다. 교도소 뒤편에 있는 둔덕의 숲 속에서는 두견새가 구슬프게 울고 있었다.

13

"빨리 가. 저녁을 먹을 시간이 지났어. 설거지가 끝났으면 평생 중 한 끼니는 영영 찾아 먹지 못한 거야!"

경석은 언제 그랬느냐는 듯이 태도를 싹 바꾸었다. 배를 움켜쥐며 정현의 팔을 끌었다.

"언제는 투사처럼 말하더니?"

정현은 시민들의 죽음에 대한 상상을 접었다. 슬픔을 감추고 눈을 힐끗거렸다.

"어쨌든 저녁밥은 먹어야지!"

경석의 입술에는 알 수 없는 미소가 번져갔다.

"나는 두려움과 공포에 떠느라 모든 걸 다 잊고 있었는데……!"

정현은 그제야 저녁 식사 때가 지났다는 사실을 알아차렸다. 죽음 같은 어두운 밤이 찾아와 있었다.

"배고프니 빨리 가야지."

경석은 재우쳤다.

"먹어야 사니까."

정현은 방금 보았던 주검들을 반취했다. 자신의 삶을 상상해보았다. 사람의 삶과 죽음은 함께 존재했다.

두 사람은 정문을 들어섰다. 직원식당은 보안과 옆의 지하에 있었다. 식당으로 내려갔다. 재소자들이 설거지를 끝내고 청소를 하고 있었다.

"밥 없니?"

경석은 문을 열고 식당으로 들어가자마자 청소하는 재소자들에게 소리쳤다.

"어디 갔다 이제 오세요?"

"그것은 알 것 없고."

정현은 댓바람에 재소자의 입을 막았다.

"없는데요!"

한 재소자가 식탁을 닦다가 허리를 폈다.

"정말 없어?"

정현은 솥뚜껑으로 자라를 잡듯이 따졌다.

"남은 게 조금 있겠죠."

빗자루를 들고 바닥을 쓸던 재소자가 안으로 들어갔다.

"두 그릇은 되겠지?"

경석은 미안하여 어눌하게 물었다.

"나누면 될 거예요."

"그러면 됐어."

경석은 씽긋이 웃었다.

"도대체 어디 갔다가 이제야 오십니까?"

걸레질을 하던 재소자가 이상하다는 듯이 다시 물었다. 교도소에 군인 들어왔다는 소문을 들었기 때문에 궁금해서였다.

"알아서 무엇 하려고?"

경석은 싹둑 잘라 입을 막아버렸다.

"빨리 밥이나 먹어."

정현은 식판을 들고 와 의자에 앉으며 수저를 들었다.

"내 것까지 가져오지."

경석은 투덜거리며 식판을 가져왔다. 식탁 위에 놓으며 마주 앉았다.

"밥맛이 있을까?"

"억지로 넘겨야지. 살아야 하니까."

경석은 정현의 표정을 살피며 수저를 들었다.

"자네도 관심이 많은 걸 보면 무슨 사연이 있는 것 같은데?"

"있지. 내가 왜 무서운 줄 알면서도 군인들의 행동을 살펴보는지 알아?"

경석은 수저로 밥을 입에 떠 넣으면서 정현을 바라보았다.

"똑똑히 보아두었다가 먼 훗날 전설처럼 이야기하자는 것 아니었어?"

"그것도 있지만……!"

"그러니까 다른 이유가 있었구나?"

정현은 경석을 뚫어지게 바라보았다.

"내 동생이 며칠 전에 당했어. 데모를 하다가 붙잡혔나봐. 다리가 부러졌으면서도 도망을 나와 참으로 다행이었어. 지금은 병원에 있지. 이렇게 당하니 남의 일이 아닌 것 같아서……!"

경석은 말을 맺지 못했다.

"그런 일이 있었어?"

정현은 밥을 먹지 못하고 물끄러미 바라보았다.

"의사선생님이 불구자가 될지 모른다고……!"

경석은 울먹이며 말을 못했다.

"더러운 세상……!"

정현은 수저를 들고 멍청하게 앉아있었다. 경석이 설치며 돌아다니던 이유를 알 것 같았다.

"다리를 잘라내야 한다나?"

경석은 밥을 먹지 못하고 수저를 놓았다.

"……!"

정현은 뭉클한 가슴을 부여잡았다. 슬픔이 울컥 치솟아 올랐다. 밥알이 목구멍에 걸려 넘어가지 않았다. 자신의 다리가 부러진 것처럼 마음이 아팠다.

14

태양은 쪽빛 바다같이 깨끗한 하늘에서 이글거리고 있었다. 봄 가뭄이 여러 날 계속되어서 그런지 한 여름의 뜨거운 햇볕이었다. 더위는 유난히도 일찍 찾아와 기승을 부려댔다. 불볕은 몸을 나른하게 만들었다.

"광주시민의 분노 때문일까? 삼복더위도 아닌데 푹푹 삶네!"

정현은 뜨거운 햇볕을 피해 외정문 뒤에 있는 미루나무 밑 그늘에 서 있었다. 솔바람이 아카시아 꽃 냄새를 실어다 코끝에 묻혀놓고 지나갔다. 그러나 향기를 음미할 마음의 여유가 있는 것은 아니었다. 왠지 불안했다. 마음을 조이며 긴장했다.

"비라도 이드거니 내려주었으면……!"

정현은 비라도 내려 답답한 가슴을 촉촉하게 적시어 깨끗이 씻어 냈으면 좋겠다는 생각을 했다. 며칠 새에 일어나는 일들이 온통 머릿속에 가득 차 뒤엉키어 괴롭히고 있었다. 더러운 구정물 속에서 오물이 떠다니는 것 같았다.

'출세가 무엇이라고……. 더러운 세상!'

정현은 세상이 온통 부패하여 썩은 냄새가 났다. 최루가스 같은 악취가 정신을 사납게 만들었다.

'무어가 잘못 되었기에……. 끝없는 인간의 욕심이?'

정현은 어디서부터 어떻게 갈피를 잡아야 할지 알 수 없었다.

'마파람은 시원한데……'

정현은 불어오는 바람을 음미했다. 비단결처럼 부드러운 손길로 얼굴을 어루만지며 스쳐 지나갔다. 자연은 항상 인간의 삶과 무관한 것처럼 행동했다. 나뭇잎을 흔들어 잠에서 깨워놓았다. 끊임없이 밀려오는 명지바람은 이마를 어루만지며 사라져버렸다.

"이렇게 좋은 계절 오월의 평화로웠던 이 도시에……!"

정현은 광주의 시민을 생각하며 한숨을 길게 쉬었다. 파란 하늘이 나뭇가지 사이로 보였다. 나뭇잎이 나풀거릴 적마다 언뜻언뜻 태양이 나타났다. 또 다른 부드러운 산들바람 몸을 휘감으며 떠나갔다. 다시 밀려드는 짙은 아카시아 향기가 코를 괴롭혔다. 감미로운 꽃냄새, 비단결 같은 명주바람, 조금은 무더워진 햇볕 등 이 모든 것이 생명을 가지고 있는 자연의 일부분이었다. 비둘기는 아무것도 모르고 들판을 가로질러 날아갔다.

"조용히 오수를 즐기고 있는 들녘을 보라!"

정현은 아까부터 전방을 주시하였다. 질펀한 들판에서 눈을 떼지 않았다. 담양으로 가는 신작로가 논을 가로질러 길게 누워있었다. 차들이 다니지 않아 한가롭게 잠을 자고 있는 것 같았다. 가로수의 잎들은 한참 피어올랐다. 짙푸른 이파리가 햇빛을 받아 윤기가 자르르 흘렀다.

'신작로도 잠자는 오후……'

정현은 한가한 도로를 바라보았다. 한길에는 평상시 같으면 행인이 지나다녀야 되었다. 자전거를 타고 다니는 사람들이 보여야 했다. 승용차나 버스가 오가며 매연을 뿜어낼 것이다. 짐을 가득 실은 화물차도 느리게 가로수 사이를 빠져나가야 정상이었다.

'가로수도 잠들어 너무 조용한데……'

정현은 지루하여 두 손을 추켜들고 기지개를 켰다.

'고속도로도 조용해.'

정현은 고속도로를 주시했다. 멀리서 오느라 지친 고속버스가 하품을 토하듯 경적을 울리며 시내로 들어가야 했다. 지금은 아무 것도 눈에 띄지 않았다. 어디로 갔는지 흔적조차 없었다.

'들판에서 일을 하던 농부들마저도 모습을 감추어버렸어. 총에 맞아 죽으려고 나와서 모내기 준비를 하겠는가?'

농부들이 바지런을 떨며 농사 준비를 해야 할 농사철이었다. 논에 물을 잡고 우리 구멍이 생겨 벌물이 생기지 않도록 논둑을 붙이며 가다리를 해야 할 시기였다. 자신의 목숨이 더욱 중요했다. 살아있어야 하기 때문이었다.

"아까까지는 데모대들이 화물차에 타고 고속도로 쪽으로 나가는 것이 보였는데……?"

정현은 지루하여 또 하품을 했다. 오전에는 사람을 가득 실은 트럭이 고속도로를 향해 두어 번 지나갔다. 그 차에 탄 데모대들은 총을 추켜들고 힘차게 합창을 했다. 교도소 옆을 지나쳐 가면 더욱 소리를 높였다. 그들의 노랫소리가 들판을 가득 메웠다. 교도소의 높은 담에 울려 맥놀이 되어 멀리멀리 퍼져나갔다. 지금도 귀에는 그 함성이 쟁쟁하게 들려왔다.

"태풍 전야처럼 너무 조용한 게 싫어!"

정현은 퉁명스럽게 한마디 했다. 길게 누워서 오수를 즐기는 한가한 도로를 바라보며 화풀이했다.

15

그때였다.

"저건 무어야?"

정현은 정신이 번쩍 들었다. 눈동자를 크게 뜨고 시선을 날카롭게 세웠다. 도로를 뚫어지게 주시했다.

"보이지 않던 화물차가?"

정현은 깜짝 놀랐다. 시내 쪽에서 빨간 화물차 한 대가 나타났다. 대한통운이었다. 주유소 옆을 지나 교도소를 향해 돌진해 오고 있었다. 차가 점점 가까워졌다.

'교도소 앞 도로는 군인들이 막고 있는데 어디로 가려고 이쪽으로 기어들지?'

정현은 바싹 긴장하며 화물차를 살폈다. 운전석 바로 위에는 기관단총이 설치되었다. 총 뒤에는 세 명의 청년이 서 있었다.

차가 교도소를 향해 다가오고 있었다. 화물차가 더욱 가까이 접근했다.

"상사님, 제가 하지요."

뒤에서 이상한 소리가 들렸다.

"특등 사수지?"

"특등 사수는 아닐지라도 저 정도는……!"

'무슨 소리야?'

정현은 중얼거리며 얼른 뒤를 돌아보았다. 아무도 없었다.

"땅!"

감시대 위에서 한 방의 총성이 울렸다. 메아리를 남기며 멀리 사라졌다.

"……!"

정현은 총소리에 깜짝 놀랐다. 무서웠다. 후닥닥 나무 뒤로 숨었다. 죽기는 싫었다.

"화물차가……?"

정현은 날카로운 시선을 신작로로 가져갔다. 화물차가 옆으로 휘어지며 도로가로 향했다. 가로수를 냅다 들이받으며 멈추었다. 한쪽 앞바퀴가 픽 찌그러져 있었다.

'화물차 바퀴를 쏘았구나!'

정현은 교전의 장면을 놓치고 싶지 않아 화물차를 응시했다.

운전석 문이 열렸다. 한 사람이 뛰어 내려왔다. 운전자는 쭈그러든 바퀴를 내려다보고 있었다.

"이번에는 내 차례야!"

뒤에서 누군가가 말했다.

"땅!"

외정문 밑에 있는 참호 속에서 난 총성이었다. 나뭇가지들을 흔들렸다. 이번에도 단 한 방이었다. 운전석에서 나왔던 사람이 푹 쓰러졌다.

"잡았다!"

참호 속에 있던 군인이 외쳤다.

'무엇을 잡았을까? 멧돼지를 사냥했단 말인가?'

정현은 속으로 중얼거렸다. 자신이 실탄을 맞아 넘어지는 것 같았다.

이번에는 차 위에 탔던 사람이 뛰어 내렸다. 넘어져 있는 사람을 붙들려고 하는 순간이었다.

"땅!"

어디선가 또 한 방의 총소리가 교도소를 흔들었다.

차에서 뛰어 내렸던 사람도 앞으로 꼬꾸라졌다.

차 위에 있던 다른 두 사람은 반대편으로 뛰어내렸다. 뒤도 돌아보지 않고 도망쳤다. 멀리 논두렁을 기어 달아났다. 마치 쫓겨 가는 강아지처럼 꼬리를 사리고 도주했다.

"병신들, 죽으려고 환장했지!"

정현은 도망치는 사람을 바라보며 중얼거렸다. 무모한 짓을 한 시민군이 안타까웠다.

이렇게 해서 일전이 간단히 끝나 버렸다.

군인 두 사람이 참호에서 나와 철조망을 넘어 도랑으로 뛰어내렸다. 논두렁을 기어 화물차가 있는 곳으로 갔다. 화물차에 접근하여 죽은 사람을 확인한 후 차 위로 올라갔다. 기관단총을 들고 태연하게 걸어왔다. 조금 후 들것을 든 네 명의 병사가 화물차가 있는 곳으로 갔다. 들것을 가지고 갔던 군인들은 돌아오지 않았다.

총격전이 끝나고 몇 분 지나지 않아서였다.

"실탄을 맞은 한 사람은 죽었데!"

한 교도관이 밖에서 들어오며 외정문에서 근무하고 있는 동료에게 말했다.

"다른 사람은?"

"중상이라고 하던가? 숨 쉬면 살아있겠지."

그는 대답하며 청사를 향해 뛰어갔다.

'교전은 사상자를 만드는 것이니까.'

정현은 긴장하여 마른침을 삼켰다.

두 병사는 들것을 들고 외정문을 들어갔다. 들것 위에는 검붉은 피로 범벅이 된 시민군이 누워있었다. 태양의 뜨거운 빛이 쏟아져 내려와 들것에 누워 있는 사람에게 바늘처럼 꽂아댔다. 그 옆에는 나비 한 마리가 따라가다가 화단의 꽃으로 내려앉았다.

"죽은 사람의 시체는 어디로 갔을까?"

정현은 시민군의 주검을 보기 위해 기다리고 있었다. 아무리 기다려도 시체는 빗감도 하지 않았다.

16

총은 사람을 죽이는 무서운 괴물이었다. 총성이 들리자 건너편 들녘에서는 사람이 쓰러져 죽었다. 실탄에 맞아 죽은 시민군을 목격했다.

'나도 실탄에 맞으면 죽게 된다.'

정현은 자신의 죽음을 상상하며 온몸을 떨었다. 어떻게 해야 좋을지 몰랐다. 어떻게 해서든 살아야 한다는 생각뿐이었다. 밖에 나와 있으면 어느 쪽 실탄이 날아와 몸에 꽂히게 될지 알 수 없었다.

"내가 왜 총에 맞아 죽어야 돼? 죽어서는 안 되지!"

정현은 넋을 잃었다. 미친 사람처럼 주얼거리며 외정문 경비실 안으로 들어갔다.

'6·25전쟁 때에도 남산과 뒷동산에서 총질을 해대며 싸웠는데…….'

정현은 어렸을 때에 보았던 고향의 양지편마을에서 벌어진 전투를 떠올렸다. 전쟁 같은 한 판의 총질을 보고 나니 실탄에 맞아 죽을 것만 같았다. 목숨이 소중하고 아까웠다. 나는 살아남아야 했다. 그래서 몸을 숨겼다. 경비실 안은 콘크리트 벽이 막아주었다. 몸을 보호하기는 그보다 더 좋은 곳이 없었다. 경비실 안에서도 총소리가 나면 몸이 떨리고 가슴이 철렁철렁 내려앉았다. 다시는 밖으로 나가기가 싫었다.

"따다다, 타당, 땅 땅, 따다다……"

고속도로가 있는 쪽에서 콩 볶듯이 요란스럽게 쏘아대고 있었다. 교전이 벌어지는 듯 했다.

"정말로 전쟁이 벌어졌나보다."

정현은 총소리에 놀라 몸을 벽에 바싹 붙이고 머리를 처박았다.

조금 있으니 총소리가 그쳤다. 교도소가 조용해졌다.

"……"

외정문 경비실 안에 있는 교도관들은 입술을 굳게 다물었다. 모두가 넋이 나가버렸다. 긴장한 시선들이 상대방의 얼굴만을 바라보았다. 눈동자를 크게 뜨고 굴리며 공포에 떨었다. 한동안 아무도 입을 열지 않았다.

'어떻게 할까?'

정현은 불안하여 당황했다. 이곳을 떠나고 싶었다.

"조금 쉬었다오면 안될까요?"

정현은 외정문이 싫어졌다. 주검을 대하는 것 같은 동료들의 표정이 무서웠다. 그러나 근무 명을 받아 근무하고 있으니 마음대로 할 수가 없었다. 책임자인 상관에게 물어 행동할 수밖에 없었다. 조금이라도 빨리 이곳에서 벗어나고 싶었다. 담 안으로 들어가 있으면 마음이 진정이 될 것 같았다.

"쉬고 싶어?"

보안계장이 획 돌아보더니 경비실 안에 있는 직원의 수를 헤아려 보았다. 여섯 명이 멍청하게 앉아있었다. 비상시라 보안계장이 특별히 나와 감독하였다. 무슨 긴급한 일이 생기면 보고하기 위해서였다.

"용변도 보고……!"

정현은 얼굴을 찡그렸다.

"오늘은 아직 휴식을 취하지 못했죠?"

계장이 다른 직원에게 물었다.

"예, 지금까지 아무도 이곳을 벗어나지 못했습니다."

저쪽 가에 앉아있던 선임 직원이 대답했다.

"총기를 가지고 있나?"

계장이 정현을 쳐다보았다.

"오늘은 총이 지급되지 않았습니다."

정현은 교도소에서 근무한지 얼마 되지 않았다. 여기에서는 제일 쫄짜였다. 그래서 무기를 지급 받아 챙겨야 되었다.

"무엇 때문에?"

"특전사군인들이 교도소를 책임진다고 해서……."

누군가가 얼른 대답했다. 공수부대가 들어오자마자 총기가 회수되었다. 그 후 지급되지 않았다.

"그래, 차라리 잘되었구먼."

계장이 고개를 끄덕였다.

"세 명씩 돌아가면서 휴식을 취하죠?"

선임 직원이 물었다.

"알아서 해!"

보안계장은 승낙했다. 특전사의 병사들이 들어온 뒤부터는 교도관들은 형식적으로 나와 있었다. 교도소는 얼룩무늬를 입은 군인들이 장악하고 있었다. 잘 훈련된 병사들이었다. 이런 요새에서는 일개 사단의 병력이 침투해 와도 격퇴시킬 수 있다고 자신하는 특수부대였다.

"다녀오겠습니다."

정현은 외정문 경비실을 박차듯이 튀어 나왔다. 정문을 통해 교도소 담 안으로 들어갔다.

17

"민주화가 무언데……?"

정현은 휴게실로 들어가며 중얼거렸다. 자신이 지금까지 보았던 모든 일을 잊어버리고 싶었다. 휴게실에 들어서며 두리번거렸다. 답답한 마음을 풀어줄 대화의 상대자를 찾았다.

"저기 경식이가 앉아있네."

정현은 경식을 발견하고 좋아했다. 다행히 맨 뒤쪽 좌석에 앉아 눈을 감고 있었다. 그는 이 직장에 같은 날 들어왔기 때문에 항상 너나들이 하며 허물없이 지내는 사이었다.

"이봐, 경식이!"

정현은 그 옆에 앉으며 몸을 흔들었다.

"응—!"

경식은 눈을 뜨며 정현을 보았다.

"근무가 어디지?"

"소장관사 뒤편에 있는 4감시대!"

경식은 심드렁하게 말했다. 방금 전에 들었던 총소리를 생각하니 소름이 끼쳤다.

"아까 그곳 고속도로 쪽에서 총소리가 요란하게 나던데 무슨 일이 있었어?"

정현은 그쪽 일이 궁금해서 물었다. 고속도로 쪽에서 나는 총소리는 교전을 하는 것처럼 한참동안 계속되었다. 데모대들과 맞붙어 싸우는 것 같았다. 그것이 마음에 남아 알고 싶었다. 희생자가 많이 생겼을 것이라는 생각이 들어 가슴을 조이고 있었다.

"……!"

경석은 오금이 저려 말을 못했다. 처참한 모습들을 들추기가 싫었다. 턱이 굳어 입술이 떨어지지 않았다.

'어떻게 설명해야 할 것인가?'

경석은 고개를 저어댔다. 말할 수 없을 것 같았다.

"무슨 일이 있었던 게 분명하네?"

정현은 다시 물었다.

"그래, 무슨 일이 있었지."

경석은 심드렁하게 대답했다.

"무슨 일이었는데?"

정현은 경석의 입술 가까이에 귀를 가져다 댔다.

"군인들이 사격연습을 하는 것 같던데……"

경석은 눈을 끔벅거리며 천장을 멍하니 쳐다보았다.

"감시대에 군인들이 올라가 있잖아? 교도소에 들어온 저녁부터."

정현은 사실을 말하도록 유도하였다.

"그래. 오늘 나는 그 특전사 병사들과 함께 근무하고 있어."

"훈련이 잘되어 모두가 특등 사수들이던데?"

"사격하는 걸 보았어?"

"외정문에서 교도소를 향해 들어오고 있는 화물차 한 대를 박살냈지."

"거기서도 그런 일이 있었어?"

"사람까지 죽었는데……."

"외정문 쪽에서 총성이 들리더니……!"

"4감시대 쪽에서는 콩 볶듯 하던데?"

"맞아. 내가 감시대에서 근무하는 중에 그런 일이 있었지."

"총 다루는 솜씨가 훌륭하지?"

"역시 특수부대원다웠어. 옆에 있던 군인이 데모대들이 타고 오는 차의 바퀴에 총알을 명중시키는 걸 보았어. 담양 쪽에서 데모대들이 차를 타고 내려오고 있잖아. 그 자동차가 가까이 오니 바퀴를 보고 쏘았어. 단 한 방에 명중을 시키더군. 차가 설 수밖에. 사람들이 요란스럽게 뛰어 내렸지. 거기에다 마구 쏘아 댔어. 다행히 맞지 않은 사람들은 고속도로를 넘어 들녘으로 도망을 갔지. 한바탕 아수라장이 벌어졌으니까."

경석은 눈앞에서 벌어진 살상의 장면을 다시 떠올렸다. 혀를 널름거리며 고개를 저어댔다.

"많이 죽었겠네?"

"……!"

경석은 대답하지 못했다. 고개를 끄덕이고 있을 뿐이었다. 차마 입을 열 수가 없었다. 서로 자기가 먼저 살겠다고 도망치는 시민들의 모습이 눈동자에 박혀 사라지지 않았다. 죽음 앞에서는 장사가 없었다. 살기 위해서 혈안이 되었다.

"……."

정현은 눈을 지그시 감았다.

두 사람은 죽은 사람에 대한 묵념이라도 하듯이 침묵했다. 한동안 입술을 굳게 다물고 열지 않았다.

18

"4감시대에서 근무하고 있다고 했지?"

정현은 입술을 다물고 있다가 무슨 생각을 했는지 불쑥 물었다. 어제 있었던 일이 떠올랐다. 4감시대는 소장 관사가 있는 곳이었다. 감시대는 높으니 데모대의 주검이 묻힌 곳이 잘 보이리라는 생각이 들었다.

"그렇다니까."

경석은 귀찮다는 듯이 신경질을 냈다.

"감시대에서 그곳이 안보여?"

정현은 어제 해거름에 보았던 데모대의 시체가 떠올랐다. 거적에 덮여 있는 것을 묻었던 곳이 어떻게 되었는지 궁금했다.

"그곳이라니?"

경석은 알아듣지 못했다.

"느릅나무 밑 말이야?"

"오호, 소장관사 뒤 비탈 밑에 데모대 시체를 묻었던 곳 말이지?"

경석은 흔연스럽게 말했다. 교도관들 거의 모두가 데모대 시체를 교도소 주변에 묻었다는 사실을 알고 있기 때문이었다.

"그래."

"분명히 느릅나무 밑에 묻었지?"

경석은 고개를 갸웃거렸다. 의심스럽다는 듯이 정현을 뚫어지게 바라보았다.

264

"그랬었잖아?"

정현은 자신 있게 말했다. 기억하여 머릿속 깊숙한 곳에 갈무리하려고 몇 번을 곱씹어 댔었다.

"그런데 이상하단 말이야?"

"무어가?"

"흔적이 없어."

"무덤처럼 만들어 놓지 않았어?"

"감시대에서는 그곳이 잘 보이거든. 몇 번을 보았지만 평지에 잔디도 그대로 있더란 말이야."

경석은 고개를 갸웃거렸다. 뜬것에 홀렸던 사람 같았다. 제정신이 아닌 것 같았다.

"정말이야? 우리 둘이 시체를 묻은 걸 보았는데."

정현은 자신의 귀를 의심하고 있었다. 그럴 리가 없었다. 분명히 그곳에 묻은 것을 목격했다. 이상하다는 듯이 고개를 갸웃거리고 있었다.

"그렇다니까!"

경석은 신경질을 냈다. 감시대에서 소장관사 뒤쪽 언덕 밑을 여러 차례 살펴보았었다.

"거짓말이 아니지?"

정현은 믿어지지 않아 다짐을 받고 있었다.

"내가 언제 거짓말한 것 보았어?"

경석은 기분 나쁘다는 듯이 눈을 흘겼다.

"시체를 묻었으면 흔적이 남아있지. 그 말을 어떻게 믿어?"

정현은 믿으려 하지 않았다.

"못 믿겠거든 가서 봐!"

경석은 대거리하기가 귀찮았다.

"나보고 확인하라고?"

정현은 빙긋이 웃었다.

"휴식시간이 다 되었으니 감시대로 근무하러 가야겠다."

경석은 일어섰다.

"나도 가봐야지."

정현은 따라 일어났다.

두 사람은 휴게실에서 나왔다. 무더워진 땡볕이 온몸을 휘감았다. 끓고 있는 가마솥 같았다.

19

"나더러 확인하라고 했지?"

정현은 헤어지면서 경석을 바라보았다.

"정말로 가보려고?"

"물론이지."

"짜아식, 겁도 없이."

경석은 감시대로 가기 위해 미결사 쪽으로 몸을 틀었다.

"꼭 내 눈으로 보아 둘 거야."

정현은 큰소리를 치며 정문을 빠져나갔다. 외정문으로 갈까 하려다가 돌아섰다. 경석이 했던 말을 확인하고 싶어서였다. 접견실 앞으로 향했다. 화장실 뒤를 지나갔다. 소장관사 쪽으로 갔다. 감시대 밑을 지나쳐 관사를 돌아갔다.

"여기는 무슨 일로 오셨습니까?"

한 병사가 물었다.

"순찰 다닙니다."

정현은 경석이가 했던 것처럼 태연하게 대거리했다.

"……!"

병사는 더 이상 묻지 않았다. 지나쳐 가버렸다.

정현은 감시대를 힐끗 쳐다보았다.

경석은 벌써 감시대에 올라가 내려다보고 있었다.

'저긴데?'

정현은 언덕 밑 느릅나무 아래를 몇 번이고 다시 보았다. 경석의 말처럼 아무런 흔적이 없었다. 송장이 묻어 놓은 곳이라고 할 수 없었다. 푸새들만 밟혀 눕혀졌다. 다시 확인하고 그곳을 돌아 나왔다.

'경석의 말이 맞았어.'

정현은 머리를 끄덕였다. 정말 흔적도 남아있지 않았다. 풀이 쓰러지지 않았다면 알 수 없었을 것이다. 풀들은 밤새에 비를 맞은 것처럼 푸른빛이 더 짙었다.

'삽질한 흔적은 있었지?'

정현은 자신에게 물어보았다. 땅을 판 흔적이 있다고 여기고 보니 그렇게 느꼈는지 몰랐다.

'느릅나무 밑이 분명한데……?'

정현은 느릅나무 밑을 다시 생각했다.

'간부들 관사가 있는 비탈을 내려가 보면 알겠지?'

정현은 간부들 관사가 있는 곳으로 향했다. 언덕을 내려가면서 아카시아 나무 밑을 보았다. 그곳에서도 시체가 묻힌 곳을 찾을 수 없었다.

소장관사 옆의 것과 똑같았다. 가까이 가서 보니 조금은 흔적이 남아 있는 듯 했다. 그곳도 땅을 팠을 것이라고 생각하면서 보니 그런 것 같았다.

'임들은 간데없고 깃발만 나부껴……'

정현은 마음속으로 노래를 불렀다. 서러움이 울컥 치솟아 눈물이 핑 돌았다. 총총 걸음으로 관사 뒤편으로 돌아갔다. 군인들이 알아차리지 못 하도록 순찰을 하고 있는 것처럼 관사를 한 바퀴 돌았다. 하늘을 쳐다보며 외정문을 향해 걸었다. 제비들은 고향을 찾아왔다는 듯이 한가롭게 날아다니고 있었다.

"따따다당……"

총성은 2감시대와 3감시대 쪽에서 사납게 들려왔다.

"또 교전이다!"

정현은 깜짝 놀랐다. 나무 뒤로 숨었다.

20

교도소를 흔들어대던 총소리가 그쳤다. 교도소는 한밤중처럼 고요했다.

'전쟁처럼 총질을 하는 무서운 하루구나.'

정현은 떨리는 가슴을 쓸어내렸다. 태연하게 외정문으로 갔다. 경비실 문을 열고 들어갔다.

"수고하십니다."

사복차림을 한 직원이 밖에서 외정문을 들어왔다.

"어디서 가셨다가 오시는 길입니까?"

경비실 안에 있던 교도관이 나오며 물었다.

"시내에 볼일이 있어서……."

"배짱이 좋습니다."

"교도소에서는 별일 없지요?"

"방금 전에 교도소 여기저기서 전투가 벌어졌는데……."

"신작로 가에 대한통운이 있던데……?"

"한참 전에 교도소로 오던 시민군이 당했지요."

"그래서……. 나는 오면서 군들이 시체를 묻는 걸 보았어!"

그는 정보를 수집하려 시내로 갔다가 돌아오는 직원이었다. 대단한 것을 보았던 것처럼 들어서자마자 자랑하였다. 세상에 알리기라도 하려는 듯이 큰 소리로 떠벌렸다.

"무얼 보았다고?"

보안계장은 얼굴을 찡그렸다.

"죽은 데모대의 시체를 땅에 파묻은 것을……!"

그는 보안계장의 표정을 읽지 못했다. 흥분하여 얼굴이 붉어졌다.

"정말 대단한 것을 목격했네."

한 직원이 눈동자를 둥그렇게 떴다.

"아무나 볼 수 있는 건 아니지."

그는 어깨를 으쓱 올렸다.

"송장은 그냥 땅속에 묻는 것 아닌가?"

"데모대들은 일반 송장처럼 다루지 않으니까 그런 거지."

"어떤 방법으로 파묻었어?"

나이가 조금 들어 보이는 직원이 귀를 쫑긋 세웠다.

"정말 기똥차더군!"

그 직원이 숨을 몰아쉬었다.

"말이나 해봐. 나도 귀동냥 좀 하게."

다른 직원이 재우쳤다.

"내가 저쪽 편 마을에서 돌아 나오는데 군인들이 시체를 묻고 있지 않겠어. 무심결에 보았던 거야. 처음에는 야전삽으로 시체의 길이를 재었어. 그 길이를 기준으로 해서 떼를 떠내어 한쪽에 펴놓은 판초우의 위에 차근차근 놓았어. 흙을 파서는 또 다른 판초우의 위에 놓았지. 이렇게 네모반듯하게 판 구덩이는 야전삽 반질 정도의 깊이일 거야. 거기다가 시체를 넣고 흙으로 메웠지. 뗏장을 놓을 정도만큼 남기더군. 떼를 파낸 순서대로 맞추는 거야. 남은 흙은 논에다 뿌리거나 먼 곳에 버렸지. 시체가 묻힌 흔적은 조금도 남지 않게 되어버렸어. 한 병사가 그곳에 솔가지를 꺾어 꽂아 놓더군. 그리고 나를 돌아보았지. 혹시 시체를 찾으러 온 사람이 있으면 가리켜 주라는 거야. 이런 말을 나에게 귀엣말로 남기고 도망치듯 가버렸어."

그 직원은 이 말을 하고는 바싹 긴장했다. 보았던 대로 털어놓고 나니 해서는 안 될 말을 한 것 같았다. 이 소리가 군인들의 귀에 들어가면 좋을 것이 없었다. 유언비어유포죄로 데모대와 같은 취급을 당할 수 있었다. 어쩌면 죽게 될지도 몰랐다. 두리번거리며 주변을 살폈다. 생각할수록 겁이 났다. 오금이 저리고 손발이 사시나무 떨듯하였다.

"무얼 보았다고? 이 사람 제정신이 아니네. 무슨 유언비어 같은 헛소리를 하는 거야?"

보안계장은 듣고 나서 버럭 화를 냈다. 자신도 당할 수 있다는 생각이 들어 불안했다. 들어서는 안 될 것을 듣고 있었다.

"……!"

그는 겁에 질려 어찌할 줄을 몰랐다.

"죽고 싶어 환장했어? 죽으려면 혼자 죽어야지!"

보안계장은 펄쩍펄쩍 뛰었다.

"……!"

"시국이 이럴 때에는 들어도 안들은 체, 보아도 못 본 척 하여야 살아날 수 있어."

선임 교도관이 느긋하게 한 마디 하였다.

"괜한 소리를 했나봅니다. 안 들었던 걸로 해주세요."

그는 경비실에서 나갔다. 뒤를 힐끗 돌아보며 안으로 들어갔다. 시내의 정황을 보고해야 되었다.

'괜한 소리를 했네.'

그는 두런거리며 총총 걸었다. 흥분하여 뱉어냈던 자신의 말을 주어 담을 수도 없었다. 걷고 있는 다리가 후들거렸다.

'소문이 사실이구나.'

정현은 귀담아 듣고 고개를 끄덕였다. 유언비어가 사실이라는 것을 알고 나니 공포영화의 한 장면을 보는 것처럼 겁이 났다.

"탱크가 언제 왔지?"

정현은 답답해서 외정문 경비실에서 나왔다. 도로에서 교도소로 들어오는 어귀를 바라보며 소리쳤다. 입구 양쪽에는 탱크 두 대가 떡 버티고 서 있었다. 휴게실에 갔다 왔던 사이에 와서 자리를 잡고 있었다. 무서운 괴물이 아가리를 벌리고 덤벼드는 기세였다. 머리에 붙은 대포에서는 금방이라도 불을 품어내며 위세를 부릴 것만 같았다. 포탄이 떨어지는 시내가 불바다로 변하는 모습이 연상되었다. 시민들은 불 속에서 아우성을 치고 있었다.

21

"빠라바빠아─ 빠라바빠아─"

빨리 일어나라는 나팔소리가 교도소를 흔들어댔다.

"벌써 아침이 되었나?"

정현은 그대로 누워서 투덜거렸다. 어젯밤에는 늦게 잠이 들었다. 몹시 피로했다. 어떻게든 일어나야 했다. 무거운 몸뚱이를 뭉그적거리며 억지로 일으켜 세웠다.

'완전히 징역살이구나. 집에도 못가고.'

정현은 발을 질질 끌며 직원이발소로 갔다. 간단히 세면하였다. 식당에 가서 아침식사를 간단히 끝냈다. 휴게실로 가 의자에 앉는 순간이었다.

"톳 톳 톳……"

헬리콥터의 날개 치는 소리가 가까운 곳에서 요란하게 들려왔다. 시끄러워 귀가 먹먹하였다. 어지럽고 정신 사나웠다.

"무슨 일이지?"

정현은 깜짝 놀라 후닥닥 밖으로 뛰어나갔다. 보안과 앞에 서서 하늘을 쳐다보았다. 동편 산 위에는 태양이 한 뼘쯤 떠올라 있었다.

"헬리콥터가 무슨 일이지?"

정현의 시선은 헬리콥터를 주시했다. 아침의 햇빛을 받으며 교도소위를 맴돌았다. 몇 바퀴를 돌더니 심한 폭음을 내며 보안과 앞 운동장으로 내려앉았다. 날개는 서서히 돌아간 것 같은데 바람은 세찼다. 흙먼지와 굵은 왕모래가 사납게 날아왔다.

"이놈의 바람!"

정현의 몸은 바람에 날려 넘어지려고 하였다. 간신히 균형을 잡았다. 먼지를 피하려고 고개를 숙였다. 소용이 없었다. 눈을 뜰 수가 없었다. 모자를 벗어 들고 얼굴을 가렸다.

"톳, 톳, 톳……"

헬리콥터의 날개가 느릿느릿 돌아갔다. 바람이 잦아졌다.

그때였다.

"찌익-, 철커덕!"

재소자들의 작업장이 있는 공장 쪽으로 가는 철문이 열렸다.

"저 사람들은?"

정현은 열려진 철문을 바라보며 중얼거렸다. 눈동자가 반짝 빛났다. 병사 두 명이 들고 가는 들것 위에는 사람이 누워 있었다. 죽었는지 살았는지 모르지만 몸을 움직이지 않았다. 그 뒤로 몇 명이 실려 나왔다.

"온실 옆 외역막사에 데모대가 수용되어 있지!"

정현은 마른침을 삼켰다. 데모대들 중 사망자와 중환자 몇 사람이 호송되고 있었다. 다른 두 사람이 부축을 받으며 올라갔다. 마지막으로 가마니로 덮인 것들이 들것에 실려 나와 얹어졌다.

"가마니로 덮인 것은 무엇일까? 죽은 데모대의 시체! 또 하나가 더 나오네. 세 번째지."

정현의 눈동자는 더욱 커졌다. 어느새 눈가는 축축하게 젖어있었다.

헬리콥터의 문이 닫혔다. 힘차게 날갯짓을 하더니 위로 치솟아 올랐다. 바람이 태풍처럼 몰아쳐 몸이 날아갈 것 같았다. 하늘 높이 오르더니 방향을 잡았다.

"어디로 갈까?"

정현은 장승이 되어 멍하니 서있었다. 시선은 헬리콥터를 따라갔다. 어디로 가는지는 모르지만 머리를 남서쪽으로 향하고 있었다. 헬리콥터가 날아간 뒤에는 흰 구름이 두둥실 떠가고 있었다.

22

"집엔 별일 없겠지?"

정현은 휴게실로 들어갈까 하다가 돌아섰다. 정문으로 갔다. 집에 전화를 해보기 위해서였다. 벌써 집에 가지 못한 것이 여러 날 된 것 같은 느낌이 들었다. 날마다 전화를 해보았지만 왠지 마음이 놓이지 않았다. 아내와 애들이 보고 싶었다. 집안일도 걱정이 되었다. 정문으로 들어갔다. 수화기를 들었다. 교환이 나왔다. 집의 전화번호를 말하며 부탁했다. 다행히 통화가 되었다. 집에는 별다른 일이 없다고 했다.

"다행이네!"

정현은 아내의 목소리를 듣고 나니 조금 안심이 되었다. 그래도 마음이 놓이지 않아 걱정했다. 정문의 경비실 안에서 머뭇거리며 정문담당과 잡담하고 있을 때였다.

"똑똑똑."

누군가가 밖에서 문을 열어달라고 철문을 두들기는 소리가 들렸다.

"누구요?"

정문담당이 문 위쪽에 뚫어져 있는 작은 구멍으로 밖을 내다보았다.

274

"들어가렵니다."

군인 두 명이 서 있었다.

"철커덕!"

담당이 문을 열어주었다.

두 병사는 한 젊은이를 데리고 왔다.

"이 사람은?"

담당이 물었다.

"학생입니다."

병사는 태연하게 말했다.

"공부는 하지 않고 데모를 하다가……."

담당은 들어오는 학생을 바라보며 혀를 찼다.

"……!"

학생은 힘없이 고개 숙였다. 도살장에 끌려가는 황소처럼 축 쳐져 있었다. 손에 든 책가방이 땅에 끌렸다.

"저 젊은 친구도 안 되었네!"

정현은 걱정되어 가슴을 조였다.

"얼마나 잡아들이려고……!"

정문담당은 끌려가는 학생의 뒷모습을 물끄러미 바라보았다. 왠지 불쌍하게 보였다.

23

정현은 휴게실로 갈 생각은 않고 정문의 경비실에서 머뭇거리고 있었다. 붙잡혀 들어온 데모대원들의 모습을 보니 호기심이 발동했다. 정문의 경비실에 있으면 무언가 새로운 소식을 접할 수 있을 것 같았다.

"들어갑시다."

문 밖에서 인기척이 들렸다.

"철커덕."

담당이 직원임을 확인하고 문을 열어주었다.

교도관 두 명이 들어왔다.

"어디서 오십니까?"

정현은 방금 잡혀 들어간 학생에 대해서 알고 싶었다.

"외정문에서……?"

한 직원이 들어가려다 정문 담당실로 들어왔다.

"방금 잡혀온 학생은 무엇 때문이랍니까?"

정현은 외정문에서 근무한 직원이라면 그 사연을 알 것 같아서 물었다.

"그 학생은 서울 ○○대학에 다니고 있답니다. 시내에 있으면 당할 것 같아 피신하려고 교도소 앞을 지나다가 붙잡혔다나. 가방 속에서 유인물이 나와 수사를 할 모양이에요."

"교도소에 특전사가 주둔하고 있다는 걸 몰랐답니까?"

정현은 자신도 모르게 흥분하여 성질을 부렸다. 꼭 자기의 동생이 당하는 것만 같았다.

"모르겠어요. 재수가 없어서 그렇게 되었겠죠."

"바보 같은 친구야. 여기가 어디라고 호랑이 굴속으로 찾아와. 시내에도 소문이 났을 텐데……. 교도소 쪽은 피해야지!"

정현은 혀를 찼다.

"광주로 드나드는 길목은 다 막혔다고 하던데요."

정문담당이 말했다.

"그래도 그렇지. 유인물은 왜 가지고 다녀!"

외정문에서 들어온 교도관이 화를 냈다.

"유인물을 몸에 지니고 밖으로 나가려 했으니 시내에 있었던 일들을 외부에 알리려는 첩자라고 하지 않겠어?"

정현은 눈을 흘겼다.

"그 학생도 괴뢰도당의 간첩이 되겠네?"

"민족의 반역자 빨갱이……."

"애잔한 학생들만 당하게 생겼어."

외정문에서 왔던 직원이 안으로 들어가면서 얼굴을 찡그렸다. 안쓰러워 혀를 차며 휴게실로 갔다.

24

정현은 정문의 담당실을 떠나지 않았다. 마땅히 갈 곳이 없었다. 책상 위에 있는 신문을 뒤적거렸다.

얼마나 지났을까?

"또 잡혀 오네!"

정문담당이 문 밖을 내다보며 중얼거렸다.

"누군데?"

정현은 손에 들고 있던 신문을 내려놓았다.

"여자야."

"여자라고?"

"여대생 같아."

정문담당은 이렇게 말하며 문을 열었다.

"정말이네!"

정현은 병사의 뒤에 아가씨가 따라오는 것을 보고 깜짝 놀랐다. 길게 늘어뜨린 머리카락이 정문으로 들어온 바람에 흩날렸다. 남자여서 그런지 예쁘게 생긴 몸매가 시선을 끌어당겼다.

"순진하게 생긴 아가씨야!"

정문담당은 앞을 스쳐 지나가는 아가씨의 모습을 물끄러미 바라보았다. 그녀는 아무것도 모르고 청순한 큰 눈망울을 굴리며 거리낌이 없이 병사를 따라가고 있었다. 그녀의 모습에서는 아가씨의 티가 물씬 풍겨 댔다.

"여대생이 분명하지?"

정문담당이 정현에게 물었다.

"그런 것 같은데……?"

정현은 고개를 갸웃거리며 자리에서 일어났다. 정문의 경비실에서 나왔다.

"더 놀다 가시지?"

정문담당은 붙잡았다.

"또 올게."

정현은 힐끗 돌아보며 휴게실로 향했다. 잡혀오는 사람들을 보니 가슴이 아팠다. 눈으로 보지 않고 싶었다.

25

"북한 괴뢰도당의 사주를 받아 간첩이 일으키는 광주의 폭동!"

정현은 오늘 하루를 종일 휴게실에서 보내야 되었다. 재소자들을 법원으로 데리고 나갈 출정배치를 받았었다. 모든 재소자들을 감방에 가두어놓았다. 정상적인 근무가 아니었다. 직원이 남아돌았다. 시내가 혼란스러워 법원이나 검찰청에 나갈 수 없기에 휴게실에서 근무하고 있었다.

'아가씨도 대학생이라고?'

정현은 동료들의 입에서 나오는 말을 귀담아 듣고 있었다. 여자가 잡혀 온 지 얼마 되지 않아서였다. 휴게실에 소문이 돌았다. 그녀는 시내에 있는 ㅈ대학에 다니는 학생이라고 했다. 그녀도 유인물을 가지고 있었단다. 이 도시를 피해 친척집에 가려다가 붙잡혔다는 것이다. 그러니까 여학생도 시내에서 일어났던 일들을 밖으로 전하려고 했다는 첩자인 모양이었다.

'아니, 여자 간첩!'

정현은 아가씨의 모습을 그려보았다.

아침나절이 지났다. 저녁나절이었다. 오늘도 하루의 징역살이가 시나브로 지나가고 있었다.

"따따다다……"

2감시대와 3감시대 쪽에서 따발총을 쏘아대는 것처럼 총성이 요란했다.

'오늘도 또 총질이구나!'

정현은 눈을 감고 총소리를 듣고 있었다.

어느새 하루해가 뉘엿뉘엿 저가고 있었다. 해거름이 되었다. 교도소 내에 또 다른 이상한 소문이 돌았다. 데모대가 타고 있는 화물차가 당했다는 것이었다. 운전사 외에 네댓 명이 죽었단다. 중상을 입은 사람도 서너 명이 된다고 했다. 상처를 입은 사람들도 시체나 다름이 없다는 것이었다. 그들은 무기를 가지고 있지 않았는데 집중 사격을 받았다고 했다. 죽은 사람은 모두 건너편 산에 묻어버렸다고 숙덕거렸다.

26

오늘도 교도소 안에서의 하루 징역살이가 끝났다. 담 너머 서산 위에는 핏빛의 태양이 해넘이를 찾아 뉘엿뉘엿 저가고 있었다. 하늘에는 저녁노을이 유난히도 붉게 물들어가고 있었다. 해는 산 능선의 해넘이로 모습을 감추었다. 담 밑에 숨어있던 땅거미가 스멀스멀 기어 나왔다. 교도소 안이 어둠으로 가득 찼다. 또 교도소에서의 하룻밤이 시작되었다.

"언제쯤 아늑한 집에서 잠을 잘 수 있을까?"

정현은 투덜거리며 식당으로 갔다. 저녁밥을 대충 때웠다.

"아내와 애들은 잘 있겠지?"

정현은 힘없이 중얼거리며 잠잘 곳을 찾아갔다. 눈물이 핑 돌았다. 며칠째 집에 가지 못했나를 헤아리며 터벅터벅 걸어갔다. 일찍 잠자리를 잡기 위해서였다.

'완전히 재소자 신세네!'

정현은 투덜거리며 자신을 달래었다. 비번이면서도 집에 가지 못하고 비상대기를 하고 있었다. 교도관들의 침대는 교회당 안에 있었다. 긴 의자 둘을 양쪽으로 맞대어 놓으니 훌륭한 잠자리가 되었다. 밑에 요를 깔았고 덮을 이불이 하나씩 놓여 있었다. 근무자 외 모든 직원들이 교회당에서 잠을 잤다.

"빨리 끝나야 할 텐데……?"

정현은 근무를 하지 않는 비번 자였다. 일찍 잠자리에 들기 위해 교회당 안으로 들어갔다. 한 곳에 자리를 잡았다. 옷을 벗고 자리에 누웠다.

"도청은 시민들에 의해 완전히 점거되었다면서?"

"그거야 엊그제 전에 있었던 일인데……?"

"지금까지 절도, 강도, 상점털이 같은 다른 범법 행위가 전혀 없었다면서?"

"경찰이 없는 이런 혼란 중에도?"

"정말 그렇다고 하던데……."

"그것이 민주화운동을 하는 시민의 정신인가?"

"하나로 똘똘 뭉쳤다는 증거일 거야."

"시민군이 치안대를 결성하여 질서유지에 힘쓰고 있다고 하지만……!"

모두가 광주시민에게 찬사를 보냈다. 마음이 흐뭇한 모양이었다.

"도청 지하에 실탄, 수류탄, 다이너마이트, 폭약 등으로 가득 차 있다고 하던데?"

한 교도관이 불쑥 말을 꺼냈다.

"만약에 폭파된다면 광주 전체가 박살 날 텐데……?"

교도관들이 듣고 있다가 바싹 긴장했다.

"특수 요원을 침투하여 뇌관을 분리해버렸다는 소문도 있어."

"오합지졸들이 모인 시민군인데 어떤 사람인들 잠입 못하겠어."

다른 한쪽에서 교도관 몇 명이 앉아서 작은 목소리로 이야기하고 있었다. 모두가 몰래 시내를 갔다가 돌아온 직원들이 전해준 말들이었다.

27

"수습대책위원회가 결성되었다던데?"

"수습이 잘 되어 평화적으로 해결되었으면 더 바랄 것이 없을 텐데……?"

"평화적인 해결 좋아하네."

"시민들도 희생이 없기를 바라는 것 아니야?"

"그렇게만 되면 얼마나 좋겠어!"

누군가 환영했다.

"도청 앞에서 독침 사건이 벌어졌다고 하잖아!"

"그게 무슨 소리야?"

한 직원이 깜짝 놀랐다.

"누구인지 모르지만 한 사람이 도청 앞 광장에서 쓰러지면서 독침에 찔렸다고 외쳐댔다는 거야."

"독침에 찔린 사람은 어떻게 되었는데?"

"다른 사람이 급히 병원으로 데려 갔다나?"

"정말로 독침에 찔렸을까?"

"난들 알겠어?"

"그러니까 이번 광주사건은 간첩이 일으켰다는 것 아니야?"

"그래서 평화적으로 끝나기는 물 건너갔어."

"간첩들이 한 소행이니까 소탕하겠다는 거지."

"무력으로 진압하겠다는 구실을 만든 것 아닐까?"

"이 사람이 쓸데없는 소리를 하고 있어."

누군가 꾸짖었다.

"독침에 찔렸다고 하면 그렇게 믿어야지."

다른 사람이 얼른 가로막았다.

"독침에 찔린 사람은 아무렇지도 않고 돌아다니더라는 소문도 있던데?"

한 사람은 듣는 대로 중얼거렸다.

"한반도를 미국과 소련이 갈라놓았지, 우리는 통일을 한다고 남과 북이 전쟁을 해서 원수가 되었지. 이 분단의 현실을 정치꾼들이 정권 잡는 대에 이용해 먹고 있어."

"이것이 분단의 서러움이야."

"남과 북의 독재자들이 국민을 우롱하며……."

"국민들이 정치꾼들의 속임수에 넘어가면 안 되는데……."

"동족끼리 다시는 싸우지 말아야지."

"평화통일을 이루어야 하는데……."

교도관들은 잠을 이루지 못하고 한 마디씩 하였다.

"유언비어를 퍼뜨렸다가는 쥐도 새도 모르게 잡아가."

저쪽에서 누군가가 무서운 뜬것을 불러들였다. 모두가 입술을 닫았다. 침묵이 찾아왔다.

28

"그건 그렇고……."

누군가가 용기를 내어 긴장감을 깨트렸다. 무슨 말을 하려다가 머뭇 거리며 망설였다.

"무슨 좋은 소식이 있어?"

다른 사람이 군침을 삼켰다.

"좋은 소식이 아니라 시민 중에 교도소로 진격하자고 선동하는 사람 이 있다는 거야."

"그것도 간첩이 선동한 것 아니야?"

"그건 전과자들이 그런 짓을 하겠지."

"징역살던 것에 대한 분풀이를 하려고?"

"그럴 수도 있겠네. 앙갚음을 하기 위해서……."

"그건 절대 안 된다고 반대하는 사람들이 더 많다고 하더라."

"그건 걱정 없어. 특수부대 병사들이 지켜주는데……."

모두가 열심히 떠들었다. 귀는 쫑긋 세워 한 마디도 놓치지 않았다.

'어느 쪽도 희생이 되어서는 안 된다. 조용하고 평화롭게 끝나야 한다.'

정현은 귀담아 들으며 중얼거렸다. 동료들의 대화중에 가장 관심을 끄는 것은 수습대책위원회에 관한 내용이었다. 그분들과 정부가 접촉하 여 좋은 결과를 얻어내야 되었다. 희생자가 생기지 않도록 평화롭게 해 결되기를 마음속으로 기원했다.

"아까 사건수습대책위원회가 생겼다고 하던데 잘 될 것 같아?"

한 직원이 누워 있다가 벌떡 일어나면서 물었다.

"싸우자는 강경파와 무조건 투항하자는 온건파로 나뉘었다나?"

"사주를 받은 첩자도 끼어 있을 수 있으니까……."

"그럼 서로 싸우겠네?"

"타협이 되지 않는다는 것 같아."

"그렇다면 무력진압을 하게 되겠구먼?"

29

그때였다.

한 직원이 들어왔다. 직원이 모여 있는 곳으로 합세하였다.

"자네 어디 갔다가 이제야 오는 거야?"

"시내에 나갔다가 방금 들어왔어."

"시내에 다녀왔으면 새로운 소식을 물고 왔겠네?"

"물론이지."

"무슨 소문?"

"이번 광주 폭동을 간첩이 조작했다는 거야."

"독침을 맞았다고 하더니 결국에는 공산당들의 짓들이구먼?"

"간첩이 서울역 앞에서 검거되었다고 하던데."

"폭동사건은 광주에서 일어났는데 간첩은 서울에서 잡아?"

"지프를 타고 다니며 마이크로 선동하던 아가씨 말이야?"

"낭랑한 목소리가 호소력이 있었지?"

"그 여자도 빨갱이라는 거야."

"그러니까, 학생들이 민주화운동을 한 것이 아니라 간첩들이 설쳤

네?"

"북한 놈들이 침략하려고 꾸미는 짓거리냐?"

"시민들은 공산당의 하수인 똘마니 노릇을 한 거지."

"말 되네!"

"광주시민이 빨갱이고?"

"그런 말을 믿어? 완전히 간첩소행으로 몰아가네."

"다 유언비어야!"

여기저기서 흥분을 참지 못하고 신경질을 냈다.

"무법천지인 지금까지 시내에 상점 털이나 강도 절도 같은 사건이 한 건도 발생하지 않았다고 하던데……."

"그게 정말이야?"

"그렇다니까."

"자자란 사건 범법이 하나도 발생하지 않았다는 거야."

"광주시민의 의식은 대단하네. 정말로 주먹밥처럼 하나로 똘똘 뭉쳤어!"

누군가가 당당하게 말했다.

"부상자의 피가 부족하니까 시민들이 자발적으로 헌혈했다는 소문은 못 들었어?"

"사람들이 몰려들어 몇 시간을 기다려야 헌혈을 할 수 있었다고 하던데."

"정말로 위대한 시민들이야."

저쪽에서 잠 못 이루고 듣고 있다가 벌떡 일어나 앉으며 힘주어 말했다.

"함부로 떠들다가는……. 이제 그만 떠들고 잠이나 자세!"

한 직원이 찬물을 뿌리며 입막음을 했다. 어떻게 될지 모르는 안개 속의 판 속이어서 불안했다. 정권이란 힘의 논리였다. 반항하면 죽음이 따랐다. 순종해야 살아남을 수 있었다.

30

밤은 시나브로 깊어갔다. 떠들며 격정하고 괴로워하던 교도관들도 잠들었다. 교회당 안은 조용해졌다. 저쪽에서는 코고는 소리가 들렸다. 피곤했던지 꿈쩍도 하지 않고 꿈나라를 찾아가 헤매었다. 오늘도 교도소의 밤은 깊어만 갔다.

'잘 자네.'

정현은 잠을 이루지 못하고 밤의 적막을 음미하고 있었다. 옆에서는 몸을 뒤척이며 몸부림치던 동료도 겨우 잠든 모양이었다.

"애들은 모두 집에 들어와 자고 있겠지?"

정현은 집안 걱정으로 잠이 오지 않았다. 낮에 집으로 전화를 하려고 했었다. 교환이 시내는 통화가 되지 않아 연결할 수 없다고 했다. 그래서 애들이 어떻게 되었는지 걱정이 되었다.

'아내는 시내에 나가 무슨 일이 생기지 않았을까?'

정현은 아내의 모습을 그려보았다. 자신의 눈으로 확인해야 마음이 놓일 것 같았다.

'자식들은 어린애들이 별 탈이야 났겠어?'

정현은 스스로 위안을 찾아보았다. 근심은 밤을 깊어 갈수록 더욱 짙어졌다. 무어가 그렇게 슬픈지 혼자서 늘킴으로 서러워했다.

'잘난 높으신 양반들의 출세도 중요하게지만……'

정현은 마른침을 삼켰다.

'무지렁이 같은 시민들의 생명은 허섭스레기인가? 국민 없는 국가는 존재하지 않는데.'

'어느 누구도 다쳐서는 안 되지! 누구를 위한 정치인가?'

'전쟁이 아니라 평화가 얼마나 중요한가?'

정현은 이 사태가 평화적으로 빨리 끝났으면 좋겠다는 기원을 했다. 이 생각 저 생각이 꼬리를 물고 이어졌다. 미친 사람처럼 환상의 날개를 활짝 펴고 혼자서 울고 웃었다.

"잠을 자야 할 텐데……?"

정현은 몸을 뒤척이며 잠을 청했다.

"소쩍, 소쩌쩍. 소쩍……."

어디서 찾아 왔는지 소쩍새는 교도소 뒤쪽 둔덕의 소나무 위에서 구슬프게 울어대고 있었다.

"시민의 죽은 원혼이 두견새가 되어……"

정현은 눈가에 젖어 있는 눈물을 닦았다.

31

'무서운 밤이구나.'

정현은 교도소 안에 저승사자 같은 뜬것이 돌아다니고 있는 것 같아 온몸을 웅크렸다. 두려운 밤이 이슥하게 깊어가고 있을 때였다.

"투덕 투덕 투덕……"

"아―앗, 사람 살려!"

아낙들이 빨래터에서 방망이질하는 소리와 함께 비명소리가 아우러졌다.

"무슨 소리야?"

정현은 꿈속에서 들은 소리인줄 알고 벌떡 일어났다.

"아―야― 나 죽네!"

누군가 몽둥이세례를 받으며 몸부림을 치고 있었다.

"이건 꿈이 아니야!"

정현은 머리를 저어보았다. 분명히 꿈이 아니었다.

"투덕, 퍽, 턱턱……"

몽둥이로 둔탁하게 두들기는 소리가 계속 이었다.

"아야― 어이쿠, 나 죽네. 사람 살려, 아이고, 어이쿠……"

몽둥이 치는 소리와 비명소리는 끊임없이 이어졌다.

"이 자식이 엄살을 부리긴! 이것도 못 참으면서 데모해? 빨갱이 똘마니 맞지?"

남자의 찢어진 목소리가 뒤를 따랐다.

"워매, 생사람 잡네! 이것이 무슨 짓거리여!"

누군가가 대거리를 했다. 악에 복받쳐 소리치며 독기를 뱉어댔다.

32

"이게 무슨 소리야? 어디서 난 소리지?"

정현은 귀를 기울였다.

"나 죽네. 나 죽어! 사람 살려!"

누군가의 비명은 끊임없이 이어졌다. 금방 죽어가고 있었다.

'데모대들이 두들겨 맞으며 비명을 지르고 있잖아!'

정현은 비명을 들으며 몸서리쳤다. 자신이 당하고 있는 것 같았다.

"나는 아무것도 모르니 살려 주시오!"

누군가 무서워 벌벌 떨고 있었다.

'소리 나는 곳은 교회당 이층에 있는 재소자교육실 같은데……?'

정현은 어디서 난 소리라는 걸 알아차렸다.

'교도소에 합동수사요원이 들었다고 하더니……?'

정현은 꿈에서 깨어났다. 마음을 가다듬었다. 한밤중이라 고요했다. 귓속으로 파고드는 몽둥이 두들기는 소리가 유난히도 크게 들렸다. 어렵게 찾은 잠은 도망가 버렸다. 죽음의 두려움과 공포가 찾아와 괴롭혔다.

'재소자교육실을 합동수사본부 사무실로 사용하는 것이 분명해!'

정현은 미친 듯이 중얼거리며 자신을 달래었다. 공포를 쫓으려고 입술을 깨물었다.

"투덕 퍽 퍽……"

방망이로 빨래를 두들기는 것 같은 소리가 이어졌다.

'분명히 재소자교육실이야!'

재소자교육실은 교회당과 한 건물 안에 있었다. 그래서 바로 옆에서 하는 것처럼 들렸다.

"아야-, 나는 아무것도 모릅니다. 아이쿠!"

몸부림치는 소리가 끊임없이 이어졌다. 분명히 이 층에 있는 재소자 교육실에서 나온 소리였다.

'여기서까지……? 해도 해도 너무하네! 출세가 무어라고?'

정현은 주먹을 불끈 쥐었다. 두려움은 사라지고 분노가 치솟았다. 참아야 하는데 이성을 잃고 있는 것 같았다.

"금방 비명 소리를 들었지?"

경석은 늦게 와서 정현의 옆에 있는 의자에서 자고 있었다. 비명소리에 깨어났다. 잠을 자지 못하고 앉아있는 정현을 보고 말을 걸었다.

"……!"

정현은 대답을 못했다. 입이 열려지지 않아 말을 할 수가 없었다.

"씹할, 막 잠을 자려고 했는데……!"

경석은 잠을 이루지 못하고 몸을 뒤척거렸다.

"왜 저럴까?"

정현은 알고 있으면서 묻고 있었다.

"그것도 몰라. 계엄군 합동수사대에서 왔다나 봐. 낮에부터 저렇게 계속 두들겨 패대던데."

경석은 몸을 틀어 고개를 돌렸다. 옆 사람이 잠에서 깰까 봐 소곤거렸다.

"낮부터 시작했다고……?"

"몽둥이로 개 패듯이 닦달하던데."

"해도 해도 너무한 것 아니야?"

"쓸데없는 소리하지 말고 잠이나 자라고……."

경석은 몸을 바로 하며 눈을 감았다. 잠을 청하고 있었다. 눈동자는 커지며 귀는 더욱 밝아졌다.

정현은 더 이상 묻지 않았다. 옆에서 자고 있는 사람이 깰 것 같아 입술을 굳게 다물었다. 악을 쓰는 비명은 계속 이어졌다.

한참 후 비명소리가 들리지 않았다. 조사가 끝났는지 조용했다. 교회당 안은 무덤 속 같았다.

33

"소쩍, 소쩍, 소쩌쩍……"

소쩍새는 아직도 피눈물을 뿌리며 구슬프게 울고 있었다. 억울하게 죽은 데모대들의 원혼이 찾아와 살려달라며 서럽게 흐느끼고 있었다.

"왜 나를 죽였어? 무엇 때문에 나를 죽였어?"

원혼들은 뜬것이 되어 군인이 주둔하고 있는 교도소로 찾아와 피를 토해 흩뿌려댔다.

'나는 살아있으니 잠이나 자자.'

정현은 조심스럽게 몸을 눕혔다. 눈을 감았다. 괴로우니 모든 걸 잊어버리고 싶었다. 죽음 같은 깊은 잠속으로 들어가야 되었다.

'한밤중이 지났을 텐데……'

정현은 잠을 청하며 눈을 감았다. 밤은 시나브로 깊어갔다. 긴장하여 피곤했던지 스르르 잠이 들었다. 꿈을 꾸었다. 무슨 꿈이었는지 알 수 없지만 무서웠다. 꿈속에서 누군가가 몹시 괴롭혔다. 그 사슬에서 벗어나려고 몸부림을 쳐댔다. 가슴이 답답해졌다. 참으로 고통스러웠다. 몸을 바르르 떨며 잠에서 깨어났다.

"아이-고! 나 죽네!"

여자의 비명소리가 한밤중의 적막을 찢어발겼다.

"여자의 비명소리!"

정현은 눈을 비볐다. 비몽사몽간이었다. 귓속으로 이상한 소리가 파고들었다.

"사람 살려!"

여자의 비명소리가 끊임없이 아스라하게 이어졌다.

"꿈을 꾼 것 같은데……?"

정현은 누운 채 눈을 끔벅거렸다. 정신을 가다듬었다. 귀를 나팔 통처럼 크게 벌리고 비명소리를 찾았다.

"……."

비명에 깨어진 적막은 꿰매어 놓은 장막처럼 단단히 굳어있었다.

"분명히 여자의 비명소리가 들렸는데?"

정현은 자신의 귀를 의심했다. 여자의 몸부림치는 소리가 뚝 그쳤다. 검은 색을 칠해 놓은 것 같은 어둠으로 가득 담긴 교회당 안이 너무나 조용했다. 저쪽에서 코고는 소리가 요란스럽게 들렸다.

'내가 코고는 소리에 잠이 깼던가?'

정현은 눈동자를 굴리며 하품을 토해냈다. 코고는 소리에 잠이 깬 것이 아니었다.

'여자의 비명소리에 깨어났는데……?'

정현은 눈을 감으며 귀를 기울였다. 아무소리도 들리지 않았다. 여기저기서 숨을 품어대며 달콤한 꿈속을 헤매고 있었다. 누군가가 드르렁거리며 코를 골아대었다. 요란스럽게 잠자는 소리가 유난히도 크게 들렸다.

"분명히 뜬것의 웃음소리는 아니었는데……?"

정현은 자신의 귀를 의심했다. 정신이 어떻게 되었는지 모른다는 생각을 했다.

두견이의 울음소리는 더욱 서럽게 들려왔다. 잠을 자지 않고 서럽게 눈물을 흩뿌려대었다.

'차라리 깊이 잠들어 아무 소리가 들리지 않았으면…….'

정현은 두런거리며 죽음 같은 깊은 잠을 부르고 있었다.

"아이고, 어머니!"

여자의 몸부림치는 소리가 다시 교회당을 흔들었다.

"바로 저 소리였어."

정현은 깜짝 놀라 눈을 떴다. 귀를 쫑긋 세웠다. 잠결의 환상에서 벗어났다.

"타닥, 퍽."

몽둥이는 콩 타작을 하는 것처럼 끊임없이 둔탁한 소리를 냈다.

"아이고, 나 죽네. 사람 살려!"

여자가 울면서 악을 썼다.

"빨리 불어!"

성난 사내의 목소리가 이어졌다.

"아는 것이 없는데 무엇을 말하라는 거요?"

여자의 날카롭고 앙칼진 저항이었다.

"이 쌍년이 아직도 주둥이는 살아서……."

사내가 숨을 거칠게 몰아쉬었다.

'무슨 일이 벌어지는 것은 아닐까? 놀아나고 있네!'

정현은 몽둥이를 맞은 사람처럼 몸을 뒤척이었다. 머릿속은 혼란스러웠다.

"소쩌쩍 소쩍 쏘쩍……."

두견이는 곧 숨이 넘어가는 것처럼 서럽게 흐느꼈다.

34

'뜬것이 돌아다는 한밤중에 소변까지 마렵네!'

정현은 뭉그적거리며 투덜거렸다. 아까부터 무서워서 참고 있었다. 아랫배가 부어올라 오줌이 금방이라도 나올 것만 같았다. 급해졌다.

'소변부터 해결을 보아야지!'

정현은 살며시 일어났다. 소변을 생각하니 금방이라도 주르르 흘러내릴 것만 같았다. 잠자다가 이불에 오줌을 쌌던 어렸을 때의 일이 떠올랐다.

'화장실에 가려면?'

정현은 또 다른 생각을 하고 있었다.

'화장실은 비명소리가 들리는 재소자교육실의 바로 밑에 있으니…….'

정현은 중얼거리며 마른침을 삼켰다. 마음 한 구석에는 비명을 지르는 여자를 동정하고 있었다. 변소에 가면 비명을 지르고 있는 곳에 더욱 가까워졌다. 계단을 오르면 비명소리가 나는 곳이었다. 도둑고양이처럼 접근하여 들여다볼 수도 있었다.

'빨리 가보자.'

정현은 바지를 찾아 입고 의자에서 내려갔다. 신이 발에 닿지 않았다. 더듬거리며 찾아 신었다. 발소리가 나지 않게 조심조심 걸었다.

'도적질 한 것처럼 떨려서…….'

정현은 교회당 뒷문을 빠끔히 열었다. 나가지 못하고 밖을 내다보았다. 통로 천장에는 촉수 낮은 전등이 희끄무레한 빛을 내며 밝혀주었다.

정현은 두리번거리며 발을 통로로 내디디려고 하였다.

"타닥!"

몽둥이 두드리는 소리가 났다.

"아이고, 나 죽네!"

여자의 비명이 밤의 적막을 찢어 발겼다. 곧 죽어 가는 신음이었다. 숨도 제대로 쉬지 못한 것 같았다.

'세상에, 무슨 짓을 하는 거야?'

정현은 무섭고 두려웠다. 공포에 질려 밖으로 나가지 못하고 뒤로 물러섰다. 얼른 문을 닫았다. 놀란 가슴을 진정시키며 숨고르기를 했다.

조금 있으니 여자의 비명소리가 들리지 않았다. 여자는 서럽게 흐느끼고 있었다.

'급한 소변부터 해결해야 되는데……!'

정현은 마음을 추슬러 진정시키며 밖으로 나갔다. 아무도 없었다.

'위층으로 올라가 볼까?'

정현은 보는 사람이 없다는 사실을 인식하자 이상한 욕구가 발동했다. 좀 더 확실한 것을 알고 싶어서였다.

'죽기 아니면 까무러치기……?'

정현은 용기를 냈다. 이층으로 올라가 비명소리가 나는 곳을 보고 싶었다. 어떻게든 오르기만 하면 숨을 곳이 있을 것 같아 서였다. 바로 앞에는 관람석이 있기 때문이었다. 그런데 다리가 후들거려 발이 옮겨지지 않았다.

'떨려서······.'

정현은 계단을 밟으며 뒤를 돌아보았다.

35

그때였다.

"이 계집년도 징그러운 독종이구먼!"

성난 사내의 음성이 몽둥이처럼 달려들었다. 계단을 밟고 내려오는 발소리도 함께 들려왔다.

"빨갱이들이라······."

다른 사내가 신경질을 냈다.

두 사람의 구둣발 소리가 사납게 다가왔다.

'걸음아 날 살려라!'

정현은 돌아섰다. 발소리를 죽이며 뛰었다. 화장실로 들어갔다. 귀는 밖으로 나가 듣고 있었다.

"광주시민 모두가 징그러운 놈들이야. 하나같이 모른다고 하니!"

한 사내는 이를 갈았다.

"알긴 무엇을 알겠나. 우리의 생각대로 되지 않으니까 그런 거지."

다른 사람이 말을 막았다.

"두들겨 맞았으면 시키는 대로 대답해야 할 것 아닌가. 그러면 얻어터지기나 덜하지. 어차피 다 만들어진 각본인데!"

"그것도 어렵겠지. 그들에게는 사실이 아니니까."

두 사람은 층계를 내려오고 있었다. 잠시 조용해졌다.

"우리만 골치 아프게 생겼어."

"극작가도 아닌데……."

"그럴 듯하게 만들어 놓아야……."

"목구멍이 포도청이라고……."

사내들은 하소연을 하고 있었다.

두견이의 울음 속에 담겨 서러운 사연이 사내들의 대화 속으로 파고 들어 더욱 구슬퍼졌다.

36

'내가 무슨 짓을 하는 거지?'

정현은 화장실 출입문 가까이 서서 귀를 길게 뽑아 밖으로 내밀었다. 사내들의 대화 내용을 확실하게 듣기 위해서였다.

"아까 그놈은 어떻게 되었지 모르겠어?"

한 사내는 속삭이듯이 말했다. 긴장했는지 음성이 떨렸다.

"어떤 놈?"

"내가 몽둥이로 두들겨 팼던 놈?"

"맞아도 싸지."

"그렇게 때려도 괜찮던데. 마지막 한 방이 잘못된 것 같아!"

사내는 발을 멈추고 뒤를 돌아보았다.

"끌어내어 저쪽 담 밑에 거적으로 덮어 놨어."

"괜찮을까?"

"죽을 것 같던데!"

"씨팔, 재수 없게!"

"이 판국에 죽은 놈만 서럽지!"

"데모하다가 맞아 죽은 걸로 처리하면 간단히 끝나니까!"

두 사내는 계단을 내려오며 혀를 찼다. 양심이 있었다. 해서는 안 될 짓을 하고 있는 것이 분명했다. 어쩌다가 차출 되어 여기까지 오게 되었는지 몰랐다.

그들의 대화 소리가 아주 가까워졌다.

'저자들이 사람을 죽였구나!'

정현은 무서워 몸을 웅크렸다. 귀는 여전히 사내들의 입술에서 떠나지 않았다.

사내들이 묵념을 하듯이 말을 하지 않았다. 잠시 조용해졌다.

"광주시민들은 한두 명 죽는 것쯤은 문제가 되지 않은 것 같아."

한 사내는 마른침을 삼켰다.

"광주에서 사는 놈들은 모두가 지독한 놈들뿐이야!"

그는 지독하다는 말을 여러 번 뇌까렸다.

"누가 그렇게 만들었는가?"

"글쎄?"

"광주에 뿌려진 피를 생각해 봤어?"

"여왕의 계절 오월에 이 도시에 뿌려진 피?"

"얼마나 많은 사람들이 죽었는가?"

"민주주의가 무어라고……?"

"정말로 소름이 끼치는 곳이야!"

"지독한 것이 아니라 무서운 도시네!"

"민주주의는 피를 먹고 자란다고 하지만⋯⋯. 이 무서운 도시에서 일어났던 일들을 생각하면⋯⋯!"

사내들은 광주를 무서운 도시라고 말을 하면서 떨고 있었다. 뜬것의 환상에 시달리고 있는 것 같았다. 그들도 두려운 모양이었다.

"다른 곳 같으면 이런 상황에까지 이르렀겠어?"

"상상도 할 수 없는 일이야. 한이 맺혔던 것이 분명한 것 같아."

"그렇다고 한풀이로 봐서도 안 될 걸. 문제는 다른 곳에 있으니까."

그들의 말소리가 멀어져 갔다. 발소리가 작아지더니 들리지 않았다.

"오월에 이 도시에 뿌려진 피?"

정현은 소변을 해결하고 화장실을 나오면서 중얼거렸다. 그들의 대화가 무서운 것이 아니라 어둠이 싫었다. 저승사자가 꼭 껴안고 놓아주지 않을 것만 같았다. 전등불을 대하니 마음이 놓였다. 안도의 한숨이 길게 나왔다.

'상황이 어떤지 올라가서 확인해 봐?'

정현은 계단 앞에서 망설이다가 돌아섰다.

'아니지. 잘못되어 붙잡히면⋯⋯.'

정현은 고개를 저어댔다. 몽둥이로 두들겨 맞아 죽게 될지도 몰랐다. 조금이라도 빨리 이곳을 떠나고 싶었다. 재소자교육실로 가서 현장을 보아야겠다는 용기는 어디로 갔는지 자취를 감추어버렸다.

'살아남으려면⋯⋯.'

정현은 체념하고 돌아섰다. 귓속에는 두들겨 맞아 죽었다는 사내의 말소리가 맴놀이치고 있었다. 머릿속에는 죽음의 공포가 자리 잡고 앉아 떠나질 않았다.

"곧 날이 밝아올 텐데 잠시 눈이라도 붙어야지?"

정현은 미련을 버리고 잠자리로 돌아왔다. 자리에 누워 눈을 감았다.

'죽음 같은 잠이 찾아와 꿈나라로 갔으면……'

정현은 이불을 끌어안았다. 눈망울은 초롱초롱 빛났다.

"아이고!"

교회당 이층에서 들려오는 비명소리는 여전했다. 이번에는 울지도 못한 듯 했다. 다 죽어 가는 소리였다.

'틀림없이 그 여대생일 거야?'

정현의 머릿속에는 낮에 붙잡혀 온 여학생의 생각이 스쳐 지나갔다. 아무것도 모르고 따라 들어왔다. 조금은 공포에 질려 있는 것 같은 모습이 떠올랐다. 바람에 긴 머리칼이 날리어 목을 휘감았다. 그녀의 아름다운 자태가 눈앞에서 아른거리며 사라지지 않았다. 고개를 쳐들 때에 까만 눈동자를 보았었다. 아름답게 보였다.

'눈알에서는 반짝반짝 광채가 났었지?'

정현은 소녀 같은 청순한 모습을 상상했다. 그녀가 지금 조사를 받고 있는 것이 틀림이 없었다. 그녀 외에 다른 여자가 잡혀왔다는 말을 들은 적이 없었다. 책가방 속에 유인물이 있었다는 이유로 간첩이 되었는지도 몰랐다.

'저 소녀가 지은 죄는 무엇일까? 유인물의 내용은 어떤 것일까? 시민들이 피를 토해 내며 외치던 그 함성은 무엇이었던가? 저 사람들은 무엇을 찾아내겠다고 저럴까?'

정현의 머릿속은 복잡해졌다. 유언비어라고 하는 소문들이 하나둘 엉키어 가기 시작했다. 잠이 찾아오지 않았다. 눈동자를 크게 떴다. 눈을 끔벅이며 깊은 생각에 젖어들었다.

"아이고 어머니, 나를 살려주시오!"

여자의 비명과 몸부림이 끊이질 않았다. 비명이 어둠 사이를 뚫고 찾아왔다. 귓구멍으로 파고 들어갔다.

'또 사람을 죽이려나보다?'

정현의 몸은 한기가 든 사람처럼 떨기 시작했다. 가슴속에 뭉쳐졌던 분노 같은 것이 들끓고 일어났다.

'누가 누구를 죽이는 것인가? 왜 이런 혈투가 벌어지고 있는가? 시민들이 얼마나 더 죽어야 하는가?'

정현은 다시 광주에 뿌려진 피를 생각했다. 그것도 이 좋은 오월에. 그 피는 분명히 이 도시에만 뿌려진 것이 아니었다. 오월의 따뜻한 햇볕이 가득한 이 도시가 얼굴이 된 것뿐이었다. 선혈은 민족 전체에 뿌려진 피였다. 광주시민들이 비린내만 맡고 있는 것뿐이었다.

"소쩍, 소쩍, 소쩌쩍……!"

두견새는 밤새 그토록 서럽게 울고 있었다.

37

"꼬끼오— 꼬끼오—"

수탉의 홰치는 소리가 멀리서 들려왔다.

서쪽 창가에 버티고 있던 어둠이 조금씩 가시기 시작했다. 창에 희끄무레한 여명이 달라붙어 있었다. 또 교도소의 하루 징역살이가 시작되고 있었다.

'벌써 날이 밝았나?'

302

정현은 닭의 홰치는 소리에 눈을 떴다. 창을 바라보았다. 밖이 훤하게 밝아 오는 줄 알고 벌떡 일어났다. 옷을 입고 밖으로 나갔다. 높은 담 밑에는 흐릿하게 어둠이 남아있었다.

'날이 샌 것은 아닌 것 같은데⋯⋯?'

정현은 하늘을 쳐다보았다. 서쪽 산 위에는 조금 찌든 달이 구름 속에서 나와 얼굴을 내밀고 있었다.

'달빛이었구나!'

정현은 달을 쳐다보았다. 두리번거리며 무엇인가를 찾고 있었다. 아직 일어날 시간이 아니라는 걸 알았다. 눈알이 바늘로 쑤시는 것처럼 몹시 아팠다.

'무서운 밤! 여자의 비명!'

정현은 뜬것이 달려들 것만 같았다. 잠자리로 돌아왔다. 옷을 입은 채로 누워버렸다

"소쩌쩍, 소쩍, 소쩍⋯⋯"

소쩍새의 서러움은 아직도 끝이 나지 않았다.

"저놈의 귀촉도까지 나를 괴롭히는 거야!"

정현은 귀를 막고 싶었다. 아무런 소리가 들리지 않았으면 더 좋았을 밤이었다. 듣고 싶지도 않았다. 생각도 하기 싫었다.

'잠을 이루지 못해서 눈동자가 쓰리고 아픈데!'

정현은 몸을 움츠리고 잠을 청했다. 괴로워하고 있는 사이에 피곤했던지 제풀에 지쳐 깊은 잠속으로 빠져 들어갔다. 얼마나 잤는지 몰랐다.

"이 사람아, 빨리 일어나!"

경석은 자고 있는 정현의 몸을 흔들었다.

"음응—!"

"정현은 귀찮다는 듯이 몸을 뒤틀었다.

"이 사람이 군기가 빠졌어!"

경석은 정현의 코를 잡았다.

"귀찮게 하지 마!"

정현은 눈을 뜨며 손을 탁 쳤다.

"날이 훤하게 밝은 한낮이야!"

경석은 머리맡에 서서 정현을 깨우고 있었다.

"좀 더 누워 있다가……!"

정현은 눈을 감으며 몸을 뒤틀었다. 늦게 든 잠에 취해 눈까풀이 자꾸만 감겼다.

"집합이야. 운동장에 직원들이 모두 모여 있어."

경석은 호들갑을 떨었다.

"점검이라고?"

정현은 벌떡 일어났다. 후닥닥 밖으로 뛰어 나갔다.

"집합은 무슨 놈의 집합이야. 사람은 신경이 둔해야 살이 찌는 법이지. 그까짓 일로 잠을 못 잤어?"

경석은 정현을 따라가며 나무랐다.

"그런 누구는?"

정현은 힐끗 돌아보았다.

"나는 잘 잤는데?"

"그래서 눈이 충혈 되어 있어?"

"너무 자서……."

경석은 얼버무렸다. 사실 잠을 이룰 수 없었다.

"잠을 많이 자면 눈이 붉어지나?"

정현은 경석은 눈동자를 뚫어지게 응시했다. 맑은 하늘에서 내려오는 햇빛은 눈이 부셨다.

38

"잔말 말고 이리 따라와!"

경석은 고개를 돌려 외면했다.

"어디 가려고?"

정현은 마지못해 끌려가듯이 따라갔다.

"와보면 알아!"

경석은 외역막사가 있는 쪽으로 돌아갔다.

"데모대들을 보려고?"

정현은 알았다는 듯이 고개를 끄덕였다.

"조용히 해!"

경석은 뒤를 돌아보며 눈짓했다.

두 사람은 태연하게 어슬렁거리며 걸었다. 막사 옆을 지나쳤다. 막사 안에는 잡혀온 데모대들이 가득했다. 온실이 있는 쪽으로 갔다. 그곳으로 가야 데모대들을 잘 볼 수 있었기 때문이었다.

"아직 일어나지 않았나?"

정현은 외역막사를 바라보았다. 문은 굳게 닫혀 있었다.

"군인이 지키고 있네."

경석은 외역막사 출입문 앞에 놓여있는 의자에 앉아 지키고 있는 두 병사를 훔쳐보았다.

두 사람은 천천히 온상 주변을 돌아다녔다. 운동을 하는 체 하였다. 밭에서 자라고 있는 국화를 보면서 막사를 살폈다. 요사이 재소자들이 출역할 수 없었다. 꽃을 돌보지 않아서 그런지 잎이 추레하게 보였다.

그때였다.

한 병사가 의자에서 일어났다. 잠가놓은 문의 빗장을 풀었다. 문을 잦혀 열었다.

"외역막사 문이 열렸다."

경석은 정현의 소매를 끌어당겼다.

"정말이네!"

정현은 고개를 돌렸다. 태양의 손길이 길게 뻗어 음침한 막사 안으로 들어갔다.

39

"일어— 섯!"

한 병사는 문 앞에 서서 구령을 했다.

"앉아 번호!"

병사의 음성은 칼날처럼 날카로웠다.

"하나, 둘, 셋……"

데모대의 열이 엉키어 맞지 않았다.

"이것 봐라. 아직도 정신을 못 차렸네."

병사는 데모대의 인원을 헤아리고 있었다.

"다시. 전체 일어섯!"

인원이 맞지 않은지 모두 일으켜 세웠다.

"동작 봐라. 대가리 심을 거야. 오열로 맞춘다."

병사는 바늘 같은 날카로운 소리로 악을 썼다.

막사 안에서 데모대들이 웅성거렸다.

"앉아 번호!"

"하나, 둘, 셋, 넷…… 스물다섯, 둘 결!"

회두리에서 외치는 목소리가 우렁찼다.

"인원이 많이 불어났네!"

정현은 암산해서 인원을 헤아렸다. 처음 들어왔을 때보다 데모대들의 숫자가 많아졌다.

"지금부터 세면을 시켜주겠다. 인원은 많고 시간은 없으니 알아서들 해라!"

병사의 음성은 각단지고 단호했다.

데모대의 세면이 시작되었다.

다른 병사는 몽둥이를 들고 막사 앞에 있는 물통 가에 서 있었다.

"앞 이열 세면 앞으로!"

외역막사 문 앞에 서 있는 군인이 지시했다.

안에서 십여 명씩 우르르 몰려 나왔다. 물탱크가 곳으로 뛰어갔다. 물통 속에서 손으로 퍼낸 물로 얼굴을 끼얹기 시작했다. 서너 번 반복했을 때였다.

"동작 그만!"

물통 가에 서 있던 병사는 몽둥이를 땅바닥에 탕탕 치며 소리쳤다.

"……!"

모두가 세면하는 동작을 멈추었다. 한 사람도 물을 더 퍼 쓰지 않았다. 병사의 눈치를 살피며 뒤로 돌아섰다. 그대로 달려 막사로 들어갔다.

"다음 이열 세면 앞으로!"

다음 사람들이 뛰어 나왔다. 사막에서 오아시스를 만난 사람들처럼 몰려들었다.

"세면 끝!"

병사는 몽둥이로 땅을 쳤다.

"……!"

그들도 앞의 데모대들과 마찬가지로 간단하게 세면을 끝냈다. 이렇게 면 번 반복되는 것을 보았다.

"여기서 종일 서있을 거야?"

정현은 경석의 어깨를 툭 쳤다.

"가야지. 직원 이발소에 가서 세면을 하고……."

경석은 발이 떨어지지 않아 장승처럼 서 있었다.

"먹어야 살 수 있어."

정현은 경석의 옷깃을 끌어당겼다.

두 사람은 온실을 한 바퀴 돌았다. 더 이상 그곳에 머물러 있을 수가 없었다. 곁눈으로 병사들의 행동을 살폈다. 꽃밭을 돌아갔다.

40

"우리도 빨리 세면하고 아침을 먹자고."

경석은 발등걸이 하며 앞장섰다. 군인에게 들킨 것 같아 불안했다.

"내가 말할 때에는 귀 넘어 듣더니……."

정현은 뒤를 돌아보았다. 군인이 따라와 붙잡아 갈 것만 같았다.

"오늘은 을부 우리가 근무할 차례야!"

"근무지가 어디지?"

정현은 또 뒤를 돌아보았다.

"배치판을 보아야지."

두 사람은 직원 이발소로 가기 위해 중문을 빠져 나왔다. 태연하게 행동했으나 가슴이 조여들었다. 심장 뛰는 소리가 크게 들렸다.

경석은 발을 멈추었다. 이발소로 들어가지 않고 머뭇거렸다.

"세면하지 않을 거야?"

정현은 경석의 등을 밀었다.

"가만히 있어봐!"

경석은 버티고 그대로 서서 한 곳을 응시했다.

"무언데?"

정현의 시선은 경석이 바라보고 있는 곳으로 향했다.

"저기가 여대생이 들어 있어."

경석은 손가락으로 여사로 들어가는 출입구 쪽을 가리켰다.

"저기 어디?"

"여자 접견실."

"여자 접견실에 여대생을 가두어 놓았다고?"

정현은 자신의 귀를 의심하며 깜짝 놀랐다. 눈동자가 반짝 빛났다.

"어제저녁에 죽지 않을 만큼 맞았을 거야. 먼동이 트자 끌고 와 저기다가 넣어 놓았어."

경석의 눈에는 눈물이 고였다.

"자네도 어젯밤 뜬눈으로 새웠지?"

정현 경석의 눈동자를 찬찬히 바라보았다. 눈의 흰자에 실핏줄이 붉게 물들어 있었다. 간밤에 잠을 이루지 못하고 지새운 것이 역력했다.

"말도 마. 세상이 말세라지만 이럴 수가 있어. 얼마나 더 죽여야 직성이 풀릴까?"

경석은 입술을 깨물었다.

"여대생을 한번 만나 볼까?"

정현은 여대생의 비명소리를 생각하니 소름이 끼쳤다. 어떤 모습을 하고 있는지 보고 싶었다.

"들키면 어쩌려고?"

경석은 반대했다. 자신도 그렇게 당하게 될 것만 같았다.

"그래도, 꼭 보고 싶은데!"

정현은 호기심이 발동하여 물러서지 않았다.

"우리가 그렇게 맞았으면 살아남지 못했을 거야!"

경석은 군인이 무섭지도 않으냐는 듯이 바라보았다. 그리고 무슨 말을 하려다 말고 그냥 휴게실 쪽으로 가버렸다. 오금이 저려 세면을 해야 한다는 것을 잊어버렸다.

"살짝 보고 갈게!"

정현은 경석을 따라 가지 않았다. 두렵지만 그 여학생의 모습을 보고 싶었다. 어쩌면 시체가 되어 있을 것 같기도 했다.

"알아서 해!"

경석은 돌아보며 손짓했다.

'죽이지는 않았겠지? 어떤 모습인지 봐 두어야지!'

정현은 결심했다. 주변을 살피며 머뭇거렸다. 어떻게든 그녀의 모습을 꼭 보고 싶었다.

'군인이 보면 안 되는데……!'

정현은 두리번거리며 돌아보았다. 긴장 되어 제정신이 아니었다.

"철커덕!"

정문 열리는 소리가 났다.

'군인이 들어오는구나!'

정현은 정문을 바라보았다. 군인 네 명이 오고 있었다.

'하필이면 이때에 군인이 나타난 거야!'

정현은 투덜거리며 화단 앞에서 주춤거렸다. 꽃을 보고 있는체했다. 바로 옆에는 토끼장처럼 생긴 여사 접견실이 있었다. 그 속에 여대생이 혼서 갇혀 있단다.

'그녀는 지금 무엇을 하고 있을까? 울고 있을까?'

정현은 화단의 꽃을 보면서 여학생을 상상해보았다. 쪼그리고 앉아 훌쩍거리며 울고 있을 것 같았다.

'유부남인 내가 여대생을 사랑하고 있을까?'

정현은 어째서 그 여대생에게 관심이 있는지 알 수 없었다. 그녀를 보았을 때 연민의 정 같은 것을 느꼈는지 몰랐다.

군인들이 중문 안으로 들어가 버렸다.

'병사들이 교대를 하려 간 것 같으니 조금 더 기다리고 있다가…….'

정현은 나름대로 계산을 해 보았다. 어떻게 해서든 군인들의 시선은 피해야 되었다.

'내 생각이 맞았어. 교대를 받은 병사들이 나오네.'

조금 있으니 외역막사 앞에서 데모대를 지키고 있던 군인 둘이 나왔다. 두 사람은 열과 발을 맞추어 당당하게 걸어서 정문을 통해 나갔다.

'이제는 되었겠지?'

정현은 계산하였다. 군인이 교대했으니 당분간은 오지 않을 것이라고 속셈하며 따져보았다.

'머리를 잘 굴려야 돼.'

정현은 살며시 접견실로 접근했다. 멈칫거리며 뒤를 돌아보았다. 다시 한 발짝 옮겼다. 무서워 두리번거리며 살폈다.

'보는 사람이 없지?'

정현은 바싹 긴장하며 다시 살폈다. 병사들이 보이지 않았다. 접견실로 들어가는 문 앞에 섰다. 접견실 문이 자물쇠로 잠가져 있었다.

41

'저기 학생이 앉아있구나.'

정현은 문 위쪽에 붙은 유리창으로 들여다보았다. 여학생의 모습이 보였다. 쪼그리고 앉아있었다. 정강이를 세우고 두 팔을 걸쳤다. 고개를 숙여 이마를 팔 위에 얹어놓았다. 긴 머리가 바닥에 닿았다.

'내가 상상했던 모습으로……'

정현은 뒤를 돌아보며 주변을 살폈다. 보는 사람이 없었다.

"이봐요, 학생!"

정현은 마른침을 삼켰다. 떨리는 목소리로 얼른 불러보았다.

"……!"

그녀는 고개를 쳐들고 힐끗 쳐다보았다. 다시 고개를 숙여 외면했다. 엉덩이를 움직이며 안쪽으로 들어갔다.

"이봐요, 학생!"

정현은 용기를 내어 조금 더 큰 목소리로 다시 불렀다.

"……!"

그녀는 다시 쳐다보았다. 눈동자 속에는 두려워하는 빛이 가득했다.

"내가 무서운가?"

정현은 그녀가 인간을 무서워하며 피한다는 것을 알아차렸다.

"……!"

그녀는 다시 쳐다보았다. 몸을 움직여 안으로 들어갔다. 불안 초조에 떨며 허둥대고 있었다.

"어젯밤에 많이 맞았죠?"

정현은 그녀의 눈동자를 찾으며 조용히 물었다.

"……!"

그녀는 여전히 말이 없었다. 몸을 움츠리며 자꾸만 저쪽으로 멀어져 갔다. 힐끗힐끗 옆 눈질로 쳐다보았다. 도살장에 끌려가고 있는 소의 눈망울 같았다. 눈에는 눈물이 흥건하게 고이기 시작했다. 어느새 두 볼을 타고 주르르 흘러내렸다.

"난 군인이 아니에요."

정현은 그녀를 안심시키기 위하여 다정하게 말했다.

"……!"

그녀는 눈물을 닦으며 힐끗 쳐다보더니 저만치 가버렸다.

"나는 교도소 직원이에요. 집은 ㅂ동이고."

정현의 부드러운 음성이 그녀를 어루만졌다.

"……!"

그녀가 흐느끼기 시작했다.

"혼났죠?"

정현의 시선이 그녀를 쓰다듬었다.

"어엉엉……."

그녀는 울음을 터뜨렸다. 경계하는 빛도 조금은 가시는 듯 했다.

"울지 말아요."

정현은 달래었다.

"훌쩍, 흐으흠, 훌쩍, 흐흠……."

그녀는 엎드려 훌쩍거렸다.

"마음을 단단히 먹어야 될 걸."

정현은 용기를 불어 넣어주고 싶었다.

"……!"

그녀의 흐느낌 소리가 작아졌다.

"독해져야 이겨내게 될 텐데……?"

정현은 힘을 북돋아주었다.

그녀가 울음을 그쳤다.

42

"어느 대학에 다니죠?"

정현은 여학생에 관해서 알아야 도와줄 수 있다는 생각이 들었다.

"ㅈ대학에……."

그녀는 조심스럽게 입을 열었다.

"무슨 과?"

"사대 국어교육학과……."

그녀는 힘없이 대답했다.

"사대국어교육학과라고?"

정현의 귀가 번쩍 했다. 고향 형님 같으신 분이 그 대학 사대교육학과에서 강의하고 있기 때문이었다.

'혹시 그분의 제자가 아닐까?'

정현의 머릿속에는 번뜻 스치며 지나가는 생각이 자리 잡았다.

"예."

그녀는 작은 목소리로 대답했다.

"그렇다면 ○○교수님을 알겠네?"

"예, 잘 알아요. 저의 지도교수님인걸요."

그녀는 고개를 쳐들었다. 눈동자가 반짝 빛났다. 똑바로 바라보았다.

"그랬었구나!"

정현의 생각이 맞았다. 마음은 더욱 쓰리고 아팠다.

"저의 지도교수님과 어떤 사이입니까?"

그녀는 벌떡 일어났다. 구세주를 만난 것처럼 반겼다. 가까이 다가왔다.

"고향 형님뻘이 되는데……."

"그래요?"

그녀는 안심이 된다는 듯 길게 한숨을 쉬었다.

"어떻게 여기까지 왔어요?"

"고향에 가려다가 붙잡혔어요."

"집에서는 학생이 여기에 붙잡혀 왔는지 모르고 있겠네?"

정현은 불안했다. 빨리 이곳을 떠나야 했다. 뒤를 돌아 정문과 중문을 번갈아 보았다. 군인은 오지 않았다.

"예!"

"학생이 여기 붙잡혀 온 줄 모르고 집에서 걱정하겠네?"

"……!"

그녀는 대답을 못하고 고개를 숙였다.

"교수님께 이야기하면 집에 연락이 되겠지?"

"그럴 거예요!"

"학년은?"

"4학년……."

"이름은?"

"정현숙……."

"몸은 어때?"

"만질 수도 없어요. 손만 대어도 아픈걸요. 온몸이 다 그래요. 앉아 있기도 어려워요."

그녀의 눈에서는 또 눈물이 주르르 흘러내렸다.

"독해져야 살 수 있어. 어떻게든 견디어 내야만 해. 내가 나가게 되면 학생의 소식을 교수님께 전할게. 걱정하지 마요."

정현은 그녀를 안심시켰다.

"……!"

그녀는 고개를 끄덕였다. 다시 훌쩍거리며 울기 시작했다.

"마음이 약해지면 안 된다니까!"

정현은 가슴이 뭉클해짐을 느꼈다. 자신도 모르게 눈물이 핑 돌았다.

"부탁합니다."

그녀의 눈에서 눈물방울이 뚝뚝 떨어졌다.

"꼭 이겨내야 됩니다!"

정현은 고개를 돌리며 손등으로 눈물을 닦았다.

"……!"

그녀가 고개를 끄덕였다.

"누가 찾아왔다는 말을 하면 절대로 안 돼요!"

정현은 그녀에게 당부했다. 혹시라도 이런 사실이 알려지면 자신도 당하게 될지도 모른다는 두려움 때문이었다.

"……!"

그녀는 고개만 끄덕였다. 눈에서는 눈물이 하염없이 솟아올랐다.

"호랑이가 열두 번 물어가도 정신만 차리면 살 수 있어요!"

정현은 뒤를 돌아보며 마지막 당부를 하였다. 군인이 달려들어 잡아갈 것만 같았다.

"……!"

"잘 될 거요. 걱정하지 말아요!"

정현은 얼른 돌아섰다. 도망치듯이 달아났다. 위로의 말을 더 해주어야 한다는 아쉬움을 간직한 채 그곳을 떠났다. 뒤를 돌아보지 않았다. 저만치 멀어지자 총총 걸어 나왔다. 손으로 눈물을 다시 닦았다.

태연하게 걸었다.

"철커덕!"

중문이 열리고 있었다. 돌아보니 두 병사가 줄을 맞추어 나오고 있었다.

'다행이다.'

정현은 직원이발소 앞에 서있었다. 병사들이 지나가는 걸 바라보았다. 그 후 정현은 그 여대생을 다시는 찾아보지 못했다.

43

정현은 이발소로 들어갔다.

간단히 세면을 끝냈다. 집에 갈 수 없으니 곱게 비다듬을 필요가 없었다. 눈가에 눈곱을 떼어내고 얼굴을 씻었다. 세면을 하고 나니 흐렸던 정신이 조금은 맑아졌다.

'살아야 하니 아침밥을 챙겨 먹어야지.'

정현은 자신이 살아있다는 사실을 음미해보았다. 요사이는 죽음에 대한 공포 때문이 생존해 있다는 사실을 자주 확인해보았다. 숨을 쉬고 밥을 먹고 눈에는 무언가가 보이고 귀에는 이상한 소리가 들려왔다. 그래서 죽지는 않았다고 생각했다.

"사나운 태양의 빛!"

정현은 이발소에서 나오면 하늘을 쳐다보았다. 쪽빛 하늘에서 날카로운 빛살이 내려와 눈알을 찔러댔다. 눈이 부셔 앞이 보이지 않았다.

"톳, 톳, 톳······"

햇빛 속에서 헬리콥터 한 대가 나타났다. 교도소 상공에서 머뭇거리더니 운동장에 내려앉았다.

"또 무슨 일이야?"

정현은 바람에 벗겨진 저고리의 옷깃을 여미었다.

'어젯밤에 조사받다가 죽은 시체를 실어가려고?'

정현의 귓속에는 죽어가며 소리치는 데모대의 비명이 메아리가 되어 들려왔다.

중문이 열렸다. 절룩거리는 데모대 두 사람이 나왔다.

'바로 저거야!'

정현의 시선은 날카로워졌다. 회두리에 병사 두 명이 들것을 들고 나왔다. 들것 위에는 거적에 덮여있었다.

'거적으로 무엇을 감추었을까?'

정현은 달려가 들것 위에 덮여있는 거적을 들추어보고 싶었다.

부상자와 들것을 헬리콥터에 실었다. 헬리콥터는 굉음을 내며 하늘로 치솟았다. 남서쪽으로 날아갔다.

"어젯밤에 조사를 받다가 데모대가 죽었다고 하더니 그 시체를 가져가려고 왔군!"

경석은 아침을 먹고 이발소로 오면서 헬리콥터가 날아가고 있는 하늘을 쳐다보았다. 어제와 똑같이 남서쪽으로 날아가고 있었다.

"무얼 실었다고?"

정현은 다가오는 경석에게 다시 물었다.

"알면서? 어디로 가져갈까?"

경석은 입술을 지그시 깨물었다.

"확실한 것은 하느님만 알고 계시겠지?"

정현은 고개를 저어댔다.

두 사람의 시선은 헬리콥터가 가는 곳을 따라 움직이고 있었다. 하늘은 한없이 푸르기만 했다. 시커먼 먹구름 한 덩이가 무등산의 민둥한 고스락 위에 나타났다.

"출세가 무엇이기에……."

정현은 파란 하늘을 쳐다보며 중얼거렸다. 볼에는 눈물방울이 얹혀 있었다.

44

남서쪽 하늘에서 헬리콥터들이 나타났다. 꼬리에 꼬리를 물고 시내로 들어갔다. 광주 시내의 상공을 맴돌았다. 독수리가 먹이를 낚아 채기위해 선회하는 것 같았다.

"무슨 헬리콥터가 저리도 많이 시내로 들어왔지?"

정현은 오늘도 아침 일찍이 보안과 옥상에 올라왔다. 시내를 보기 위해서였다. 잠자리에서 일어나 찾아와 집이 있는 곳을 물끄러미 바라보았다. 아내와 애들이 걱정되었기 때문이었다.

"헬리콥터들이 시위를 하나?"

정현은 두 눈을 부릅떴다. 시내 위의 창공을 주시했다. 시내 가운데의 상공에는 수를 헤아릴 수 없을 만큼 많은 잠자리비행기들이 맴돌고 있었다.

'굶주린 독수리처럼…….'

정현은 이상한 상상을 하였다. 먹이를 찾는 독수리가 기회를 기다리고 있는 선회였다. 굶주림에서 헤어날 수 있는 길은 이 작은 도시에서 먹이를 구할 수밖에 없는 모양이었다. 다른 방법이 없다는 기세로 덤벼들었다. 헬리콥터들이 얽히고설키며 지나가고 있었다.

'이제 무력시위가 끝났나?'

헬리콥터들은 한참을 맴돌았다. 들어왔던 방향으로 하나둘 사라졌다.

시내 하늘이 조용해졌다.

잠시 후에 남서쪽 하늘에 헬리콥터 나타났다. 한 대였다. 교도소를 향해 오고 있었다.

'또 시체를 실으러 오는 걸까?'

정현은 옥상에서 내려가며 중얼거렸다.

동편 산 능선 위가 맑은 유리알처럼 투명해졌다. 먼동이 트고 있었다.

'귀청이 터지려고 하네!'

정현은 손바닥으로 귀를 막았다. 보안과 앞 운동장에 헬리콥터가 내려앉았다.

'저게 무얼까?'

정현은 보안과 앞에서 헬리콥터를 바라보았다. 무엇인지는 잘 알 수 없지만 큼직큼직한 나무상자를 여러 개 내려놓았다. 그리고 곧바로 하늘로 올라갔다.

"또 헬리콥터야? 이번에는 작은 놈이네."

정현은 휴게실에서 유리창 너머로 헬리콥터가 내려앉은 것을 보았다.

"헬리콥터에 장착되어 있는 긴 통이 무엇인줄 알아?"

경석은 휴게실에 들어오면서 정현에게 다가갔다.

"무슨 무기 같은데……"

정현은 고개를 저었다.

"밑에 구멍이 뚫려있는 게 기관단총 같은데? 발칸포라고 하던가?"

경석은 생각이 나지 않아 얼버무렸다.

헬리콥터는 상자를 여러 개를 내려놓고 하늘로 올라가 버렸다.

병사들이 정문으로 들어왔다. 상자를 들고 정문 밖으로 나갔다.

"무슨 상자일까?"

정현은 궁금하여 옆에 있는 경석에게 물었다.

"아마 실탄이 든 상자일 걸."

"군인들이 사용할 실탄!"

"어디로 가져갈까?"

"탈의실에서 올 때 보니까 정문 앞에 큼직한 군용차가 대기하고 있어."

"실탄을 군용차에 싣고 있겠네?"

"그래. 내가 군용 큰 트럭에 상자를 실은 걸 보았어."

"이제 제대로 전쟁을 할 모양이구나."

정현은 보지 않으려고 휴게실 뒤쪽의 의자에 앉았다.

"곧 시민군과 전투를 할 것 같은데……."

경석은 정현의 옆에 앉았다.

두 헬리콥터는 서로 겨끔내기로 상자를 실어 날랐다. 해가 서산으로 기울어져 어둑해질 때까지 끊임없이 오고 갔다.

45

해는 서산 해넘이를 찾아 뉘엇뉘엿 져가고 있었다.

"6사 하층에서 야간근무를 해야 하니 책을 가져 와야지."

정현은 직원식당에서 저녁밥을 먹고 나왔다. 야간근무 준비를 해야 되었다. 재소자들이 잠든 이슥한 밤이며 졸음을 몰려들었다. 책이라도 보아야 졸지 않았다.

'탈의실의 사물함 속에 소설책이 있으니까…….'

정현은 탈의실을 가려고 정문으로 향했다. 탈의실은 담 밖에 있었다.

"어디 가십니까?"

정문담당은 문을 열어주며 물었다. 혼자서 근무하고 있으니 심심하여 말을 걸었다.

"사동에서 야근을 하려면 책이라도 보아야 시간이 잘 가지요."

정현은 정문을 나서며 꾸미지 않고 대답했다. 근무하면서 책을 보는 것은 근무태만이었다. 간부들에게 들키면 처벌을 받을 수도 있었다. 모두가 같은 처지이기에 동료들의 심정을 이해하고 있었다.

"이놈의 징역살이!"

정문담당은 한숨을 쉬며 문을 닫아걸었다.

"저 트럭은?"

정현은 깜짝 놀라면 발을 멈추었다. 괴물 같은 군용 트럭이 떡 버티고 서 있었다. 보통 화물차가 아니었다. 뒷바퀴가 여덟 개나 붙은 큰 차였다. 차 위에는 상자가 가득 실려 있었다. 넋을 잃고 장승처럼 서서 살펴보았다.

"철커덕!"

뒤에서 정문이 열렸다.

정현은 깜짝 놀라 뒤를 돌아보았다.

"거기 서서 무엇해?"

경석은 정문을 나오면서 트럭을 바라보고 있는 정현에게 다가갔다.

"차에 실려 있는 게 실탄이라고 했던가?"

"저게 무엇인지 아직도 모르겠어? 종일 헬리콥터로 싣고 왔잖아."

경석은 빙긋이 웃으며 닦아갔다.

"상자 안에 시민을 사살할 실탄이 들었다고?"

정현은 고개를 갸웃거렸다.

"아까 내가 말했잖아. 실탄이라고. 벌써 잊어버렸어?"

"요사이 내 정신이 아니라……."

정현은 정말로 넋을 놓고 하루하루를 보내고 있었다.

"방위 출신이라 알 수 있어야지!"

경석은 빈정거렸다.

"현역만 군인가?"

정현은 기분 나쁘다는 듯이 인상을 썼다. 사실은 그 당시 몸이 좋지 않아서 군대에를 가지 못했다. 방위로 병역의무를 마쳤다. 그래서 군대 생활이나 총에 관한 지식은 전혀 없었다. 더욱이 저런 상자들은 구경도 하지 못했다. 현역으로 제대한 사람들이 무어라 해도 그대로 당하고 있을 수밖에 다른 도리가 없었다.

"방위 출신이 무슨 큰소리야?"

"방위는 군인이 아니라 이거지?"

정현은 방위 출신이라는 말이 귀에 거슬렸다. 현역병으로 가기 싫어서 빠진 것은 아니었다. 처음에는 갑종을 맞아 논산 훈련소까지 갔었다. 훈련 받기 전의 신체검사에서 폐가 좋지 않다는 진단이 나와 귀향 조치를 받았다. 치료를 하고 다시 신체검사를 했다. 무종을 받았다. 그 이듬해 또 무종을 받았다. 이렇게 일곱 번이나 신체검사를 했다. 군대를 가지 못하고 젊음을 보냈다. 남들은 돈이나 백으로 현역병에 가지 않고 군대문제를 잘 해결하던데 그런 짓도 못했다. 결국 결혼하고 나서 방위훈련을 받고 고향 지서에서 근무했다. 이렇게 군 복무를 마치고 교정직 시험을 보아 이 교도소에서 근무하고 있었다.

"실탄 상자도 모르는 방위 출신이 어떻게 군대에 갔다 왔다고 하겠어?"

경석은 또 입술을 삐쭉거렸다.

"저게 전부 실탄이야?"

정현은 놀랐다. 그저 입이 벌어질 뿐이었다.

"오전에 헬리콥터로 가져 온 것은 어디론 가로 한 차 실어갔어."

경석은 얼굴을 찡그리며 태연하게 말했다.

그때였다. 헬리콥터가 또 교도소에 내려앉았다.

병사들이 상자를 들고 정문을 나왔다.

"아직도 많이 남았나보지?"

한 병사는 트럭 뒤에서 실탄상자의 수량을 계산하고 있었다.

"모르겠습니다."

병사는 상자를 내려놓으면서 퉁명스럽게 말했다.

"몇 발이나 되지?"

한 장교가 다가오며 물었다.

"팔십만 발도 더 될 겁니다."

수량을 적고 있던 군인이 종이를 넘기며 말했다.

'몇 발이라고?'

정현은 실탄의 수량이 듣고 깜짝 놀랐다.

"수류탄은?"

"아직 합계는 내지 않았으니 모르겠습니다."

"개인 지급은 충분하지?"

"지급하고 남을 겁니다."

"알았어."

장교는 머리를 끄덕이더니 어디론가로 가버렸다.

군인들은 자기들끼리 한참동안 무어라고 속삭였다. 두 병사는 운전석 안으로 들어갔다.

46

"군인들이 실탄 몇 발이라고 했지?"

경석은 듣지 못했다는 듯이 정현에게 물었다.

"팔십만 발도 더된다고 하잖아!"

정현은 짜증을 냈다.

"무슨 소리를 하는지……."

경석은 기가 막혀 말을 못했다.

"현역 출신이 그렇게 겁나?"

정현은 일부러 태연한 체했다.

"이 도시의 인구가 얼만데?"

"얼마 긴 얼마야, 팔십만 정도지!"

"그렇다면?"

"그렇다면 이 무어야, 수류탄도 있다고 하잖아!"

"정말이야?"

"그래!"

정현은 확실하게 들었다. 그 사실을 알려 주었다.

"무엇 하려고 이렇게 많은 실탄을 가지고 왔을까?"

경석은 입맛을 다셨다.

"군에 갔다 왔다는 사람이 그것도 몰라?"

"모르긴 왜 몰라. 실탄으로 사람을 죽이지."

"광주를 싹쓸이한다는 유언비어 못 들었어?"

"그래서 그럴까?"

경석은 고개를 갸웃거렸다.

"오늘이나 내일 밤에 군인들이 도청을 탈환한다는 말들이 돌던데."

정현은 경석의 귀에다 대고 다시 이렇게 속삭여 주었다.

"그랬었구나. 그래서 이렇게 많은 실탄을 가져왔구먼!"

경석은 혼자서 탄식했다. 아무도 알지 못한 비밀을 알았던 것처럼 가슴이 울렁거렸다.

"다왔나봅니다."

한 병사는 상자 하나를 들고 오며 소리쳤다.

"포장을 덮어야 되겠네."

세 명의 병사들이 달려들었다. 차 위에 포장을 덮기 시작했다. 실탄 상자를 보이지 않게 감추었다.

"시민군이 당하겠지?"

경석은 넋이 나간 사람처럼 한숨을 쉬었다.

"그런 소리 하지 말고 집에 전화나 해. 식구들에게 오늘과 내일은 집에만 있으라고 당부해 두어. 특히 밤에 외출을 하지 말라고 말이야. 이런 판국에는 죽는 사람만 서럽다네!"

그들은 전화를 하려고 돌아왔다. 그러나 통화가 되지 않아 연락을 못했다.

다음날 아침이었다. 정문 앞에 세워져 있던 화물차는 보이지 않았다. 어디로 갔는지 아무도 알지 못했다.

지난밤에는 군대의 이동이 없었다.

정현은 지난밤 전야근무였기에 새벽 한 시부터 잠을 잤다. 새벽에 일찍이 일어났다. 아침에 외정문 배치를 받았기에 외정문으로 나갔다.

외정문에서 근무했던 직원은 어젯밤엔 아무런 일이 없었다고 했다.

'광주시민이 공산당의 똘마니들이라 곧 괴멸작전을 벌이겠지?'

정현은 그럴 날이 멀지 않은 것 같다는 예감이 들었다. 병사들은 무어가 급한지 바삐 움직이고 있는 것 같았다. 짐을 챙기기도 하였다.

"오늘도 태양은 떠오르고 있구나."

정현은 철문 앞에 서서 태양이 동산의 고스락 위에 얹혀있는 것을 보았다. 찬란한 아침의 햇빛이 교도소 위로 쏟아져 내려왔다.

47

다음날이었다.

무슨 뜻인지는 알 수 없지만 협상이 결렬되었다는 소문이 교도소 안을 돌아다녔다. 그런 유언비어가 교도관들의 입에서 전해진 시간과 동시에 군인들의 움직임이 더욱 민첩해졌다. 아침나절이 지나자 병사들은 서둘러 댔다. 철모에 흰 띠를 두르고 팔에 하얀 완장 같은 것을 찼다. 그리고 모두 완전군장을 하고 있었다. 텅 비어있는 막사도 눈에 띄었다. 어디론 가로 떠나가기 위해 준비를 하고 있는 것이 분명했다. 교도소 담 밑에 쳐져있던 텐트는 온데간데없이 사라져버렸다. 일부는 벌써 떠난 모양이었다.

어느새 한나절이 지나갔다. 오늘도 교도소의 하루해가 저물어가고 있었다.

"오늘밤에 작전을 펴려나?"

정현은 외정문 근무를 끝내고 교도소 안으로 들어오면서 중얼거렸다. 저녁을 먹기 위해서 식당으로 갔다.

"어디서 근무했어?"

경석은 밥을 먹으며 정현을 보자 반갑게 손짓했다.

"외정문."

정현은 식판을 들고 경석의 앞으로 갔다. 마주앉아 밥을 먹기 시작했다.

"아까 보니까 오늘밤 토벌을 할 모양이던데?"

"벌써 텐트를 철거한 곳이 많아."

"광주 시내가 불바다로 변하겠다."

경석은 침울해졌다.

"병사들의 철모에 흰 띠가 둘러졌던데 그게 무엇을 뜻하지?"

정현은 군인들의 변장에 대하여 많은 의혹을 가지고 있었다.

"팔에도 흰 띠를 두르지 않았던가?"

경석은 알 수 없는 미소를 지어 보였다.

"그래, 등에 흰 천을 큼직하게 붙인 병사들도 보았어."

정현은 머리를 끄덕이며 보았던 대로 말했다.

"방위 출신이라 무엇을 알아야지. 그러니까, 남자는 군대에 갔다 와야 말이 통하지."

경석은 비웃듯이 중얼거리며 씩 웃었다. 얼굴에서는 긴장감 같은 것이 흐르고 있었다. 어두운 그림자도 함께 묻어있었다.

"방위, 방위 하지 마!"

정현의 얼굴이 약간 붉어졌다.

"그런다고 화났어?"

경석은 분위기를 바꾸려고 너스레를 떨었다.

"성질 난 것은 아니고 듣기가 거북해서……!"

정현은 환하게 웃었다.

"야간 작전하려고 준비했어. 그것도 모른 사람이 어떻게 군대에 갔다 왔다고 할 수 있겠어?"

경석은 웃으며 말했다.

"야간 작전?"

정현은 짐작하고 있었다. 확실하게 알지 못한 것뿐이었다. 결국 올 것이 왔다.

"군인들끼리는 총질을 하지 말자는 표시지. 어두운 밤에는 하얀 것이 잘 보이니까."

경석은 덧붙어 설명했다.

"그래서 그런 표시를 했구나. 누구나 자기의 생명은 귀중하니까."

정현은 완전히 이해가 되었는지 고개를 끄덕였다.

"오늘밤에 도청에 있는 시민군들이 당할 거야. 그들의 제삿날이 오늘이라는 것을 누가 알겠어!"

경석은 마치 독백하듯이 중얼거렸다.

"싹쓸이 할 모양이지?"

정현은 목이 메여 말을 제대로 못했다.

"⋯⋯!"

경석은 수저를 놓고 고개를 숙였다.

"⋯⋯!"

정현은 눈물이 핑 돌아 자리에서 일어났다.

"밥이 넘어가야지!"

경석은 발등걸이 하여 식판에 남아있는 밥을 그대로 가져다 놓았다.

"시내가 어떻게 될까?"

정현은 어떻게 해야 할지 몰라 당황했다. 식판을 앞에 놓고 멍하니 앉아있었다.

"옥상에 올라가서 시내나 바라보자고?"

경석은 앞서서 밖으로 나왔다.

"같이 가!"

정현은 식판을 가져다 놓고 뒤를 따라갔다. 불안하고 마음이 급해져 허둥댔다.

48

보안과 옥상으로 올라갔다.

대지 위의 휑뎅그렁한 허공에는 땅거미가 내려앉으면서 조금씩 어둠
이 짙어져갔다.

"유언비어인지 모르지만 ○○사단에서는 같은 동족에게 총질을 할 수
없다고 해서 시위대의 진압을 거절했다면서?"

경석은 층계를 오르면서 이렇게 말했다.

"그런 군인도 있었나. 그게 사실이라면……. 모두가 정권을 잡으려고
혈안이 되어 있는데?"

정현은 놀랐다. 처음 듣는 소리였다.

"그래서 그 사단장은 해임이 되었다나?"

경석은 그 장군을 칭찬했다.

"경찰이 시위진압을 하지 않았다는 말은 들었는데……. 군인이……?"

정현은 고개를 갸웃거렸다.

"그런 군인도 있을 수 있겠지? 인간에게는 욕심과 양심이 있으니까."

정현은 감동이 되어 발을 멈추었다가 다시 걸었다.

"시내로 나가는 군인들 모습이 잘 보인다."

두 교도관은 삼 층 옥상 꼭대기에 있는 진지 속으로 기어 들어갔다.
머리를 내밀고 주변을 둘러보았다.

"저기 나간다."

정현은 손가락으로 가리켰다. 얼룩무늬를 입은 병사들이 대열을 갖
추어 외정문을 나가고 있었다. 그들의 철모에는 흰 띠가 동여매어져 있
었다. 흐릿하게 어두워져 가는 공간 사이로 흰 띠가 뚜렷하게 보였다.

'군인은 어디로 갈까? 어깨에 걸어 메어져 있는 M16의 총부리는 누구의 심장을 겨눌 것인가? 가슴에 매달려 있는 수류탄은 어디를 폭파시킬 것인가? 병사들은 누구를 위해서 저런 전쟁을 하는가? 국민의 가슴에 총질을 하는 국군!'

정현은 마음속으로 군인들을 향해 외쳤다.

군인들은 벌써 외정문을 지나버렸다. 시내로 들어가는 길을 따라 갔다. 멀리 아스라하게 보였다. 시내 쪽과 고속도로로 들어가는 갈림길에 다다랐다. 두 패로 나누어졌다. 한 대열은 그들이 왔던 고속도로를 타고 사라졌다. 또 다른 패는 시내로 들어가는 큰길을 타고 넘어갔다. 그 뒤에는 어둠이 점점 짙어졌다. 땅거미는 까만 천막을 쳐놓은 것 같이 시선을 막았다. 병사들의 모습은 어디로 갔는지 보이지 않았다.

"저게 선발대야!"

경석은 침을 뱉듯 툭 쏘았다. 눈물이 핑 돌았다.

"누굴 위하여 종을 울리나……?"

정현은 울먹였다.

"종이 울리기를 기다리는 사람이 있어."

경석은 짓씹었다.

"……!"

정현은 무슨 말을 해야 할 텐데 입이 열려지지 않았다. 멍하니 시내를 바라보았다. 언덕 너머로 보이는 빌딩들이 어둠에 가려 보이지 않았다. 하늘에는 주홍빛으로 물든 구름들이 주검처럼 누워 있었다.

"새벽 두 시에 도청을 점거하게 되어 있다고 하던데. 열한 시 넘어서야 본 부대가 출발을 하게 될 거야."

경석은 이미 모든 사실을 알고 있었다. 어디서 알아 왔는지 잘은 모르지만 자세하게 이야기했다.

"민주주의가 무어라고?"

"민주주의는 피를 먹고 자란다나?"

"얼마나 먹어야 완전히 성장하는 거야?"

"영국에서는 삼백 년이 걸렸다고 하던가?"

"얼마나 많은 사람이 희생되었을까?"

"난들 알아!"

언제 왔는지 몇몇 직원이 옆에서 울먹였다. 어두워져 가는 시내를 바라보며 한숨을 쉬어댔다. 모두가 늘킴으로 서러워했다.

"아무것도 보이지 않으니 내려가세!"

민주주의에 관한 이야기를 하던 직원들이 내려갔다.

어둠이 삼켜버린 도시에는 아무것도 보이지 않았다. 가로수의 등불만 하나둘 깜박거렸다.

'피를 먹고 자란 민주주의?'

정현은 방금 들었던 말을 반추하며 음미했다. 눈에서는 어둠으로 덮인 도청이 선하게 나타났다. 머리에 흰 수건을 동여 맨 시민군의 모습이 사라지지 않았다.

'지금쯤 도청은 무슨 일이 벌어지고 있을까? 아무것도 모르고 태연하게 당할까? 시민군들은 마지막 한 사람이 남을 때까지 싸워 장엄한 주검을 맞겠다고 결의하였다는데? 어떻게 될 것인가?'

정현의 머릿속에는 처절하게 죽어 가는 시민군의 모습이 영화의 장면처럼 생생하게 떠올랐다. 특수훈련을 받은 병사들에게 당한다는 것은 불을 보듯이 뻔했다. 불이 훨훨 타고 있는 광주의 도시가 연상이 되었다.

'누군가가 이 도시를 무서운 곳이라고 하지 않던가?'

'그 사람이 누구일까?'

'무서운 사람이 광주시민들이란 말인가?'

정현은 정신병자가 되어 넋두리를 해댔다.

'이 도시에 누군가가 불을 질렀겠지?'

'오늘밤에는 활활 타오르겠네?'

'좋은 계절 오월의 밤에!'

'오늘 밤에 타오르는 이 도시의 불은 꺼질 줄 모르는 불꽃으로 변해 어둠을 밝힐 것이다.'

'모든 것이 불에 타 잿더미로 변할지라도 민중들은 다시 부활할 것이다.'

'이 도시는 다시 새 생명을 잉태시켜 곧 탄생하게 된다. 새로운 생명체는 새로운 꿈으로 날갯짓을 할 것이다.'

'그때엔 나 같은 방관자는 응징을 받아 마땅하지 않을까?'

정현은 땅이 꺼져라 한숨을 쉬었다. 하늘을 쳐다보며 소리 없이 흐느꼈다.

"오− 하느님, 이 도시를 살펴 주시옵소서!"

정현은 두 손 모아 빌었다. 분명히 이 도시는 역사의 갈 길을 찾게 하는 안내자가 될 것이다. 이 불은 영원하게 빛날 것이다. 우리의 가슴을 뜨겁게 불사를 용광로의 불꽃이 된다. 그 타오르는 열기가 후손에게 전해져서 이 작은 오월의 도시가 무섭게 된 내력을 알려 주리라. 그리고 이 민족이 원하는 영원한 꺼지지 않는 불꽃이 되리라고!

어둠은 짙게 깔려져 앞이 보이지 않았다.

"하느님, 저들을 보살펴주십시오!"

정현의 눈앞에는 불에 타고 있는 광주라는 오월의 도시가 사라지지 않았다.

"하느님, 저 피비린내를 거두어주소서!"

정현의 귀에서는 총소리가 들렸다. 아우성을 지르며 피를 뿌리는 시민들의 모습이 보였다. 코에는 짙은 피비린내가 파고들어 괴롭혔다.

사랑도 명예도 이름도 남김없이 한평생 살자 하던 뜨거운 맹세…… 임들은 간데없고 깃발만 나부껴…… 세월은 흘러가도 산천은 안다……

정현은 속으로 노래를 부르며 손등으로 눈물을 닦았다.

"금남로에 흩뿌려진 젊은 시체들……."

"두부처럼 잘리어진 아가씨의 젖가슴……."

"대검에 찔린 임산부의 배……."

"왜 찔렀지?"

"왜 쏘았지?"

"트럭에 싣고 어디로 가져갔지?"

두 교도관은 어둠 속에서 정신병자처럼 중얼거리며 서러워했다.

(1982년에 쓴 작품으로, 1990년 「부활의 도시」라는 제목으로 발표하였음.
1988년 국회 5·18진상규명특위에 진술한 내용임.)